KB095260

지옥에서 사옥까지

지옥에서 사옥까지

ⓒ 김진철, 2024

초판 1쇄 발행 2024년 9월 12일
    2쇄 발행 2024년 10월 17일

지은이   김진철
펴낸이   이기봉
편집   좋은땅 편집팀
펴낸곳   도서출판 좋은땅
주소   서울특별시 마포구 양화로12길 26 지월드빌딩 (서교동 395-7)
전화   02)374-8616~7
팩스   02)374-8614
이메일   gworldbook@naver.com
홈페이지 www.g-world.co.kr

ISBN   979-11-388-3495-7 (03810)

본격 창업 스릴러

지옥에서 사옥까지

김진철 지음

좋은땅

누군가 이야기하지 않았던가.
현실은 영화보다 훨씬 더 드라마틱하다고.

　처음 내 사업을 시작해 보겠다고 결심을 했던 2016년 당시는 세상의 무
서움을 잘 모르던 시기였음을 솔직히 인정한다. 나름 안정된 직장 내에
서 곱게 자란, 치기 어린 철부지에 불과했던 나는 시작만 하면 회사가 잘
될 것이라는 알 수 없는 자신감으로 가득했다. 금방 자리를 잡고 여유 시
간이 생기면 나의 삶과 회사에 대한 이야기를 쓰겠다는 호기를 부리던 시
기였다.

　하지만 모든 것은 나의 기대와 달랐다. 출발을 알리는 신호와 함께 우
리는 거센 풍랑에 휩싸였고, 배에 물이 조금씩 새는 정도를 넘어 당장 좌
초되어도 이상하지 않을 정도로 철저히 망가지고 무너졌다. 세상의 모든
스타트업이 겪는 일반적인 과정이라고 포장하기엔 그 고통의 크기가 이
루 말로 표현할 수 없을 정도였다. 넘치던 자신감은 온데간데없이 사라
지고, 거대한 우주 속의 먼지보다도 작은 존재처럼 느껴졌다. 한번 잠들
면 업어 가도 모를 정도로 숙면의 달인이었던 나는 어느새 불면증이라는
불청객을 달고 살았으며, 어쩌다 간신히 잠이 든다 해도 꿈속에서의 나는
항상 감옥 아니면 노숙자의 모습을 하고 있었다.

운명의 신은 우리를 지옥의 문턱까지 밀어 넣었다가 잠시 숨통을 틔워주는 잔인한 장난을 반복했다. 이제 정말 끝인가 싶은 최악의 상황에서 기적과 같은 기회로 간신히 기사회생을 하는가 하면, 이제 좀 마음을 놓을 수 있을까 싶을 때 또다시 엄청난 시련의 소용돌이에 휘말리는 무한의 사이클이 반복되었다. 한 통계자료에 따르면 스타트업의 5년 생존율이 고작 26%에 불과하다는데, 우리는 그 마(魔)의 1/4 확률을 뚫고 일단은 살아남게 되었다. 다만 지금까지의 생존이 또 내일의 성공을 보장할 수 없다는 것을 알기에, 또 무한의 사이클이 우리를 호시탐탐 노리고 있을 것을 알기에, 오늘도 한 걸음, 한 걸음 살얼음판 위를 걷는 심정으로 살아가고 있다. 이 글을 쓰고 있는 동안에도 새로운 사건, 사고들이 끊이지 않아 결국 반전의 반전을 거듭하고 있는 상황이다.

얼마 전 〈미생 2〉라는 웹툰이 드디어 완결이 되었다. 〈미생 1〉이 대기업 안에서 벌어지는 무한 경쟁의 이야기를 그렸다면, 〈미생 2〉는 혹독하기 짝이 없는 스타트업의 적자생존을 다룬 내용으로 정말 눈물 없이는 절대 볼 수 없는 한 편의 다큐멘터리에 가까웠다. 매 에피소드마다 마치 내 얘기를 누가 몰래 가져다 쓴 것마냥 우리의 이야기와 너무 닮아 있어 격하게 몰입하다 보니, 영화보다 더 영화 같은, 드라마보다 훨씬 드라마틱한 우리의 이야기도 많은 예비 창업자들에게 꼭 들려주면 좋겠다는 생각이 다시금 고개를 들기 시작했다.

그럼 어떻게 쓸 것인가? 처음엔 지금까지 해 왔던 것처럼 주요한 에피소드들을 에세이 형식으로 나열할 계획이었다. 하지만 쓰면 쓸수록 에세이의 방식만으로는 우리의 전체 스토리를 입체적으로 표현하는 데 분명한 한계가 있어 보였다. 창업과 좌절, 극복, 성장 등 그 많은 과정에 함께

한 여러 인물들과 사건들을 보다 극적으로 설명하기 위해서는 이야기의 형식이 보다 효과적일 것이라 판단했다. 그래서 창업의 풀스토리는 3인칭 시점의 소설로, 개별 에피소드를 통한 중소기업의 운영 철학을 소개하는 이야기는 1인칭 에세이로 각각 풀어내 보기로 했다.

회사는 이제 거의 엔딩을 향해 달려가고 있고, 이 책에서는 창업 시점부터 현재까지의 이야기를 다루려고 한다. 아직 벌어지지 않은 미래의 일까지 예측할 수는 없기에 현재의 이야기에 더욱 집중할 계획이다. 본격 창업 스릴러《지옥에서 사옥까지》는 과거와 현재에 이르는 실제 이야기에 아주 최소한의 각색도 없이 순수 다큐멘터리에 가까운 이야기임을 강조하는 바이다.

거, 과장이 너무 심하지 않소.
작가가 창의력이 너무 부족한 거 아니오.

이야기를 읽어 나가다 보면 이런 생각을 하는 사람이 있을 수도 있다. 그만큼 우리의 스토리에는 온통 영화 속 클리셰 덩어리라고 느낄 만큼 뻔하디 뻔한 장면이 자주 등장한다. 일본의 유명 기업 만화《시마 과장》을 보면 주인공 시마 과장이 위기에 빠질 때마다 꼭 낯선 사람이 우연히 등장하여 사건 해결의 중요한 실마리를 던져 주고 사라지곤 하는데, 우리의 이야기도 다르지 않았다. 가장 위기의 순간에 가장 가까웠던 이로부터 배신을 당하기도 하고, 최악의 상황에서 뜻밖의 인물로부터 도움을 받으며 간신히 극복하는 과정이 정말 거짓말처럼 반복되었다. 한때 나도《시마 과장》을 읽으며 그 우연함의 연속을 손가락질했던 사람으로서 많은 반성을 했다. 시간이 지나 그때 그 상황들을 복기해 보면, 정말 그 아슬아슬함과 아찔함에 소름이 돋은 적이 한두 번이 아니었다.

단언컨대, 본 이야기에 등장하는 모든 내용은 95% 이상 사실을 바탕으로 적은 글이다. 독자들의 긴장감을 불러일으키기 위해 일부러 시간과 순서를 조작하거나, 가상의 인물이 등장해서 사건을 극적으로 해결하거나, 없던 사실을 한두 가지 쓱 밀어 넣는 등의 허구는 결코 없다. 굳이 그런 장치를 인위적으로 넣지 않아도 충분히 스릴이 넘치는 이야기이기 때문이다. 간혹 기억의 왜곡 혹은 착각에 의해 다소의 오류가 있을 수 있음을 감안하여 5%의 여지를 남겨 놓았다. 우리 회사의 이름을 제외한 모든 등장 인물, 회사, 지명, 프로젝트명 등은 전부 가상의 이름을 사용했지만, 이야기만큼은 절대 픽션이 아니라는 점을 다시 한번 강조하여 말씀드리는 바이다.

Part I

본격 창업 스릴러
- 지옥에서 사옥까지

2019년 10월의 어느 날

"좋습니다. 40억에 계약하시죠."

진혁의 단호한 결정에 부동산 사장은 두 눈이 휘둥그레졌다.

"정말요? 그렇게 빠르게 결정하셔도 괜찮으시겠어요? 저희가 조금이라도 네고를 해 볼 테니 조금만 더 시간을 가져 보시는 건 어떠세요?"

진혁은 사실 처음 보는 순간부터 이 낡고 허름하지만 네모나고 듬직한 빌딩이 마음에 들었다. 사옥을 매입하기로 결심한 이후 무려 3주간에 걸쳐 홍대와 서교동 일대 약 20여 개의 매물들을 돌아보았으나 꼭 결정적인 결격 사유가 있어 쉽지 않은 행군이 계속되었다. 하지만 진혁은 전혀 지친 기색이 없었다. 꿈에 그리던 사옥을 매입하는 일인데 어찌 피곤함을 느낄 새가 있겠는가.

"가격 조정은 굳이 안 하셔도 됩니다. 여기가 인근 시세보다 조금 비싸긴 하지만 여러 가지를 고려해 보았을 때 충분히 그 정도 가치는 있다고 생각이 되니 그냥 깔끔하게 40억에 계약하겠습니다. 괜히 몇 푼 깎으려다 이 건물을 놓치고 나면 많이 후회될 거 같아서요."

"정… 정말요? 그렇다면 정말 다행이지만… 아무튼 진짜 좋은 선택을 하신 거예요. 며칠 동안 진짜 많은 건물들을 돌아봤지만, 여기가 대표님께서 원하시는 모든 것을 갖춘 곳이기에 저도 적극적으로 추천을 드렸는데, 그렇게 시원하게 결정해 주시니 제 속이 다 시원하네요. 하하하."

분명 이 건물은 25년 전에 지어진 매우 낡은 건물이었고, 많은 단점을 가지고 있었다. 하지만 대부분의 단점들은 공사와 행정 절차를 통해 충분히 해결할 수 있는 것이었기에 망설이거나 협상하다가 놓치게 되는 불상사가 일어날까 싶은 두려움이 크게 작용했다. 이 사옥이 가지는 의미는 단순히 수익적인 것뿐 아니라 직원들의 업무 환경 개선과 편의가 최우선적으로 고려되어야 했기에 그런 의미에서 최적의 물건임에는 틀림이 없었다.

고작 1년 전, 진혁은 웹툰 〈미생〉 팀이 사용하던 18평의 꼬마 사무실에서 벗어나 40평 규모의 넓은 사무실로 이전을 했다. 당시 직원이 12명에 불과했으나 답답한 공간을 떠나서 최대한 여유 공간을 많이 확보하기 위해 조금 큰 사무실로 이전을 한 것이었다. 하지만 이전 1년 만에 직원은 정확히 2배인 24명까지 늘어났다. 쾌적했던 사무실은 금세 사람과 짐들로 가득해졌고, 휴게 공간과 리프레시 공간이 사라진 지는 이미 오래전 일

이 되었다. 심지어 새로 꾸린 팀은 사무 공간에 자리가 부족하여 회의실에 임시 업무 공간을 마련해야 할 정도로 인구 밀도가 높아졌다. 일은 많아지고, 공간은 점점 좁아지고, 회사 안에서 마음 편히 숨 쉴 공간이 부족해지니 직원들의 피로도가 점차 높아져 가는 게 진혁의 마음에 계속 걸렸다.

짐과 사람들로 가득 찬 새 사무실

진혁은 스스로를 위해서도, 직원들을 위해서도 빠른 대책 마련이 필요하다고 생각했다. 현재와 같은 40평 규모의 한 층을 추가로 임대하거나, 60평 이상의 대형 평수로 이전을 해야만 했기에 그에 따른 임대료 상승은 불가피한 상황이었다. 평소 셈이 빠른 진혁은 현 300만원의 임대료의

지옥에서 사옥까지

2배에 해당하는 600~700만원을 임대료로 지출할 바엔 대출을 받아서 사옥을 매입하고, 임대료 대신 이자를 내는 것이 여러 가지 면에서 훨씬 효율적일 것이라는 판단을 내렸다.

단순 계산을 해 봐도 30억 대출을 받아서 3.5% 이자(2019년 당시 평균 이율)를 낸다고 가정했을 때, 연 1억원의 이자를 월로 계산하면 약 830만원 선이었으니 2개층을 사용하고 나머지 2~3개층에 임대를 준다면 오히려 이익이 될 수도 있겠다는 생각을 하게 된 것이다. 직원들의 업무 환경 개선 및 부동산 상승에 따른 이익은 덤이었다.

그렇게 사옥 매입에 대한 결정을 내린 후로 진혁은 비밀리에 사옥 매입을 추진했다. 하지만 진혁의 의욕과는 달리 마땅한 매물을 찾는 것이 쉽지는 않았다. 그래도 처음이자 마지막이 될지 모르는 사옥 매입인데 적당히 타협하고 싶지는 않아서 부동산 사장을 쥐 잡듯 들들 볶으며 홍대, 서교동 일대를 구석구석 누비고 다녔다.

그렇게 험난한 과정을 뚫고 만난 25살의 낡은 건물과 계약을 하는 단계에 오니, 진혁의 마음속에는 무언가 여러 가지 감정들이 뒤섞이며 묘한 기분이 들었다. 처음 사업이라는 것을 시작해 보겠다고 마음을 먹었던 때, 끝이 알 수 없는 바다를 향해 한없이 떨어지던 때, 다시금 찾아온 기회를 붙잡고 폭풍 성장하며 직원들과 함께 환호하던 그 모든 순간이 주마등처럼 스쳐 지나갔다.

#2016년 5월 1일 일요일

5월은 누구나 사랑하는 계절이다. 덥지도 춥지도 않고, 습도도 낮은 쾌적한 날씨, 높고 푸른 하늘, 그리고 각종 기념일들…. 가족과 친구와 연인과 들로 산으로 떠나기 최적의 시즌이라는 것에 이견을 달 사람은 별로 없을 것이다. 만약 누군가 5월을 좋아하지 않는 사람이 있다면 분명 이 계절에 누군가와 이별을 했거나 혹은 절대 기억하고 싶지 않은 특별한 일이 있었을 것이다.

진혁 역시도 5월을 매우 좋아했었다. 아이들과 함께 공원에 나들이를 가거나, 부모님과 산에 오르는 등 즐거운 시간을 보내며 평화로운 봄을 만끽하곤 했다. 2년 전부터 시작된 H자동차 모터 페스티벌을 담당하기 전까지….

진혁은 프로모션 이벤트 대행사에서 약 15년 정도 일을 해 왔다. 그가 몸담고 있는 회사는 3년 전인 2013년 국내 최대 규모의 이벤트 기획사에서 자회사 형태로 독립하여 굳건히 자리를 지키고 있는 20명의 강소기업이다. 회사는 운 좋게 런칭 첫해부터 높은 매출과 가파른 성장을 기록하며, 3년 만에 안정적으로 자리를 잡았다. 업계에서 이토록 짧은 시간에 성공적으로 자리를 잡는 경우는 상당히 이례적인 일이었고, 창립 멤버로 회사에 합류한 진혁 역시 그 일원으로서 대단한 자부심을 느끼고 있었다.

진혁은 회사에서 부장의 직책을 맡고 있었다. 전체 직원 20명 중 대표님을 제외하면 가장 높은 위치에서 모든 프로젝트의 실무 총괄은 물론 재무의 영역까지 담당했다. 회사 안에서는 대표님과 직원들의 신뢰를 받고 있고, 협력사들과 돈독한 관계를 맺고 있으며, 또래 친구들에 비하면 급여나 복지도 나쁘지 않은 편이라 나름 안정적이면서 평온한 삶이 유지되는 상황이었다.

하지만 그런 그도 5월만 생각하면 누가 가슴을 짓누르는 것처럼 갑갑했다. 세상에 쉬운 일이 어디 있겠냐마는 2년 전부터 담당하게 된 H자동차의 모터 페스티벌은 늦겨울부터 준비를 시작하여, 늦은 봄까지 무려 6개월에 걸쳐 진행되는 초장기 프로젝트로 에너지 소모가 매우 클 수밖에 없었다. 이 어마어마한 대장정을 마치고 나면 모두의 몸과 마음은 언제나 숯검댕이가 되곤 했다. 그런 진혁의 마음을 아는지 모르는지 어김없이 새로운 봄이 찾아오자, 잊고 있던 두려움이 꾸역꾸역 올라오고 있었다.

올해로 3년째를 맞이하는 프로젝트의 막바지 준비를 위해 일요일이자 근로자의 날임에도 불구하고 진혁은 고된 출근길에 올랐다. 날씨 좋은 날이니만큼 동부간선도로와 내부순환로는 차로 가득했다. 음악도 듣고, 노래도 부르며 졸음을 쫓으며 내부순환로 성산방향 정릉 IC를 지나던 중, 불현듯 그의 머리를 스쳐 지나가는 2개의 영어 단어가 있었다.

'Connect… Next…'

진혁은 이 단어가 갑자기 왜 떠올랐는지 한참을 고민해 보았으나 결국 이유는 알아내지 못했다. 우연히 어떤 간판이나 건물에 적힌 문구를 보았거나, 라디오나 음악에 나오는 가사를 들은 것도 아니었다. 그냥 아무 이유 없이 신의 계시처럼 2개의 단어가 스쳐 지나간 것뿐이었다.

'Connect… Next… CONEXT…'

진혁은 막히는 차들 사이로 비집고 들어가 잠시 갓길에 차를 세우고, 휴대폰 메모장에 떠오른 단어들을 적어 놓았다. 'Connect'와 'Next'라는 두 개의 단어를 합성하니 'CONEXT'라는 신박한 신조어가 탄생했고, 그 단어가 주는 느낌이 너무 좋아 일단 메모를 해 두었다. 물론 진혁은 그때까지 단 한 번도 창업이라는 것에 대해 생각해 본 적이 없었다. 혹시라도 만약 나중에 회사를 만들게 된다면 꼭 이 이름을 쓰면 좋겠다는 뜬금없는 상상을 하며 다시 출근길에 올랐다.

하지만 그로부터 바로 1주일 후, 그 막연하고 기약 없을 줄 알았던 뜬구름 같은 상상이 현실로 불쑥 다가오는 사건이 발생했다.

2016년 5월 7일 토요일

　진혁은 토요일인 그날에도 여전히 출근길에 올랐다. 몇 주 동안 주말도 없이 계속 출근을 해야 했지만 특히 다음 주부터 시작되는 현장 세팅을 위해 아침부터 최종 점검 및 시뮬레이션 미팅을 마치고 녹초가 된 몸으로 퇴근길에 올라야 했다. 다소 이른 퇴근이었지만 토요일의 출퇴근은 부장이라는 직책을 달고서도 여전히 체력 소모가 평소의 2배쯤 되는 것 같았다. (실무자들의 힘듦은 또 오죽했으랴…)

　이미 지칠 대로 지친 몸을 이끌고 퇴근길에 나서 보지만 토요일 오후 4시의 퇴근길은 이미 주말나들이 행렬로 가득 차 있다.

　'짜증을 내어서 무엇하랴… 니나노….'

　몰려오는 잠도 쫓을 겸, 차 안에서 목이 터져라 90년대 노래들을 부르고 있었다. 에메랄드 캐슬의 〈발걸음〉 하이라이트 부분을 쭉 올리려는 순간 때마침 영훈에게 전화가 걸려 왔다.

　"처음부터~ 너란 존재는~ 내게 없었… (띠리리리리) 흠흠… 여보세요."

　"오늘도 출근했냐?"

　"뭘 그런 당연한 걸 또 새삼스럽게 묻냐. 5월에 바쁜 거 알면서…."

　"퇴근길이면 잠깐 들르지."

　"나 주말에 아침부터 회의하느라 개피곤한데. 어디 형님한테 오라 가라냐."

　"그러니까 들르라는 거지. 아무리 피곤하고 바빠도 잊어버릴 게 따로 있지."

"뭐… 잊어버리긴 누가 잊어버리냐? 그냥 피곤하다는 거지."

영훈은 진혁의 30년 지기 친구다. 영훈은 진혁의 가장 친한 친구로 과장을 좀 보태자면 1년 중 360일 정도를 만날 정도로 가까운 영혼의 단짝이었다. 둘은 너무 다른 성격을 가지고 있었기에 오히려 서로 궁합이 잘 맞는 사이가 되었다. 교회 학생회 시절에도 영훈은 큰 그림을 잘 그리는 반면, 진혁은 디테일에 강했다. 영훈의 기획력, 진혁의 추진력으로 어떤 일이든 일사천리로 일이 해결되었다. 30년을 넘게 함께하면서도 평소 사소한 말다툼조차 해 본 적이 없을 정도로 환상의 호흡을 자랑해 왔다.

영훈의 생일은 5월 8일 어버이날이다. 매년 친구들의 대장 격인 영훈의 생일엔 많은 친구들이 모여서 파티를 했는데, 이번에는 하필 일요일이라 토요일에 모이기로 한 것이었다. 사실 최근 몇 년간 진혁이 5월에 바쁘게 사느라 영훈의 생일을 까맣게 잊고 있었던 것이다. 진혁은 비록 퉁명스럽게 대답했지만 미안한 마음에 바로 모임 장소로 달려갔다. 그곳에는 이미 친구들이 모여 한바탕 술자리가 벌어지고 있었다. 친구들은 오래간만에 모든 걸 내려놓고 신나게 놀았다. 마치 내일이 없는 사람들처럼….

그렇게 시간이 흘러 어느덧 새벽 1시. 다음 날이 일요일임에도 불구하고 평소와는 다르게 모든 친구들이 일찍 귀가를 하고, 영훈과 진혁은 둘만 남아 조용한 칵테일 바로 자리를 옮겼다. 이 시간 정도 되면 영훈은 으레 술에 잔뜩 취해서 한 500번쯤은 들었을 법한 뻔한 무용담과 헛소리를 늘어놓을 시간이지만, 어쩐 일인지 멀쩡한 상태를 유지하며 한껏 폼을 잡고 있었다.

"너 만약 회사를 차린다면 돈이 얼마나 들겠냐?"

영훈의 갑작스런 질문에 진혁은 순간 정신이 번쩍 들었다. 평소 입에서 나오는 말 중 헛소리와 장난이 90% 이상인 영훈이었지만, 그래도 홈쇼핑 쪽 사업에서 큰 성공을 거두어 나름 탄탄한 입지를 몇 년째 이어 오던 중견 기업인이었다. 그런 영훈은 평소 진혁의 능력이나 실력에 대한 무한 신뢰가 있었던 터라 호시탐탐 기회를 노리고 있다가 어렵사리 말을 꺼낸 것이었다.

"음… 못해도 직원 6~7명에 1년 동안 투자한다 생각하면, 행사 선금까지 감안해서 최소 5억은 필요하지. 물론 보수적으로 잡은 금액이기는 해도, 짧은 기간에 성과를 내기는 어려운 업종이라 이 정도는 있어야 조금 안정적으로 운영이 가능할 거야."

진혁은 일말의 망설임도 없이 답을 내놓았다. 전혀 예상치도 못한 영훈의 기습적인 질문이었지만 진혁은 특유의 빠른 계산력으로 마치 원래부터 생각을 하고 있었다는 듯 말을 이어 갔다. 진혁이 지금 다니고 있는 회사의 대표는 아니지만 거의 모든 살림살이를 도맡아 하고 있었기 때문에 그 정도 계산은 어렵지 않게 할 수 있었다.

"오우, 내가 예상했던 것보다 많이 필요하네. 한 3억 정도면 명함도 못 내미는 거야?"

"사실 뭐 안 될 건 없지. 사업이라는 것이 항상 최악의 상황을 가정해야 하잖아. 1년 동안 제대로 된 결과물이 없을 경우를 대비해 5억이 필요하다는 건데, 중간에 프로젝트 한두 개 정도만 수주해도 3억 정도면 1년 버티는 거 무리는 없지. 당연히 그래야 하고."

막힘 없는 진혁의 말에 영훈은 '역시…'라는 생각으로 말을 이어 나갔다.

"그럼 3억 정도 시드 머니로 해서 최대한 서둘러 성과를 내는 걸로 추진한다면 가능하다는 거네?"

"사업이라는 게 너무 보수적이어도 안 되고, 너무 낙관적이어도 안 되잖아. 일단 3억으로 최소 2~3년은 버터 내야 이 바닥에서 경우 수익이라는 걸 바라볼 수 있다는 거 감안해야 하는데, 네가 그 정도 시간 기다려 줄 수 있다면 심각하게 고려해 볼게. 너무 조급하게 생각할 거면 그냥 시작도 안 하는 게 좋아. 너도 처음 시작할 때 3년 넘게 고생하면서 500만 원 빌려 가서 한동안 돈 못 갚고 나한테 추심 당했던 거 기억나지? ㅋㅋㅋ 그 때 그거 받아 오라고 와이프한테 내가 얼마나 시달렸는지 아냐? ㅋㅋㅋ"

진혁은 자못 진지해진 분위기를 바꿔 보려고 시답잖은 추억을 꺼내어 농담을 던졌지만 영훈은 그런 진혁의 농담에도 불구하고 쓸데없이 비장한 태도를 유지했다.

"오케이, 그럼 대신 초반부터 좀 타이트하게 관리해서 최대한 성과를 빠르게 내는 것을 목표로, 우리 회사에서 3억 정도 투자하는 걸로 하고, 나랑 같이 니 사업 한번 해 보자."

이런 얘기를 꺼내기 위해 일부러 취하지 않은 건지, 아니면 술김에 즉흥적으로 내뱉은 것인지 영훈의 명확한 의중을 알 수가 없었다. 하지만, 진혁 역시 살짝 취기가 오른 상태였기에 마음이 이미 심하게 요동치고 있음을 스스로 느낄 수 있었다. 흔히 마흔 살을 불혹(不惑)이라고 부르는데, 사실은 너무 많은 유혹이 있기에 오히려 불혹이라고 부른다는 이야기가 있다. 더구나 남자 나이 마흔이 되면 누구나 자기 사업에 대해 없던 욕심도 생긴다고 하는데 이런 좋은 기회를 마다할 사람이 누가 있을까?

"음… 일단 콜! 대신 나도 여기저기 확인도 좀 해 보고, 전체적인 시장

지옥에서 사옥까지

상황 좀 체크하고 나서 정리된 내용 가지고 회사로 한번 갈게. 같이 일할 사람도 필요하고, 일 줄 사람도 필요한 거니까. 또 지금 회사하고 정리할 부분도 있고 하니, 우선 이런저런 거 먼저 빠르게 확인하고 다시 얘기해 보자. 오케이? 자, 일단 마셔!"

진혁은 애써 최대한 담담한 척 이야기했지만, 사실 마음은 이미 멀리멀리 앞서 나가고 있었다. 다시 올 수 없을지도 모르는 기회…. 하지만 현재의 안정적인 직장을 버리고 엄청난 모험을 시작해야 하는 중대한 갈림길에서 아주 미세하게 도전을 향해서 방향이 틀어져 있음을 느낄 수 있었다.

#2016년 5월 30일

영훈과의 술자리 이후 3주라는 시간이 훌쩍 지나갔다. 매년 준비하던 5월의 모터 페스티벌이 성황리에 잘 마무리되어 진혁은 마음의 짐을 하나 벗어던졌다. 행사를 마친 후 가장 먼저 진혁은 함께 일하고 있는 팀원들에게 새 회사에 대한 의견을 구했다. 사업을 시작하기 위해서는 무엇보다 함께 일할 동료들이 가장 중요했기 때문이다. 그냥 주먹구구식으로 '알아서 잘해 줄 테니 나만 믿고 같이 가자'라는 옛날 방식보다는 구체적인 비전과 계획, 복지, 지분 등에 대해 최대한 자세하게 설명하며 팀원들의 동의를 구했다.

진혁은 직원들의 입장으로 생각하면서 그들에게 가장 중요한 포인트가 무엇일까 끊임없이 고민해 보았다. 자신과 마찬가지로 지금의 안정적인 회사를 버리고 가야 하는 상황에서 최소한 지금과 동일한 수준의 급여나 복지는 기본이고, 향후의 비전이 명확하고 구체적이어야 할 것이라고 진혁은 생각했다. 리스크에는 리턴이 따라야 하는 게 너무도 당연한 이치이니까…. 현재의 회사보다 새로운 회사의 가치와 철학이 더 좋아 보여야 직원들의 마음을 움직일 수 있다고 판단한 것이다. 그러한 시뮬레이션을 바탕으로 팀원들과 구체적인 협상에 들어가자 실제 팀원들의 반응도 예상과 크게 다르지 않았다.

여러 가지 우여곡절 끝에 결국 웹툰 〈미생〉 팀과 마찬가지로 진혁 포함 3명의 멤버로 시작하기로 했다. 당초 한 개 팀 6~7명과 함께 독립하기를 희망하였으나, 몸담고 있는 회사와 원만한 합의를 이루지 못해 일단 최소

지옥에서 사옥까지

인원만 함께하기로 했다. 창업 멤버 3명은 일단 자리를 잡은 후 추가로 팀원들을 영입하기로 하고 스타트라인에 함께 섰다. 며칠 동안 함께 사업 계획안을 업데이트했고, 곧 영훈의 회사에서 진행할 사업 계획서 브리핑 스케줄이 잡혔다.

"어, 지금 사무실로 가고 있어. 일단 나 혼자 가고 있는데, 오늘 미팅에는 너네 회사 직원들도 들어오는 거지?"

"어. 재무 쪽 부장하고 직원 몇 명 같이 들어갈 거야. 너네 직원들은 다음에 보는 걸로 하고, 빨리 대충 끝내고 술이나 먹자."

진혁은 지난 3주간 가끔씩 영훈과 통화하며 간단한 계획이나 일정 등은 공유했으나, 정식으로 사업 제안서를 보여 준 적은 없었다. 투자는 이미 결정되었고, 사업 설명회는 단순한 요식행위에 불과하다고 생각했음에도 처음 해 보는 사업 보고여서 그런지 묘한 긴장감이 느껴졌다.

영훈의 사무실에 도착한 진혁은 준비해 온 사업 계획서를 열고 곧바로 브리핑을 시작했다. 진혁은 발표를 하면서 영훈을 포함한 그쪽 직원들의 표정을 꾸준히 살펴보았다. 발표 중간중간 의미 없는 몇 가지 질문과 대답이 오갔고, 형식적인 발표 자리가 마감이 되었다. 직원들의 표정은 시종일관 무미건조한 표정이었다. 대표의 친구에게 보일 수 있는 의례적인 미소도 찾아보기 힘들 정도였다. 이유를 알 수는 없지만 공간을 가득 채운 서늘한 공기가 희미하게 느껴졌다.

"친구야, 오늘 아무래도 술 마시기 어렵겠다. 갑자기 공장에 일이 좀 생겨서…. 미안."

"아, 그래? 괜찮아. 괜찮아. 어서 가서 해결해. 일이 우선이지. 뭐 오늘만 날인가? ㅋㅋ 빨리 날 잡아서 우리 직원들하고 같이 킥오프나 제대로 하자."

"어… 어… 그래… 그러자. 그럼 되지."

발표를 마치고 난 후에 영훈의 목소리 톤이 미세하게 달라지고 있었음을 진혁은 어렴풋이 눈치를 채고 있었으나, 그저 기분 탓이려니 하고 그냥 아무렇지 않게 넘겼다. 그 후로 일주일이 지나도록 영훈으로부터 아무런 연락이 없었다. 진혁은 그날 회의실을 가득 채운 서늘한 공기와 영훈의 주저하는 목소리를 통해 이미 결말을 어느 정도 예상하고 있었으나 그것이 현실로 다가오는 것이 두려워 먼저 연락을 하는 것을 며칠째 망설이고 있었다.

하지만 이미 주사위는 던져진 상태이고, 되돌아갈 다리까지 모두 끊어져 버린 상황인 진혁은 두렵다고 마냥 피할 수도 없는 노릇이었다. 어차피 맞을 매라면 하루라도 빨리 맞자는 심정으로 일주일 만에 영훈에게 먼저 연락을 했다.

"(아무렇지도 않은 척) 일주일이나 지났는데, 연락이 없냐? 회사에 뭔일 있어?"

"어… 뭔 일이 있는 건 아니고, 좀 사정이 있었어. 준비는 잘되고 있어?"

"이제 시작인데 뭘…. 할 일이 태산이지. 그나저나 혹시 너 투자 계획에 차질 생긴 거냐? 혹시 그런 거면 빨리 말해 줘. 그래야 나도 대안을 마련하든지 할 거 아니야."

진혁은 그간의 마음 졸였던 감정은 최대한 숨긴 채 짐짓 대수롭지 않은 척 먼저 질문을 던졌고, 영훈의 대답이 돌아오는 데까지 걸린 그 1~2초간 견딜 수 없을 정도로 숨이 막혔다.

"어… 사실은 그게… 좀 그렇게 됐어. 지금 사정도 빠듯하고, 준비하는 일이 몇 개 미끄러져서…."

'왜 슬픈 예감은 틀린 적이 없나…'라는 유명한 노랫말처럼 진혁의 슬픈 예감은 이제 정말 현실로 되돌아왔다. 어차피 엎질러진 물이었으므로 미련을 가질 시간이 없었다. 여러 가지 정황을 통해 어느 정도 예상을 했던 일이기에 충격이 크지 않았다는 것이 위안이라면 위안이었을까.

"오케이. 오케이. 알았어. 그런 일 있었으면 빨리 말해 주지. 일단 내 일은 내가 알아서 할 테니까, 너는 신경 쓰지 말고 니 회사 일 잘 챙겨라. 나한테 또 돈 빌리러 오지 말고 ㅋㅋㅋ. 나중에 또 필요하면 연락하자."

"미안하게 됐다. 괜히 내가 바람만 집어넣고 꽁무니를 빼는 상황이 돼서…."

"미안하긴…. 원래 투자라는 게 다 그런 거지 뭐. 또 기회가 있겠지. 걱정하지 마. 나 혁이야!"

영훈의 마음을 편하게 해 주기 위해서였을까? 아니면 비굴한 모습을 보이고 싶지 않아서였을까? 무슨 이유이든 간에 진혁은 마지막까지 대수롭지 않은 듯 농담을 던지며 영훈과의 통화를 마무리했다. 전화를 끊고 나서야 망연자실한 현실이 훅 하고 다가와서 진혁의 마음을 꽉 짓눌렀다. 하지만 진혁은 이게 얼마나 큰일인지, 얼마나 큰 파도가 되어 자신을 위험에 빠트릴 것인지 상상조차 할 수 없었다.

2016년 6월 7일

일주일 후, 진혁은 무작정 제주도행 비행기에 올랐다. 요즘 유행한다는 '혼밥'은 물론 '혼술'이나 '혼영' 등 무엇이든 혼자서 하는 것을 극도로 싫어하는 진혁에게 혼자서 여행을 떠난다는 것 자체가 대단한 결심이었다. 차분하게 혼자만의 시간을 보내면서 해결해야 할 많은 문제들과 복잡한 머릿속을 하나씩 정리하고 돌아갈 계획이었기에 일부러 숙소도, 렌터카도 예약하지 않았다. 제주 국제 공항에 내린 그는 그때부터 무작정 걷기 시작했다. 기왕 걷는 거 경치 좋은 해안도로 쪽으로 코스를 잡았다. 공항 서쪽 도로를 따라 올레길 17코스로 계속해서 걸었다.

머릿속을 정리하러 간 여행이지만 걸으면 걸을수록 정리는커녕 오히려 실타래는 더 꼬여만 갔다. 그렇게 몽유병 환자처럼 한참을 걷다가 문득 정신을 차리니 어느새 이호테우 해변에 도착했다. 6월의 햇살은 몹시 뜨거웠고, 잠시 뜨거운 햇빛을 피하기 위해 정자에 누워 휴식을 취했다. 꽤 오랜 시간을 걸었음에도 불구하고 웬일인지 그 아름다운 경치가 전혀 기억이 나질 않았다.

다시 일어나 툭툭 털고 해안도로를 따라 걷기 시작한 진혁은 외도 포구, 연대 포구, 하귀 포구를 지나 가문동 포구 인근 카페에 자리를 잡고, 에스프레소 한 잔을 주문했다. 휴대폰으로 확인해 보니 총 5시간에 걸쳐 14km를 걸었다는 사실을 알게 되었다. 오래 걸어서였을까? 아니면 생각이 많아서였을까? 진혁은 오늘따라 에스프레소가 유난히 쓰다고 느꼈다. 하지만 쓴맛으로 입안이 온통 채워질 때쯤 뒤늦게 따라오는 달달한 맛,

진혁은 에스프레소가 마치 자신의 인생과 닮아 있다고 생각하며 씁쓸한 미소를 지었다.

가문동 포구 인근 노천카페에서 에스프레소

'이봐, 자신 있어?'

진혁이 갑작스럽게 창업을 처음 결심했던 날부터 오늘에 이르기까지 약 한 달의 시간 동안 스스로에게 수십 번, 수백 번 물었던 질문이다.

'물론이지.'

그때마다 돌아오는 답변은 동일했다. 어린 시절부터 유난히 공부에 취미도 없고, 크게 노력을 하지 않았음에도 진혁의 삶에는 항상 샛복(복과 복 사이에 낀 작은 복)이 따라 주었다. 예를 들면, 암기 위주의 학력고사였다면 인서울 대학은 꿈도 꾸지 못했을 텐데 진혁이 고1이 되던 해에 시험 제도가 학력고사에서 수능시험으로 바뀌며 성적이 갑자기 상위권으로 도약하더니 결국 홍대에 합격하는 쾌거를 이루었다든지 하는 식의 일이다.

처음 영훈이 아니었다면 시작도 안 했을 창업의 길이었지만, 결국 영훈은 이 드라마에서 자신의 역할을 충실히 수행하고 1화에서 홀연히 퇴장하였다. 이제 남은 짐은 오롯이 주인공인 진혁의 몫이었다. 그것이 좋은 것인지, 나쁜 것인지는 시간이 지나 봐야 알 일이겠지만 이것이 그에게 주어진 운명이라면 분명 그 이유가 있을 것이라 진혁은 긍정적으로 생각했다. 아니, 그렇게 생각하는 것이 그나마 견딜 수 있는 유일한 길이기도 했다.

'누군가의 투자가 당장에는 좋고, 쉽고, 편할 수는 있지만 결국 투자자의 의중대로 끌려가다 보면 내가 하고 싶었던 것들을 포기해야 하는 순간이 올 게 분명하다. 당장에는 조금 부족하고, 힘들고, 어렵겠지만 내 자금으로 시작해서 내가 해 보고 싶었던, 그리고 직원들에게 분명한 약속을 맘껏 해 줄 수 있으니 오히려 더 좋은 기회가 아니겠는가.'

진혁은 이전에 사업다운 사업을 해 본 적이 없었다. 한때 잠시 조그만 만화방을 해 본 경험이 전부인 초보 창업가 진혁은 시작부터 너무 가혹한 신고식을 치르게 되었지만, 특유의 긍정법으로 이 상황을 이해하고 받아들이려고 노력했다. 지금의 이 시련이 나중에 어떤 결과로 돌아올지는 알 수가 없었지만, 일단은 주어진 조건에 최선을 다해서 후회 없이 해 보고 장렬히 산화되는 게 지금 그가 할 수 있는 유일한 방법이었기 때문이다.

그렇게 제주도에서의 2박을 마치고, 서울로 돌아온 진혁은 이제 본격적인 창업 준비 작업에 들어갔다.

2016년 6월 20일

    본격적인 여름이라고 하기엔 아직 이른 6월이었지만, 날씨는 아랑곳하지 않고 푹푹 찌는 무더위를 선물해 주었다. 진혁은 아직 마땅한 사무실을 찾지 못해 인근 커피숍을 전전하며 업무를 진행하다 보니 더위가 더 크게 다가왔다. 진혁은 이미 다니던 회사와 최종 작별을 하였기에 빠르게 새 사무실을 찾기 위해 이른 무더위를 뚫고 이리저리 사무실을 보러 다녔다. 하지만 적은 비용과 타이트한 일정으로 인해 썩 만족스러운 사무실을 찾지 못했다.

    "건물 외관이 가장 중요해요. 옛날식 허름한 벽돌 건물이면, 면접 보러 왔다가 안 들어오고 그냥 가는 경우도 많더라고요."

    "행사에 쓸 짐들이 많으니 엘리베이터는 필수! 짐들을 보관할 창고도 있으면 좋겠습니다."

    "화장실이 사무실 안에 있었으면 좋겠네요, 남녀 칸이 분리되어 있으면 더 좋구요."

    남자 셋이 시작할 사무실은 꽤나 많은 조건들을 통과해야 했다. 그것은 함께하기로 한 직원들의 바람이라기보다는 진혁의 바람이라는 게 더 정확할 것이다. 나름 규모와 경력 있는 회사를 등지고 나왔기 때문에 직원들에게 최소한의 사무 환경은 갖춰 주고 싶었던 마음이 컸다. 하지만 막상 현실로 닥쳐 보니 마음에 쏙 드는 사무실 구하는 것이 쉽지 않았다. 물론 돈과 시간이 부족한 것이 가장 큰 문제라면 문제이겠지만….

- 전○○ 본부장 : 기존 회사의 전 팀장. 조직 관리와 영업에 강점이 있고, 둥글둥글한 성격.
- 김○○ 팀장 : 기존 회사의 김 대리. 업무 능력이 뛰어나고, 맺고 끊음이 분명한 성격.

진혁을 포함하여 함께 시작을 한 이 세 명의 남자들은 성격이 달라도 너무 달랐다. 각자의 색깔이 명확하게 다르면서도 상호 보완되는 부분이 많아 오히려 호흡이 잘 맞아 창업까지 함께하게 된 것이다. 결혼을 앞둔 예비 신혼부부가 결혼을 준비하면서 가장 많이 다투고, 심지어 사소한 문제로 헤어지기까지 하는 경우도 비일비재하다. 하지만 이 세 명의 남자들은 서로가 원하는 부분과 각자의 역할이 명확했기 때문에 회사 설립은 큰 트러블이 없이 순조롭게 진행되었다.

3일에 걸쳐 십여 개의 사무실을 둘러본 후, 마지막 후보 사무실로 이동하였다. 그때까지 본 사무실들은 꼭 한두 가지의 결정적 결격 사유를 가지고 있었기에 '오늘도 글렀구나' 하는 마음으로 별 기대 없이 부동산 사장의 차에 몸을 실었다.

하지만 부동산 사장은 이번만큼은 정말 자신이 있었는지, 앞서 본 사무실들과는 달리 이동하는 내내 이런저런 장점들을 늘어놓았다. 설명만 놓고 본다면 정말 세 남자가 원했던 조건들에 대부분 충족되는 물건임에는 틀림없었다. 전략적으로 앞에 일부러 조금 떨어지는 물건을 보여 주고, 마지막에 그럴듯한 물건으로 승부수를 던졌을 것 같아 약간의 기대감이 들기 시작했다.

지옥에서 사옥까지

비쌀만하네...

〈미생〉팀에서 실제 근무했던 깔끔한 외관의 꼬마 빌딩

그런 부동산 사장의 전략은 제대로 맞아떨어졌다. 세 남자는 건물 앞에 도착한 순간 직감적으로 알 수 있었다.

'왠지 여기가 우리의 첫 사무실이 되겠구나!'

진혁과 직원들이 마음에 드는 눈빛을 서로 교환하자, 부동산 사장은 마지막으로 쐐기를 박는 회심의 멘트를 장전했다.

"웹툰 〈미생〉 아시죠? 그 팀에서 쓰던 사무실이에요. 이번에 만화랑 드라마가 대박이 나서 더 큰 사무실로 옮겨 가면서 사무실이 급하게 비게 된 거예요. 대박 나는 사무실 다음에 들어오는 사람도 기운을 받아서 잘 되는 거 아시죠?"

"임대료가 높은 거 같아서 아예 안 보려고 했는데, 와서 직접 보니 이해가 되네요. 저희가 예상했던 것보다 조금 비싸 부담스럽기는 하지만 아무리 봐도 여기만 한 곳이 없네요. 괜히 더운데 더 돌아다녀 봐야 소용없을 것 같으니 그냥 여기로 하시죠. 돈은 더 벌면 되죠, 뭐."

그렇게 회사의 첫 사무실은 〈미생〉 팀이 사용하던 보증금 2천만원에 임대료 190만원인 18평 남짓의 조그만 사무실로 최종 낙점되었다. 그 사무실의 가장 큰 매력 포인트는 흡연자를 위한 길고 얇은 테라스가 존재한다는 것이었다. 만화 속에도 자주 등장하던 그 테라스에서 정말 많은 한숨과 고민이 있었을 거라 쉽게 짐작할 수 있었다. 하지만 진혁은 대박 난 자리에서 기운을 이어받아 또 대박이 난다는 케케묵은 속설을 믿어 보고 싶었다.

〈미생〉 만화에도 등장했던 길고 좁은 테라스

#2016년 7월 8일

진혁은 7월 1일에 맞춰 법무사 사무실에 법인 등록 서류를 제출하였다. 법인 등록일을 7월 1일로 맞추기 위해서였으나, 법인등록과 사업자등록까지 마치려면 서류를 제출하고 며칠이 걸린다는 사실을 미처 알지 못했던 탓에 7월 8일이 최종 법인 등록일이 된 것이다. 처음 시작하는 사업이다 보니 아주 작은 곳에서부터 미숙함이 여실히 드러나고 있었다.

"여보 미안. 미리 말했어야 했는데, 사실은 영훈이가 투자 어려울 것 같다고 그러네…."

영훈이 투자를 철회하기로 결정이 된 지 한참이 지나서야 진혁은 아내에게 조심스레 이야기를 꺼냈다. 영훈의 투자로 인해 창업이 시작되었다는 것을 알고 있는 아내에게 어떻게 말을 해야 할지 도저히 용기가 나지 않았기 때문이다.

"음… 차라리 잘됐네. 나도 사업 잘 모르지만, 남의 돈 받아서 사업하는 거 썩 내키지 않았거든. 기왕 이렇게 된 거 빠듯하겠지만 우리 모아 놓은 돈이랑 아파트 담보로 대출 조금 받아서 시작하면 되지 뭐…. 빨리 벌어서 갚아. 그러면 돼."

한참 뜸을 들이던 진혁의 아내는 오히려 잘된 일이라며 진혁을 위로해 주었다. 영훈의 투자 철회 소식에 펄쩍 뛸 거라는 진혁의 예상은 보기 좋게 빗나갔다. 항상 무슨 일이든 긍정적으로 생각하던 진혁이었지만 이번만큼은 크게 좌절하고 있었는데, 아내의 덤덤하지만 진심 어린 위로와 응원이 꺼져 가던 의지에 다시금 불을 지펴 주었다.

그렇게 만들어진 법인의 자본금은 단 1억이었다. 이미 6개월 전 30평대 아파트로 이사를 오며, 2억을 대출 받은 상황에서 추가로 1억을 더 받으면서 진혁의 아파트는 거의 은행의 것이라고 봐도 무방한 상황이 되었다. 당초 3억 투자를 예상하고 잡았던 사업 계획은 1억뿐인 자본금에 맞춰 전면 수정할 수밖에 없었다.

"아니, 이렇게 큰돈을 왜 우리한테….."

그렇게 간신히 마련한 자본금 1억에 맞춰 빠듯하게 사업 계획을 짜던 와중에 진혁은 뜻밖의 투자금을 추가로 유치할 수 있게 되었다. 전 회사에서 2~3년 동안 같은 프로젝트를 진행하면서 친해진 친구이자 비즈니스 파트너인 동현이 조건 없이 5,000만원이라는 거금을 선뜻 투자하겠다고 했다. 함께 프로젝트를 추진하면서 서로의 신뢰 관계를 쌓아 온 것은 사실이었지만 그래도 적지 않은 돈을 특별한 조건 없이 내놓는다는 것이 쉽지만은 않았을 텐데, 진혁은 자금 압박에서 약간이나마 벗어날 수 있어 좋으면서도, 한편으로는 상당한 부담이 되기도 했다.

"김 대표도 잘 알겠지만 나도 몇 년째 조그만 구멍가게 같은 회사를 운영하고 있는데, 좀처럼 발전이 없었어. 그런데 지난 몇 년 동안 너희와 함께하면서 정말 많이 배웠거든. 너희가 잘돼야 나도 함께하면서 같이 성장할 수 있을 거라는 생각이 들었어. 시작할 때 돈이 항상 부족한 거니까 보탬이 되었으면 좋겠고, 또 함께하면서 같이 성장하고 같이 부자 되자고."

동현은 이미 작은 회사를 운영하고 있었지만 몇 년째 제자리를 맴돌고 있어 다양한 경험과 노하우가 절실했다. 그리하여 진혁의 회사와 함께

　　　　　　　　　　　　　　　　　　　　지옥에서 사옥까지

업무를 하면서 성장하고 싶다는 이유로 투자를 결정하게 된 것이었다. 진혁은 향후 다양한 프로젝트를 진행함에 있어서 친구이자 투자자인 동현의 회사와 적극적인 협업을 진행하기로 약속했고, 그와 별개로 투자금에 대한 답례로 회사의 전체 지분 중 10%를 동현에게 배정하였다. 진혁은 창업을 함께한 전 본부장과 김 팀장에게 각각 12%와 8%의 지분을 나눠 준 상황에서 동현에게 10%를 배정하고 본인은 70%의 지분만을 소유하게 되었다.

직원과 투자자에게 지분을 일정 부분 배정한 것은 말로만 주인의식을 강조할 것이 아니라 실제로 주인의 자격을 부여하여 스스로 주인의식을 가질 수 있도록 하기 위함이었다. 진혁은 주식회사의 모든 의결권 마지노선인 66.7% 이상만 보유하면 된다는 생각으로 과감하게 30%를 직원과 투자자에게 배정한 것이다. 하지만 이것을 두고 주변의 많은 사람들은 적극적으로 만류하였다. 주식을 나눠 준 직원들과 여러 곤란한 일들을 겪은 대표자들의 공통된 의견이었다. 그들의 의견이 전혀 타당하지 않은 것은 아니었으나, 진혁은 여러 가지 벌어질 상황에 대해 충분히 대비할 수 있다는 믿음을 바탕으로 주식 배분에 대한 절차를 자신의 의견대로 강행하였다.

물론 진혁은 지분을 제공하면서 주식의 양도와 양수에 관한 별도의 협의서를 작성하였다. '주식 취득 후, 3년 이내 정당한 사유 없이 퇴사할 경우 모든 주식의 권한을 아무런 조건 없이 반납한다'는 내용의 합의서였다. 법적으로 강력한 효력이 있는 문서는 아니었지만 회사의 가장 중추적인 역할을 해야 할 책임자들이 쉽게 회사를 떠날 마음을 품지 못하도록 하는 최소한의 안전장치라고 생각했다. 무엇보다 그들이 떠나려는 마음을 먹지 못할 정도로 좋은 회사를 만들어야 한다는 것이 가장 중요한 사명이었다. 항상 사람의 관계라는 것이 좋을 때는 한없이 좋겠지만, 나빠질 때는 순식간에 망가질 수 있기 때문이었다.

아무튼 우여곡절 끝에 회사의 설립에 관한 세팅이 어느 정도 완료된 진혁은 본격적으로 사람을 채용하는 일과 영업을 통해 일을 만들어 내야 하는 중요한 출발선에 서게 되었다. 시작이 반이라지만 정작 아무것도 시작하지 않았음에도 벌써부터 녹초가 된 기분이었다. 과연 그들이 맞이할 첫 번째 프로젝트는 언제쯤 시작이 될지… 또 어떤 고난과 역경이 찾아올지…. 기대와 두려움이 공존하는 순간이었다.

2016년 10월 말(창업 3개월)

야속하게도 정말 시간은 빠르게 흘러갔다. 회사를 설립한 지 3개월이 지나도록 좀처럼 첫 프로젝트를 유치하지 못했고, 그사이 3명의 직원을 새로이 영입했다. 각종 채용 사이트에 열심히 채용 공고를 올렸지만 허수의 지원자만 가득했다. 어쩌다 적당한 사람이 보여 연락을 해 보면 자신이 지원서를 넣은 것도 모르는 사람이 태반일 정도였다. 레퍼런스가 전무한 극소기업에 놀랍도록 아무런 관심을 보이지 않는 것은 어쩌면 당연한 일일 것이다. 하지만 진혁은 모든 것이 처음 겪는 일이라 그 하나하나가 마음에 상처로 남았다.

급할수록 돌아가라는 옛 속담 따위는 정작 현실에서는 아무 짝에도 도움도, 위로도 되지 않는 말이었다. 시간은 정말 빠르게 흘러가고 있고, 투자 유치 실패로 인해 초기 자본이 넉넉지 못하다 보니 조급함과 압박감이 진혁을 끝없이 옭아매고 있었다. 어떻게 이 난관을 돌파해 나가야 할지 좀처럼 실마리가 잡히지 않았다. 그렇다고 일이 아예 없는 것은 아니었다. 무언가 끊임없이 준비를 하고 있었으나 프로젝트가 성사되지 못하고 그저 계속해서 반복되는 준비 작업에 모두들 지쳐 가고 있었다.

그러던 중, 진혁이 전 회사에서 지속적으로 거래해 오던 광고 대행사의 친구이자 광고주인 김태훈 부장이 10월 말에 있을 작은 프로젝트를 하나 의뢰하였다. 하지만 첫 번째 프로젝트라는 기쁨도 잠시뿐이었다. 진혁의 회사는 신생 회사였기에 대기업 광고 대행사 협력사에 등록되어 있지 않아 부득이 다른 회사의 이름을 빌려서 행사를 진행해야만 했다. 이른바 대대행이라는 구조인데, 어느 정도 레퍼런스가 쌓여 대행사의 협력사로 등록되기 전까지는 부득이한 선택이었다.

진혁은 정말 잘할 수 있었고, 자신이 있었지만 그건 순전히 그의 생각일 뿐이었다. 일을 맡기는 사람의 입장에서는 믿을 만한 '사람'이 아닌 믿을 만한 '회사'를 보는 것이 너무도 당연했기 때문이다. 그런 면에서 보면 아직 별 볼 일 없는 진혁의 회사에 대대행 구조로 일을 맡겨 준 것만 해도 김태훈 부장에게 정말 감사한 마음이 들었다.

아무튼 그렇게 다른 회사의 이름을 빌려 수행하게 된 첫 번째 프로젝트는 K사에서 매년 진행하는 프로젝트로 잠실 대형 야외 주차장으로 장소가 정해졌다. 그 프로젝트를 만들기 위해 9월부터 약 두 달간 '다른 회사의 이름으로' 전 직원이 합심해서 열심히 준비했다. 회사의 첫 프로젝트였기에 모두들 야근과 주말 근무 할 거 없이 최선을 다해 준비했다. 그렇게 1주일간의 세팅을 마치고 관람객들을 맞이할 만반의 준비를 마쳤다.

'아… 사람이 왜 이렇게 없지? 아직 이른 시간이라 그런 건가? 아니면 날씨 때문인가?'

오전 10시. 드디어 결전의 날이 밝았으나, 예상보다 너무 적은 관람객이 현장을 찾았다. 사실 관람객보다 스태프가 훨씬 더 많다고 해도 과언이 아닐 정도였다. 10월 말치고는 다소 쌀쌀했으나 밖에 다니기는 더할 나위 없이 좋은 날씨였다. 며칠 밤을 새며 준비했고 지난 한 달간 다양한 채널로 홍보도 많이 했지만 고생한 보람도 없이 행사장은 텅텅 비어 을씨년스러운 분위기가 조성되었다.

오후 시간이 되면 좀 나아질까 싶었지만, 좀처럼 사람들은 늘어나지 않

을씨년스럽고 스산한 첫 번째 프로젝트의 행사장 풍경

았다. 시간은 계속 흘러 저녁이 되었고, '비와이'와 '마마무' 등 인지도 있는 출연진들이 공연을 앞두고 있었지만 마지막 걸었던 희망조차 산산이 부서지고 말았다. 가수들 스스로도 공연을 하면서 아주 민망했을 만큼 썰렁한 분위기 속에서 공연이 종료되었고, 그렇게 진혁의 첫 프로젝트는 대실패로 끝이 나고 말았다.

진혁은 자책감에 고개를 들 수가 없었다. 사람이 들지 않은 것이 온전히 자신의 탓은 아니었으나 광고주를 볼 면목이 없었다. 어마어마한 돈을 들여 고작 백여 명을 위한 대형 놀이터를 만든 꼴이 된 것에 대한 엄청난 책임감이 들었기 때문이다.

'어떤 노력이 부족했을까? 우리가 좀 더 노력했다면 이 행사장이 사람들로 꽉 찰 수 있었을까?'

진혁은 조용히 앉아 흥행 실패의 이유를 여러 가지로 분석해 보았다. 하필 그날 행사장 바로 옆 잠실 야구장에서는 코리안시리즈가 열려 만원 관중이 들어섰고, 광화문과 전국 각지에서는 박○○ 대통령과 최○○의 국정농단 사건에 대한 첫 대규모 집회가 열리는 날이었다. 하지만 진혁은 그런 핑곗거리가 흥행 참패의 면죄부가 될 수는 없다는 것을 너무도 잘 알고 있었다. 그냥 모든 것이 기획사 대표의 책임일 수밖에 없었다. 광고주도, 대행사도, 이름을 빌려준 회사도, 직원들도 그 누구의 잘못도 아닌 오직 진혁이 오롯이 책임을 떠안아야 한다고 생각했다.

2016년 12월 (창업 5개월)

첫 프로젝트의 참담한 실패로 좌절에 빠질 시간도 없이 진혁에게 두 번째 프로젝트의 의뢰가 들어왔다. 이전 직장에서 매년 진행해 왔던 H사의 연례행사인 연말 야외 카운트다운 행사였다. 지난 4~5년 동안 매년 진행해 왔던 프로젝트였기에 진혁은 누구보다 잘해 낼 자신이 있었지만, 이번 역시 규모가 매우 큰 프로젝트이기 때문에 또다시 다른 회사의 이름을 빌려 진행해야만 했다. 회사의 레퍼런스나 매출적인 측면에서 너무 귀하고 소중한 기회였기에 불평하지 않고 열심히 해야 한다는 마음뿐이었다.

"이 프로젝트만 잘 마치면 그래도 첫해 손익분기점은 어느 정도 넘길 수 있을 것 같으니 조금 고생스럽더라도 진짜 힘내서 한번 해 봅시다."

"저희도 너무 잘 알고 있습니다. 대표님. 우리가 매년 하던 프로젝트인데 누구보다 잘할 자신 있습니다. 걱정 마세요."

진혁은 행사 때문에 연말연시를 반납해야 하는 직원들에게 안쓰러운 마음이 있었지만 일단 첫해를 무사히 잘 넘기기 위해서는 반드시 넘어야 할 산이었기에 직원들을 독려하며 프로젝트를 진행해 나가고 있었다. 카운트다운 행사라는 프로젝트의 특성상 12월 31일 00시부터 1월 1일 08시까지 총 32시간 동안 영동대로 8차선을 통제하고 세팅부터 철거까지 완료해야만 했다. 더구나 한겨울에 실외에서 열리는 행사이기 때문에 눈이 오거나 기온이 급격히 떨어져도 별 수 없이 강행해야 하는 최강 난이도의 프로젝트였다.

그래도 매년 해 오던 프로젝트인 만큼 그런 극한의 조건에는 이미 적응이 되어 열심히 준비를 하고 있었는데, 11월 중반을 넘어가며 갑자기 이상한 기류가 흐르기 시작했다. 10월부터 본격적으로 시작된 박○○ 국정농단 사건이 일파만파 커지면서 엄청나게 추운 날씨에도 불구하고 전국 각지로 촛불 문화제의 열기가 확산되고 있었다.

이 때문에 연말연시에 열리는 각종 기업 행사들은 취소되거나 잠정 연기되는 분위기가 형성되었다. 특히 야외에서 대규모 인원이 모일 것으로 예상되는 카운트다운 행사의 경우는 더욱 우려가 되는 상황이었다. 주최사인 H사에서는 회사의 브랜드를 제고하기 위해 만든 행사가 자칫 정치적인 집회의 성격으로 바뀔 것을 매우 우려했다. 그렇게 오랜 내부 회의 끝에 H사에서는 결국 11월 말경 최종 행사 취소하기로 결정하였다.

'여기까지가 끝인가 보오…'*

창업한 지 6개월 만에 벌써 몇 번째인지 모를 절체절명의 위기 상황이었다. 이 프로젝트가 취소될 경우 진혁은 6개월이라는 짧은 기간 동안 최소 2억 이상의 빚을 떠안은 채, 조용히 회사를 접어야 하는 상황이었다. 1년에 연봉 1억도 못 벌던 직장인이 감당할 수 있는 수준이 아니었다. 퇴사를 극구 말리던 전 회사의 대표님과 동료들이 진혁의 머릿속을 아스라이 스쳐 지나갔다.

'아… 그때 회사에서 잡을 때 못 이기는 척 그냥 남아 있을걸…. 영훈이 투자를 철회한다고 했을 때 그냥 자존심이고 나발이고, 그냥 무릎 꿇고

---

* 김광진의 노래 '편지' 도입 부분

　　　　　　　　　　　　　　　지옥에서 사옥까지

투자해 달라고 빌어 볼걸…. 아니, 투자 실패를 핑계로 모든 것을 없었던 일로 하고 철판 깔고 눌러 앉아야 했어….'

회사가 한 치 앞도 보이지 않는 어려움에 빠지자 정말 오만 가지 잡생각들이 진혁의 머릿속을 지배했다. 시작과 동시에 회사를 접는다는 생각을 하니 가족들이나, 창업을 함께한 동료들에게 너무 미안한 마음이 들었다. 또한 주변의 손가락질과 비웃음을 감당해 낼 자신도 없었다. 그런 생각들을 하면 할수록 진혁의 자존감은 땅속 깊은 곳까지 파고들어 가고 있었다.

그렇게 며칠을 시름시름 앓다시피 보내던 중 한 줄기 빛과 같은 소식이 전해졌다. 행사의 공동 주최사인 ○○구청에서 행사를 단독으로 강행하겠다는 의지를 밝혔고, 이에 H사는 약간의 비용을 ○○구청 문화재단에 기부하는 형식으로 우회 지원하며 프로젝트는 극적으로 되살아나게 되었다. 물론 기존 행사 규모에 비하면 1/4 수준의 비용으로 진행을 해야 하는 열악한 상황이었지만, '그 정도라도 얼마나 감사한 일인가'라는 생각으로 진혁은 깊은 안도의 한숨을 내쉬었다.

행사의 비용이 급격히 축소됨에 따라 현장에 필요한 비용 지출도 최소화해야 했기에 현장은 온통 부족한 것들뿐이었다. 운영 스태프, 경호 인력, 각종 운영 물자 등 모든 것이 부족하여 직원들은 모두 2~3명의 몫을 감당해 내야 했다. 그러다 커뮤니케이션의 미스로 카운트다운 폭죽이 1분 먼저인 23시 59분에 터져 간담을 서늘케 하더니, 정작 00시 00분에는 약 5초 정도 딜레이되어 터지기도 하는 등 크고 작은 사건, 사고가 이어졌다.

그런 어려움과 부족함에도 불구하고 다행히 〈2017년 새해맞이 카운트다운 행사〉는 성황리에 개최되었다. 우려했던 것과는 달리 촛불 시민은 모두 광화문으로 집결했고, 카운트다운 행사장에는 순수한 일반 시민들과 많은 팬들이 참여해서 누구보다 신나게 새해를 맞이하였다. H사의 불참 결정으로 행사의 규모가 대폭 축소된 것은 못내 아쉽긴 했으나 행사 취소라는 최악의 상황은 간신히 면한지라 진혁은 불행 중 다행이라며 혼자서 가슴을 쓸어내려야 했다.

반의 반 토막으로 끝이 난, 눈물 젖은 카운트다운의 현장

"대표님, 올해 가정산을 해 보니 1억 2천 결손이 났습니다."

조현 세무사는 침통한 표정으로 진혁에게 말했다.

"생각보다 결손이 크네요. 혹시 이렇게 되면 어떤 문제가 생길까요?"

세무에 대해 전문 지식이 부족한 진혁은 두려운 마음으로 조현 세무사에게 되물었다.

"대표님 회사의 자본금이 1억인데, 1억 2천의 결손이 났다는 말은 곧 첫해부터 자본잠식이 되었다는 말이에요. 자본잠식이라는 말 들어 보셨죠?"

6개월이라는 짧은 기간 동안 2개의 프로젝트를 진행하며 약 5억원의 매출을 기록했지만, 두 번 모두 규모의 축소와 더불어 수익성이 낮은 프로젝트들이다 보니 예상보다 더 처참한 성적표를 받게 되었다. 자본금이 1억인 회사에서 1.2억의 손실이 발생했다는 것을 재무적으로 '자본잠식'이라고 표현했다. 나름 6개월 동안 고생한 끝이 자본잠식이라니…. 그렇게 많은 손실이 발생했다는 사실은 진혁에게 엄청난 충격을 주었다.

"자본잠식이요? 그거 뉴스에서 들어 봤는데…. 혹시 무슨 방법이 없을까요?"

"자본잠식이 되면 아마 가장 먼저 은행 대출부터 문제가 생길 겁니다. 그러니 일단 자본잠식 상태에 가지 않는 게 중요한데, 가장 쉬운 방법은 지출 비용 중 일부를 빼는 겁니다. 즉, 일부 경비를 사용하지 않은 것처럼 해야 하는 거죠. 예를 들어 대표님이 초기 사무실 세팅에 사용하신 경비 중에 3천만원을 경비로 처리하지 않고, 개인이 사용한 걸로 하면 결손이 9천만원이 되어 간신히 자본잠식은 면하게 됩니다. 물론 세무적으로 그렇다는 거지, 금전적인 어려움은 여전히 해결이 안 되는 거구요."

"3천만원을 경비에서 제외하면 그냥 제가 개인적으로 떠안아야 한다는 말씀인가요?"

"네, 맞아요. 당장은 엄청 부담이 되실 수도 있지만 자본잠식이 돼서 운영에 어려움을 겪는 것보다는 나을 겁니다. 그 돈은 나중에 회사에 이익이 나면 상여금으로 받아 가셔도 되고요. 일단 무엇보다 회사가 정상적으로 돌아갈 수 있도록 시스템을 만드는 게 더 우선입니다."

세무사의 말을 들은 진혁이 가장 두려웠던 것은 당장의 손실도, 개인적으로 떠안아야 하는 경비도 아니었다. 지금처럼 열심히 해도 시간이 지날수록 더 큰 손실로 돌아오는 건 아닌지 하는 무한한 공포감에 사로잡힐 수밖에 없었다. 무엇보다 함께 고생한 직원들에게 너무 면목이 없었다. 아직 첫해에 불과하다는 핑계를 대기엔 그 결과가 너무도 처참했고, 앞으로 직원들에게 어떤 비전을 이야기할 수 있을지 난감했다. 하지만 안타깝게도 여기가 바닥이 아니었음을, 더 깊은 지하 동굴이 기다리고 있다는 사실을 알게 되기까지 그리 오랜 시간이 걸리지 않았다.

2017년 1월 (창업 6개월)

진혁은 사실 모든 것을 알고 있었다. K사 자동차 페스티벌이 열렸을 때에도, H사 연말 카운트다운 행사 때에도 예년에 비해 예산이 턱없이 부족했던 이유를 말이다. 유일한 클라이언트인 김태훈 부장이 예산 부족을 이유로 상식 이하의 견적을 들이 밀어도 진혁은 그 예산을 부득이 받아들일 수밖에 없었다. 그 일이라도 없으면 도저히 회사를 운영할 방법이 없기 때문에 그것이 잘못된 것임을 알면서도 말도 안 되는 예산을 받아들일 수밖에 없었다. 그러한 사실을 잘 알고 있는 김태훈 부장은 진혁의 약한 부분을 이용하고 있었던 것이다.

진혁은 부족한 예산을 애꿎은 협력사 대표님들에게 읍소하는 방법으로 해결할 수밖에 없었다. 진혁이 큰 회사에 몸담고 있을 때부터 항상 인간적으로 배려하는 모습을 보여 줬기에 이제 시작하는 진혁을 위해 협력사 대표님들도 형편없는 예산에도 행사가 무사히 진행될 수 있도록 물심양면으로 도와주었다.

사실 행사 견적이 그토록 말도 안 되게 줄어든 이유는 다름 아니라 그 예산 중 일부의 돈이 누군가의 주머니로 들어가고 있었기 때문이었다. 진혁은 모든 전후 사정을 다 알고 있었지만 애써 모르는 척했다. 아니, 모르는 척할 수밖에 없었다. 김태훈 부장은 진혁에게 항상 같은 레퍼토리로 예산을 칼질했고, 진혁은 너무 힘들다고 하소연했지만 달라지는 것은 하나도 없었다.

"저는 그런 비싼 술집에 갈 돈이 없어요. 우리 사정 뻔히 잘 알면서…."

"누가 대표님한테 술값을 계산하라고 했나요? 제가 살 거니까 와서 같이 놀아요."

"아니, 부장님은 직장인이 무슨 돈이 있다고 그런 비싼 술을 사요?"

강남의 고급 술집에서 술을 산다는 김태훈 부장의 제안을 매번 뿌리칠 수도 없었던 진혁은 마지못해 몇 차례 참석하였다. 실제로 그 비싼 술값을 낼 돈이 없었던 진혁은 가시방석에 앉아 있는 기분이었으나, 김태훈 부장이 술을 사겠다는데 마땅히 거절할 명분이 없었다.

"이번에 주식에서 엄청 돈을 많이 벌어서 쓰는 거니까 부담 갖지 말고 얼른 오세요."

"이번에 미국에 계신 고모가 유산 대신 미리 증여를 해 줘서 '꽁돈'이 생겼어요."

거짓말이 익숙하지 않았던지 눈에 보이는 게 없었던지 모르겠지만, 술을 사겠다는 그의 핑계는 매일 달라졌다. 그 많은 돈들이 어디에서 생긴 것인지, 그 덕에 행사는 늘 부족한 예산으로 진행해야 했지만 철저한 '을'에 불과한 진혁은 알아도 모르는 척할 수밖에 없었다.

불과 1년 전만 해도 김태훈 부장은 참 여유 있고, 능력 있는 엘리트였다. 진혁은 그런 그를 동갑내기 친구이지만 진심으로 멋있다고 생각했었다. 하지만 어느 순간부터 술과 여자에 빠져들더니 급기야 행사비에 손을 대기 시작했고, 그 규모는 실로 걷잡을 수 없는 수준까지 늘어났다. 진혁이 원래 알고 있던 김태훈 부장은 완전히 사라지고, 철저한 패배자의 모습을 하고 있었다.

그러던 어느 날, 진혁은 여느 때와 같이 김태훈 부장의 요청으로 술자리에 초대되어 신나게 놀고 있었다. 그런데 신나는 음악에 맞춰 춤을 추던 김태훈 부장의 파트너가 갑자기 진혁의 얼굴에 샴페인을 뿌렸다. 워낙 자주 만나다 보니 진혁을 친하다고 느껴서였을까? 아니면 그녀조차 진혁을 하찮은 아랫사람이라고 생각한 것일까? 그 이유는 정확히 알 수는 없지만 진혁은 순간 멍한 기분이 들었다. 여전히 룸 안에는 시끄러운 EDM과 화려한 조명이 흐르고 있었지만 그 순간 진혁의 귀에는 아주 슬프고 처량한 음악이 맴돌았다. 하지만 그 아가씨는 여전히 아무렇지도 않은 듯 해맑게 웃으며 춤을 추고 있었다. 진혁 역시 2~3초간 멍하니 있다가 이내 아무 일도 없었던 듯이 억지웃음을 지으며 함께 춤을 추기 시작했다.

그렇게 자리를 마치고 대리를 불러 집으로 돌아오는 길에 진혁은 자신도 모르게 눈물을 흘렸다. 김태훈 부장의 술값이 어디서 나오는지 알면서 바보처럼 모른 척하는 것도, 술집 아가씨에게서조차 아랫사람 취급을 받는 X 같은 상황도, 모두가 슬프디슬픈 상황이었기에 술 마신 김에 소리 내어 펑펑 울어 버리고 말았다. 모든 게 꿈이었으면, 모든 게 영화 속 한 장면이었으면….

#2017년 3월(창업 8개월)

매서웠던 겨울이 지나고 다시 봄이 찾아왔지만 진혁의 마음은 여전히 칼바람이 부는 한겨울의 중심에 서 있었다. 대대행이라는 굴레를 벗어나 자신들의 이름으로 일을 하고 싶은 마음도 간절했지만, 당장 할 수 있는 일도 없는 와중에 찬밥, 더운밥을 가리는 사치를 부릴 상황은 아니었다.

"혹시 대표님 요즘 회사 바쁘세요?"

"아뇨, 봄이 왔는데 저희는 아직도 한겨울이네요."

"아, 혹시 '루카'라는 회사 아세요? 그 회사하고 일 하나 같이 해 볼 생각 있으세요?"

어느 날 진혁은 주형식 대표에게 연락을 받았다. 주 대표는 무대 디자인과 제작을 하는 회사를 운영하고 있는데, 자신의 광고주인 '루카'라는 기획사가 함께 프로젝트 진행을 할 파트너를 찾는다는 소식에 바로 진혁에게 전화를 한 것이다. 둘은 우연히 가까운 동네에 살아서 한 달에 한두 번씩 동네 선술집에서 소주잔을 나누는 사이였다.

주 대표가 소개한 루카는 지난 3~4년간 무서운 속도로 성장한 기획사이다. 진혁은 루카의 대표를 직접 본 적은 없지만 업계에서는 오래전부터 유명세를 떨치고 있었기에 진혁도 동갑내기인 그에 대해 주변에서 자주 들어 이미 알고 있었다. 루카는 매년 엄청난 성장을 하며, 프로젝트가 넘쳐나 도저히 내부 인력으로는 소화가 불가능한 지경에 이르렀다고 했다. 그래서 부득이하게 아웃소싱을 해야 하는 상황이었는데, 때마침 일감이 부족했던 진혁은 선택의 여지 없이 그 프로젝트를 함께 맡아서 진행하게 된 것이다.

지난 두 번의 행사는 그래도 진혁이 영업을 하고 다른 회사의 이름을 빌리는 방식이었다면, 이 경우는 순수하게 처음부터 끝까지 다른 회사의 이름으로 진행을 해야만 했다. 진혁은 직원들에게 또 한 번 너무 미안한 마음이 앞섰다. 회사의 비전은 차치하고서라도 다른 회사 이름으로 행사를 진행해야 하는 것이 못내 마음에 걸렸지만 진혁에게 다른 선택지는 없었다.

한 가지 다행스러운 소식이라면 프로젝트가 진행될 장소가 인천 ○○○ 경기장이라는 점이었다. 이전 회사에서 진혁과 한 팀으로 일했던 직원들이 몇 해 전 그 경기장에서 콘서트를 진행한 경험이 있어서 눈 감고도 구석구석을 찾아다닐 수 있을 정도로 친숙한 곳이었다.

진혁이 맡게 된 프로젝트는 프로젝트는 독일 자동차 B사에서 매년 주최하는 대규모 페스티벌로 예산은 10억 이상의 큰 규모의 행사였다. 루카는 같은 날짜에 여러 개의 프로젝트를 진행하고 있다 보니 자신의 직원들을 전혀 투입할 수 없어 진혁의 직원들이 루카의 명함을 들고 모든 파트를 진행해야만 하는 상황이었다. 적지 않은 예산이었기에 자존심 같은 건 애저녁에 집에 두고 오직 돈을 버는 것에 집중했다.

하지만 그렇게 한 달여가 지나고 진혁의 귀를 의심할 사건이 또다시 발생했다. ○○○ 경기장에서 트랙 보호 계획이 부실하다는 이유로 프로젝트 준비를 중단시킨 것이었다. 경기장 대관은 진혁의 회사에서 담당한 부분은 아니었으나, 결국 행사가 취소되면 가장 큰 타격을 받게 되기에 모든 인맥을 동원해서 어떻게든 불씨를 살려 보고자 노력했지만 모두 수포로 돌아갔다.

첫 번째 K자동차 페스티벌의 흥행 실패, 두 번째 H자동차 연말 카운트다운의 취소에 이어 세 번째 프로젝트마저 취소가 확정되자 진혁은 망연자실한 마음을 더 이상 감출 수가 없었다. 최소한 직원들 앞에서는 그러지 말아야지 하고 진혁은 몇 번이고 다짐해 봤지만 머리끝부터 발끝까지 온몸으로 좌절을 표출하고 있었다. 심지어 이미 싸이, 젝스키스 등 유명 출연진들과의 계약이 이미 끝난 상황이라 자칫 잘못하면 오히려 돈을 물어 줘야 하는 상황이 될 수도 있었기에 그 좌절감은 극한으로 치닫고 있었다.

간헐적이던 불면증은 이제 일상이 되었다. 눈을 감으면 머릿속에서 온갖 나쁜 생각이 진혁의 영혼을 지배했다. 어쩌다 잠깐이라도 잠이 들면 어김없이 꿈속에서 온갖 종류의 괴물들로부터 괴롭힘을 당하기도 하고, 차가운 길바닥에 쓰러져 있거나, 감옥에서 흉악한 범죄자들로부터 흠씬 두들겨 맞기도 했다. 매일 밤 거의 30분마다 잠이 깨기를 반복하다 보니 항상 피곤함과 스트레스로 극한의 상황에 이르렀지만 진혁은 차마 아내에게 사실대로 말을 할 수가 없었다. 조현 세무사의 권고로 진혁은 대표자 급여를 반납하고 최소 금액인 100만원씩만 받기로 했으나, 아내에게는 마이너스 통장을 털어 6개월간 정상 월급을 보냈다. 처음의 호기롭고 자신만만하던 진혁은 어디에도 없었다. 불과 창업 9개월 만에 '진짜' 파산 직전의 상황을 맞이한 것이었다.

#2017년 4월(창업 9개월)

진혁의 마음은 하루가 일 년 같다는 상투적인 표현이 가장 어울리는 처지였다. 어찌할 바를 모르고 갈 곳을 잃은 정신을 부여잡아 보려고 무던히도 애를 써 보았지만 아무 소용이 없었다. 그렇게 암흑 같던 시간이 열흘 정도 지났을 무렵 다시 한번 기적과 같은 소식이 들려왔다. 행사 주최사인 독일 자동차 B사의 내부 협의 결과 수억의 출연료를 이미 지급한 상황을 고려해서 행사를 취소하기보다는 날짜와 장소를 옮겨 재추진하는 쪽으로 방향을 잡았던 것이다.

변경된 행사일까지 1개월도 채 남지 않은 상황이었지만 지푸라기라도 잡는 심정으로 부랴부랴 여기저기에 새로운 장소를 물색하여, 한강의 ○○공원에 어렵사리 대관을 잡았다. 또한 출연진들에게는 무릎을 꿇다시피 사정하여 변경된 날짜로 계약을 마무리하는 등 다시 살아난 불씨를 이어 가기 위해 진혁과 직원들은 동분서주했다.

준비 과정의 수많은 우여곡절 끝에 화창한 날씨와 더불어 행사는 매우 성공적으로 마무리되었다. 하지만 진혁의 회사는 이번 프로젝트에서 조연에 불과했기 때문에 축하의 자리에 끼지 못하고 그저 조용히 뒤에 서서 마음속으로만 박수를 보냈다. 진혁은 함께 고생한 직원들도 비슷한 감정일 거라 생각하니 많이 울컥한 마음이 들었다. 그렇지만 이 모든 것이 성장 과정의 한 페이지라고 믿으며 직원들에게 격려와 위로의 마음을 전달했다.

조연의 마음으로 조용한 박수를 보냈던 페스티벌 현장

　이번 프로젝트 역시도 시간과 장소를 옮겨 급하게 치른 데다, 행사장의 규모가 현격히 줄어들어 덩달아 예산도 많이 줄어들었다. 더구나 행사의 날짜가 변경됨에 따라 당초 프로젝트의 전체를 의뢰했던 루카에서는 자신들의 직원들을 대거 투입할 수 있는 상황이 되어 버렸다. 그에 따라 프로젝트의 중요한 파트를 루카에서 직접 운영하게 되었고, 진혁의 회사에서는 현장의 경호와 운영, 체험 프로그램 등 기타 업무들을 맡게 되어 결국 또 처음 예상했던 것에 비해 1/3도 채 안 되는 예산으로 줄어들게 되었다.

　하지만 진혁은 좌절하지 않았다. 아니, 좌절할 틈이 없었다. 죽었던 예수가 3일 만에 부활했듯 진혁의 목숨도 지옥 문턱까지 갔다가 겨우 살아 돌아왔기 때문이었다. 그 정도라도 행사가 열렸기에 우려했던 파산을 '잠시' 미룰 수 있었기 때문에 전혀 서운한 감정이 없었다. 만약 진혁이 반대의 입장이었다 하더라도 아마 똑같이 판단했을 것이라고 생각했다. 냉혹한 비즈니스 세계에서 '인정'과 '의리'를 바란다는 것 자체가 너무 순진한 생각이기 때문이다.

　"현장에서 대표님 엄청 열심히 뛰어다니시더라구요. 흐흐흐…."

　"저라도 열심히 더 뛰어야 행사가 잘 돌아가지 않겠습니까? 하하하."

루카의 대표는 행사가 끝이 나고 진혁과 인사를 나누며 이런 말을 던졌고, 진혁은 성공한 동갑내기 대표의 칭찬에 잠시 수줍어하며 대답했다. 하지만 조금 시간이 지나서야 그 말이 칭찬이 아니었음을 어렴풋이 느꼈다. 행사장에서 전체를 진두지휘해야 하는 장수가 이리 뛰고 저리 뛰어다니는 것을 돌려 깐 것이라는 생각에 이르자 갑자기 온몸이 화끈 달아오르기 시작했다.

'나라고 그렇게 하고 싶지 않았을까? 예산이 부족하니 나라도 뛰어다니면서 스태프 한 명, 경호 한 명이라도 줄여야 돈을 벌 거 아냐.'

진혁은 다시 루카 대표에게 찾아가 이렇게 따지고 싶었지만 속으로 말을 삼키고 말았다. 그들에게도 분명 자신과 같이 힘들었던 시절이 있었을 것이고, 그 모든 것을 버텨 내면서 지금의 자리에 이르렀을 것이라고 진혁은 생각했다.

항상 넘쳐나는 그들의 일감이 부러웠고, 회의를 갈 때마다 마주친 그들의 사옥 앞에서 진혁은 항상 위축될 수밖에 없었다. 더구나 자신과 동갑내기인 기획사 대표의 자신감 앞에서 늘 쥐구멍에 숨고 싶을 만큼 초라한 자신을 발견할 수 있었다. 특히 자신뿐 아니라 직원들도 비슷한 감정을 가지고 있을 것이라는 생각에 더욱 미안한 마음을 감출 수가 없었다.

행사는 겨우 잘 마치긴 했지만 진혁은 부러움과 미안함, 자괴감과 같은 복잡한 감정들이 공존하는 그야말로 혼돈의 상태였다. **진혁은 아주 바늘 구멍 같은 희망이지만 언젠가 정말 열심히 살다가 자신에게도 한 번의 기회가 온다면 누구보다 열심히 그 기회를 잡을 것이고, 그들처럼 자신들만의 멋진 사옥을 가지고 싶다는 막연한 꿈을 가지기 시작했다.**

2017년 8월 (창업 13개월)

진혁은 제대로 된 성과를 하나도 이루지 못한 상태로 어영부영 창업 1주년을 맞이했다. 사람이 죽으란 법은 없다고, 지옥을 두세 번 왔다 갔다 하면서도 어떻게든 꾸역꾸역 살아가고 있었다. 몇 번의 위기를 겪으면서 조금씩 단단해졌지만 그래도 여전히 불안한 날들의 연속이었다. 정말 운이 좋아서 이렇게 살아남기라도 하는 것인지, 아니면 운이 좋지 않아 매일매일 간신히 버티고 사는 것인지 그런 것을 구분하고 판단할 여력 따위는 없었다.

1년이 지나도록 진혁은 좀처럼 대대행 구조를 벗어날 방법을 찾지 못했다. 대대행을 하게 되면 공식적으로 회사의 레퍼런스로 프로젝트를 올릴 수가 없기 때문에 새로운 광고주 영입이 더 어려워진다. 그러다 보면 결국 계속해서 다른 회사의 이름으로 프로젝트를 수행할 수밖에 없는 악순환의 고리에 빠져드는 것이다. 진혁은 작은 프로젝트라도 좋으니 자신의 이름을 걸고 할 수 있는 프로젝트가 너무도 간절했다.

간절한 진혁의 마음과는 달리 여전히 회사에는 각종 대대행 프로젝트만 쌓여 있었다. 그래도 다행스러운 점이라면 전에 비해 프로젝트의 개수와 종류도 많고, 다양해졌다는 사실이었다. 초대형 게임 프로젝트 A, 평창 동계 올림픽 관련 프로젝트 B, 신규 비딩 프로젝트 C, 그 외 몇 개의 소소한 프로젝트 등 7명의 인원으로 감당하기 어려울 만큼 바쁘게 돌아가던 어느 날이었다.

"부장님, 아니, 이제 대표님이지. 대표님, 요즘 잘 지내시죠?"

"잘 지내는 건지, 아닌 건지 판단하기도 어려운 그런 상황이야 ㅋㅋ 무슨 일이야? 한국 들어왔어?"

"아뇨, 아직 상해예요. 급하게 부탁 드릴 게 있어서요. 우리가 갑자기 부산 지스타에서 게임 대회를 하게 되었는데, 아시아권 선수들이 한국으로 들어와서 먹고, 자고, 이동하고 하는 업무를 해 줄 회사가 필요하거든요. 혹시 대표님 회사 일정이 가능하신지 여쭤보려고요. 저희는 아무래도 중국에 있다 보니까 한국에서 진행되는 행사에 대응이 잘 안 될 것 같아서 부탁 좀 드리려고…."

전화를 한 사람은 예전 직장에 함께 팀으로 일했던 후배 진호였다. 진혁과 진호는 7~8년 전 큰 회사에 있을 때 같은 팀에서 팀장과 팀원으로 호흡을 맞췄던 사이였다. 그러다 진호가 중국 지사로 발령을 받고, 진혁은 한국에 남게 되면서 각자의 길을 가기 시작했다.

그렇게 진호는 5년 동안 중국 지사에서 근무하다 우연한 기회로 중국 게임 방송사 PD로 이직을 했다. 그리고 1년 후쯤 진혁이 회사를 시작하게 되었지만 서로 하는 일도 다르고, 사는 나라조차 달랐기에 비즈니스적으로 엮일 일은 없었다. 가끔 진호가 한국에 들어오거나, 진혁이 중국으로 출장을 가게 되면 만나서 술이나 한잔하는 그런 사이였기에 무엇보다 진호의 전화가 더 반갑게 느껴졌다.

"아, 그래? 일정은 가능할 거 같은데, 직원들에게 정확하게 확인하고 알려 줄게. 게임 대회라고 하면 선수들이 몇 명 안 되는 거 아냐?"

진혁은 예전 회사에서 게임 대회 관련해서 몇 번 프로젝트를 경험한 적이 있었는데, 선수단 규모는 항상 그렇게 크지 않았기 때문에 가벼운 마음으로 승낙을 했다. 남의 이름이기는 하나 3~4개의 프로젝트를 정신없이 쳐내고 있는 직원들에게는 정말 미안했지만, 새로운 광고주고 대대행 프로젝트가 아니라는 사실이 진혁의 마음을 강하게 흔들었다. '어느 구름에 비 들었으랴…'라는 속담처럼 작은 기회라도 일단 최선을 다해야 할 시기였기 때문이다.

"이번에 새로 출시된 게임인데요. 100명이 동시에 시작을 해서, 마지막 한 명이 남을 때까지 싸우는 서바이벌 게임이에요. 한국에서 만든 게임인데 해외에서 반응이 터져서 이번에 부산 지스타에서 갑작스럽게 아시아 대회를 하게 됐어요. 대회 때는 선수만 80명에 코치와 관계자까지 하면 최소 150명은 될 거 같은데, 중국, 한국, 일본, 동남아, 대만 등 아시아 전역에서 부산으로 들어오는 항공과 이동, 숙식까지 맡아 주셔야 합니다."

"와우! 생각보다 규모가 크네. 덕분에 나 돈 좀 만져 보는 거야?"

"그러면 좋겠는데 이게 여행사와 비슷한 업무이다 보니 수익은 크게 안 될 거예요. 그러니까 대표님께 부탁을 드리는 거죠. 대표님이 워낙 꼼꼼하시고, 또 신생 회사라 기회도 필요하실 테니까. 하하하."

"사실 그렇지. 지금 나는 돈보다도 기회가 더 필요한 상황이니까. 이건 우리가 책임지고 한번 진행할 거니까 걱정 말아. 한국에 네가 알고 있는 수많은 기획사 중에 우리에게 먼저 기회를 줘서 고마워."

"ㅋㅋㅋ 별말씀을 다 하십니다. 저 중국 가고, 대표님 회사 시작하고 처음 정식으로 호흡을 맞춰 보는 거네요. 규모는 크지 않지만 어쨌든 잘 부탁드립니다."

지옥에서 사옥까지

2017년 11월(창업 16개월)

 예상했던 대로 직원들은 거세게 반발했다. 안 그래도 엄청나게 바쁘게 돌아가는 와중에 또 새로운 프로젝트를 즐거운 마음으로 받아 줄 리 없다는 걸 알고 있었다. 그럼에도 불구하고 진혁은 가급적 직원들에게 동의를 받고 시작을 하고 싶어 꾸준히 설득했다.

 "지금 하고 있는 프로젝트들의 경우 규모는 크지만 대대행 프로젝트라 향후 가능성이 높지 않은 데 반해 이번 프로젝트는 규모가 작지만 우리에게 기회와 가능성을 줄 수 있는 프로젝트라고 생각합니다."

 하지만 아무리 그럴듯한 말로 설득을 해도 현재 '일 무덤'에 매몰되어 있는 직원들 귀에 '기회'니, '비전'이니 하는 그런 뜬구름 같은 얘기가 곧이곧대로 들릴 리가 없었다. 하지만 진혁은 직원들의 그런 마음도 충분히 이해할 수 있었고, 또 새로운 기회도 절대 놓치고 싶지 않았다.

 "그럼 여러분들은 하던 일을 계속하시고, 이 프로젝트는 내가 직접 진행할 테니 막내 사원 한 명만 붙여 주시면 제가 알아서 진행해 보겠습니다."

 진혁은 그렇게 기존의 프로젝트들도 신경을 써 가면서, 부산 게임 대회 준비에도 만전을 기했다. 몸이 열 개라도 부족할 정도로 바쁜 일정이었지만 시간을 쪼개고 쪼개서 열심히 준비를 했다. 다행히 여행 쪽 관련 경험이 많은 협력사를 섭외하여 업무의 부담을 조금이나마 줄일 수 있었다. 수익률도 덩달아 많이 줄어들겠지만 그래도 프로젝트를 잘해 내는 게 최우선 과제였기에 수익률은 과감하게 포기할 준비가 되어 있었다.

드디어 대회 날이 코앞으로 다가와 진혁은 담당 사원과 함께 부산으로 내려갔다. 부산에서의 일정은 정말 살인적이었다. 대회가 저녁 11시에 끝나면 12시 넘어 숙소에 도착하고, 새벽 2시~3시까지 다음 날 스케줄 확인 및 점검 미팅을 마치면 잠깐 눈을 붙이고 다시 새벽 6시부터 스탠바이 하는 일정이었다. 진혁은 본인이 선택한 일이었기에 기쁜 마음으로 모든 일정에 빠짐없이 참여했고, 함께 간 직원보다 항상 먼저 출근해서 늦게 퇴근하였다. 지금 최선을 다해야 나중에 후회할 일이 없을 것 같았기 때문이다.

"아니, 지금 부산에서 뭐 하고 계신 거예요?"

"정말 미안합니다. 오늘 일정 마치고 내일 미팅에는 꼭 참석할게요."

진혁의 회사에서 진행하고 있던 프로젝트 담당자인 김태훈 부장은 불같이 화를 냈다. 자신의 프로젝트를 뒷전으로 하는 진혁의 행동이 마음에 들지 않았던 것이다. 이미 예상했던 일이었기에 진혁은 거의 잠을 못 잔채로 새벽 첫 KTX를 타고 서울로 올라와 각종 미팅들을 마치고 다시 저녁 KTX로 부산으로 내려오는 무리한 일정을 소화하고 있었다. '잠은 죽어서 쭉 자면 된다'는 각오로 불굴의 정신력을 발휘하고 있는 중이었다.

부산에서 열린 지스타는 말 그대로 인산인해를 이루었다. 그중에서도 진혁이 담당했던 이 '배틀그라운드'라는 게임은 이전에 없던 새로운 방식의 서바이벌 게임이라 지스타 전체에서도 가장 관객이 많이 몰리는 부스였다. 진혁은 비록 프로젝트 전체를 담당한 게 아니었지만, 그래도 이 프로젝트의 일원으로서 작은 역할을 한 것 같아 괜히 뿌듯한 마음이 들었다. 그러면서 이 게임이 앞으로 더 크게 성장해서 진혁에게도 약간의 도움이 되면 좋겠다는 바람을 조심스레 가져 보았다.

"대표님, 오디오 케이블이 짧아 연장 케이블이 80개가 필요해요. 구할 수 있을까요?"

"대표님, 방송 장비들을 덮을 검은색 천이 한 100미터 필요한데 급하게 구할 수 있을까요?"

"대표님, 선수들이 의자가 너무 낮다고 하는데, 혹시 두꺼운 방석을 구할 수 있을까요?"

게임사도, 방송사도, 기획사도 너무 갑자기 준비된 대회였기에 현장은 늘 부족한 것투성이였다. 그럴 때마다 진혁에게 모든 긴급한 미션이 주어졌다. 진혁은 회사의 대표가 아니라 프로젝트 매니저의 입장으로 언제나 불평, 불만 없이 성심성의껏 대응했다. 함께 간 막내 직원은 선수단의 관리에 집중해야 했기 때문에 그 외 모든 잡다한 업무는 오롯이 진혁의 몫이었다.

"부산에 있는 모든 가전 매장 다 돌아 봤는데, 40개밖에 못 찾았어. 선수가 80명인데 어쩌지?"

"부산 진시장에서 1미터 폭으로 50미터씩 2세트 퀵으로 받기로 했으니까, 조금만 기다려 줘."

"이마트 가서 방석 싹 쓸어 왔어. 종류와 색깔은 조금씩 다른데 괜찮겠지?"

이렇게 빠르고, 성실한 대응을 전에는 경험한 적이 없었는지 게임사 담당자도, 방송사 담당자들도 모두 매번 고마운 마음을 적극적으로 표현해 주었다. 그럴 때마다 진혁은 몸 둘 바를 몰랐다. 이전에 대행사와 일할 때도, 대대행 행사를 할 때도 이렇게 진심으로 고마움을 적극적으로 표현해 주는 사람들은 거의 없었기 때문이었다. 습관처럼 늘 해 오던 대로 열심히 했을 뿐인데 이런 격한 반응을 보여 주니 진혁은 힘들다는 생각보다 오히려 더 힘이 나서 열심히 하게 되었다.

처음으로 보람을 느꼈던 글로벌 게임 대회 in 부산

그렇게 굵고 길었던 프로젝트를 무사히 마치고, 회식을 하던 마지막 날. 진혁은 진호가 근무하는 방송사 임원들과 한자리에 앉게 되었다. 나이는 비슷한 또래였지만 그래도 광고주였기에 다소 부담스러운 자리였다. 방송사 임원들은 진혁에게 진심으로 고마움을 표했다.

"사실 처음에 진호 실장이 커넥스트와 함께 하자고 했을 때, 저희들 모두 불안한 마음이 없지 않았습니다. 신생 회사에 규모가 아직 작다 보니 과연 저 회사가 잘해 낼 수 있을까 싶었는데, 함께 일해 보니 모든 의구심이 다 사라진 것 같네요, 하하하. 덕분에 첫 프로젝트가 잘 마무리된 거 같아서 정말 다시 한번 감사드립니다."

진혁은 16년 동안 이 일을 하면서도 처음으로 받아 보는 인간적인 대접에 광고주와 방송사 모두에게 감사한 마음을 가지고 있었는데, 오히려 감사하다는 이야기까지 들으니 살짝 울컥하는 마음이 들었다. 앞으로도 만약 기회가 된다면 게임사와 방송사가 모두 흥할 수 있도록 정말 최선을 다하겠다는 다짐을 했다.

그렇게 회식 자리가 계속되며 밤이 깊어 가는 도중, 진혁은 예상 밖의 소름 돋는 사실을 알게 되었다. 진혁이 이전 회사에서 약 3년 전쯤 북경에서 열린 게임 대회를 진행한 적이 있었는데, 알고 보니 그 현장에 진혁과 진호를 비롯하여 그 방송사 임원들 모두 함께 있었다는 것이었다. (물론 그때는 서로 몰랐지만…)

그 대회를 계기로 대기업 계열사에 다니던 방송국 직원들은 중국 이스포츠 방송사 창립 멤버로 스카우트가 되며 자리를 옮겼고, 진호도 그날의 인연으로 이후에 방송사에 합류하게 되었다. 진혁은 그 대회 이후 2년 후에 창업을 하게 되었고 이렇게 각자 한 차례씩 회사를 옮기면서 이렇게 부산의 게임 대회에서 우연히 재회하게 된 것이었다. 우연히 알게 된 사실에 모두들 그때의 힘들었던 행사를 소환하며 공통의 기억으로 밤을 불태웠다.

'세상이란 이처럼 좁고 촘촘하게 **연결**이 되어 있구나.'

단순히 업계가 좁아서 다시 만난 것이 아니라, 전혀 다른 영역과 다른 공간에서 활동하던 사람들이 아주 우연에 우연이 겹치며 함께하게 된 것이었다. 진혁은 다시 돌아보아도 너무 신기하고 소름 돋는 이 상황을 보며, 당장의 인연이 되지 않는다 해도 항상 최선을 다하는 자세가 정말 중요하다는 평범한 진리를 깨달으며 즐겁게 자리를 마무리했다.

성공적으로 대회를 마치고 사무실로 복귀해 정산을 해 보니 처음 예상했던 것보다 훨씬 수익이 적다는 것을 알게 되었지만 진혁은 크게 개의치 않았다. 회사를 창업한 이후 처음으로 자신의 이름으로 진행한 프로젝트였고, 행사 규모와 수익을 떠나서 처음으로 인정을 받았다는 사실만으로도 진혁은 충분히 보상을 받은 기분이었다. 앞으로 이 게임이 더 큰 사랑을 받아 폭풍 성장하기를, 그래서 진혁에게도 앞으로 좋은 기회가 계속 주어지기를 진심으로 기도했다.

더불어 아직 1년이 다 지나가지는 않았으나 얼추 1년을 가정산해 보니, 약 19억원의 매출에 5천만원 정도 순익을 거두었다. 첫해 6개월 동안 5억 매출에 1.2억(장부상 0.9억)의 순손실을 맛본 진혁으로서는 대단히 괄목할 만한 성과를 거둔 셈이다. 물론 전년 순손실분을 제하고 나면 아직도 누적 순손실임에는 분명했지만, 진혁은 조심스럽게 희망이라는 것을 꿈꿔 보기 시작했다.

2017년 12월(창업 17개월) - Part I

진혁은 부산에서의 게임 대회를 마치고 서울로 복귀하자마자 직원들이 준비하고 있던 글로벌 게임 페스티벌(GGF) 준비에 다시 본격적으로 합류했다. 프로젝트 준비를 시작한 지는 벌써 4개월이라는 시간이 지났고, 실제 행사까지는 아직도 5개월이라는 까마득한 시간이 남아 있었다.

진혁은 이미 직원들의 피로도가 한계치에 다다르고 있다는 것을 느낄 수가 있었다. 끊임없이 반복되는 보고 문서 작성은 직원들에게 엄청난 스트레스만 안겨 주었다. 명확한 디렉션도 없는 추상적인 피드백이 무한 반복되자 모두는 점점 의욕을 잃어 가며 좀비처럼 수동적으로 움직이고 있었다.

그러던 어느 날 야근을 마치고 늦은 저녁 겸 간단하게 회식을 하게 되었는데, 술이 어느 정도 들어가자 회사의 창업 멤버인 김 팀장은 한참 동안이나 하소연을 쏟아 냈다. 사실 굳이 말을 하지 않아도 충분히 짐작할 수 있는 내용들이었고, 틀린 말이 없었기에 진혁은 한 마디도 반박하지 못하고 그냥 묵묵히 듣고 있었다. 직원들의 입장을 누구보다 잘 알고, 이해하고 있었지만 한 치 앞도 안 보이는 막막한 상황이다 보니 충분히 불만을 가질 만한 상황임에는 틀림없었다. 그렇게 늦은 시간까지 신세 한탄과 고충 토로는 계속되었고, 예상시간을 훌쩍 넘긴 후에야 회식은 겨우 끝이 났다.

그렇게 다음 날이 되자 회사가 발칵 뒤집혔다. 김 팀장이 아무 연락도 없이 회사에 출근하지 않은 것이다. 그야말로 비상 상황이었다. 당장 다음 주에 제출해야 할 보고 문서도 문제였지만 그보다 회사의 핵심 실무 직원이 자리를 비우자 엄청난 공백이 생겨 모든 업무에 차질이 빚어졌다. 직원들은 동요하고 있었지만, 진혁으로서는 갑작스러운 상황에 어떻게 행동해야 할지 선뜻 판단이 서질 않았다.

상황을 알게 된 많은 지인들은 진혁에게 화를 내든, 살살 달래든 빨리 복귀시켜야 한다고 모두들 목소리를 모았지만 진혁의 생각은 달랐다. 이미 임계치를 넘어서 극단적인 행동에 돌입한 사람에게 어떤 방법을 쓴다 한들 오히려 역효과가 날 것이라 판단했다.

[팀장님, 이런 일이 있을 줄 알았으면 내가 어제 조금 더 신경 써서 들을 걸 그랬네요. 누구보다 팀장님이 고생하는 거 잘 알지만 당장 해 줄 수 있는 게 없어서 애써 모른 척한 거 같아 정말 미안합니다. 일단 당장 처리해야 할 일들은 우리가 알아서 해결할 테니까 팀장님은 회사 걱정 마시고, 이참에 푹 쉬면서 많이 고민하시고 생각 정리되면 알려 주세요. 항상 미안하고 감사합니다.]

진혁은 김 팀장에게 전화를 하는 대신 미안한 마음을 꾹꾹 눌러 담은 장문의 카톡 메시지를 보냈다. 메시지를 보낸 지 한참의 시간이 흘렀지만 김 팀장의 회신은 없었다. 진혁이 보낸 카톡 메시지는 그 후로 오랜 시간 동안 숫자 1이 사라지지 않았으나 언젠가 김 팀장이 카톡을 보게 된다면 자신의 진심이 꼭 전달되기를 바랐다.

그렇게 애타는 심정으로 2주의 시간이 흘렀고, 김 팀장의 공백을 다른

지옥에서 사옥까지

직원들이 고군분투하며 열심히 채워 주던 와중 김 팀장으로부터 회신이 왔다.

[대표님, 걱정 끼쳐 드려서 정말 죄송합니다. 그동안 너무 지쳐 있었고 앞으로도 나아질 기미가 보이지 않아 몸과 마음이 한 번에 무너진 거 같습니다. 이번 주까지 좀 쉬고 다음 주에 사무실에 나가도록 하겠습니다. 혹여 괜히 걱정하실 것 같아 미리 말씀드리자면 대표님 우려하시는 그런 일은 없을 겁니다. 다음 주에 복귀하면 다시 열심히 뛰겠습니다. 기왕 시작한 거 끝은 보겠습니다.]

사실 진혁은 김 팀장의 카톡을 받고서도 불안한 마음에 한참 동안 열어 보지 못했다. 그렇게 고민하다 용기를 내어 열어 본 카톡에는 다행히도 사무실로 복귀하겠다는 내용이 담겨 있었고, 그제야 진혁은 안도의 한숨을 내쉬었다. 김 팀장을 믿고 묵묵히 기다려 준 덕인지는 알 수 없었으나 일단 자신의 선택이 틀리지 않았음을 확인한 순간이었다. 복귀를 결정한 김 팀장에게도, 묵묵히 회사를 믿고 따라 준 다른 직원들에게도 너무 감사한 마음뿐이었다.

#2017년 12월(창업 17개월) – Part Ⅱ

김 팀장이 복귀하면서 회사는 다시 활기를 되찾게 되었다. 김 팀장이 오랜 시간 자리를 비웠지만 회사 누구도 공개적으로 언급하지 않았다. 마치 어제 퇴근하고 오늘 만난 사람처럼 아무렇지도 않게 대했다. 김 팀장은 자리를 비운 사이 많이 진척된 업무에 빠르게 적응하기 위해 지나간 내용들을 꼼꼼히 리뷰하였다.

글로벌 게임 페스티벌(GGF)의 전체 예산 규모는 100억대에 이르고, 진혁의 회사에게 배정된 매출의 규모는 적어도 30억 내외로 추정되는 초대형 프로젝트였다. 그만큼 고생스럽기는 하겠지만 이 프로젝트만 성공적으로 수행하면 어느 정도 자리를 잡을 수 있게 되리라는 조그만 기대가 있었다.

태국에서 진행될 예정인 GGF는 불과 4개월 앞으로 성큼 다가왔고, 12월 말에 태국의 한 호텔에서 열리는 미디어 컨퍼런스를 시작으로 이제 본격적인 레이스에 들어가게 된다. 진혁은 직원 몇 명과 협력사 등을 대동하여 태국으로 넘어가 미디어 컨퍼런스를 준비했다. 동남아 특유의 느림과 여유로움에 진혁은 계속해서 마음을 졸였지만 그래도 큰 사건, 사고 없이 무사히 미디어 컨퍼런스는 끝이 났다. 진혁은 한시름 놓은 가운데서도 여전히 풀리지 않는 의문이 남아 있었다.

'근데 정말 4개월 후에 이 글로벌 게임 페스티벌(GGF)이 무사히 개최될 수 있을까?'

4개월을 앞둔 글로벌 게임 페스티벌의 미디어 발표회 in 방콕

#2018년 1월(창업 18개월)

2018년 새해가 밝았고 이제 대회 시작까지는 불과 4개월이 채 남지 않았다. 분명히 오랜 시간 준비를 해 왔고, 이제 시간이 얼마 남지 않았음에도 불구하고 제자리를 맴도는 것은 여전했다. 행사를 준비하다 보면 보통 남은 시간에 비해 할 일이 산더미처럼 남았다는 느낌을 받는 것은 항상 겪는 일이었지만 이번에는 정말 상황이 달랐다. 준비되는 과정도 매우 더디고, 결정이 내려지는 과정도 매우 복잡하고 느렸다. 마치 꿈속에서 누군가에게 쫓기는 것처럼 이상하리만큼 한 걸음, 한 걸음 내딛는 발걸음이 무겁게 느껴졌다. 이렇게 가다가는 정말 큰일이 나겠다 싶은 마음도 아주 조금은 있었으나 차마 입 밖으로 꺼낼 수가 없었다. 그러던 어느 날, 또 한 번의 충격적인 비보가 전해졌다.

"행사 준비를 잠시 중단해야 할 것 같습니다. 일단 주최사이자 조직위에서 잠정 중단에 대한 논의가 이뤄지고 있습니다. 아직 확실한 상황은 아니지만, 우리도 대회가 중단 혹은 취소될 경우를 대비하여 그동안 사용한 비용에 대한 근거와 견적서를 만들어 놓아야 할 것 같습니다. 최종 확정은 아니라고 하니 우선 취소 비용부터 정리하면서 기다려 보시지요."

"아니, 6개월 동안 다른 기회를 다 포기하면서 여기까지 왔는데 취소 비용 실비를 받는다고 해결될 문제가 아니잖아요. 부장님은 대기업이니까 그럴 수 있겠지만 저희는 진짜 죽는다고요."

"아니, 저라고 무슨 힘이 있나요? 주최사에서 취소하겠다는데, 어떻게 그걸 제가 막습니까? 최대한 취소 비용이라도 많이 받아 내는 수밖에 없지 않겠어요? 자료나 잘 만들어 놓으세요."

　연말 카운트다운, 독일 자동차 페스티벌에 이어 벌써 세 번째 취소 소식이 전해졌다. 앞서 두 번의 행사는 결국 축소된 형태로 다시 부활했지만 이번만큼은 분위기가 달랐다. 아직 시간이 많이 남았다 해도 물리적으로 준비할 시간이 너무 부족한 건 사실이었다. 진혁은 행사를 준비하는 내내 취소가 되면 큰일 난다는 생각을 하면서도, 한편으로는 내심 취소되었으면 하는 마음이 공존했다. 앞으로 또 살아가야 할 길은 막막했지만 그래도 이 대회를 통해 모두가 상처받고 망가지느니, 차라리 취소돼서 평화와 안정을 찾는 게 더 낫겠다는 생각을 했을 정도였다. 하지만 그것이 막상 현실로 닥치게 되니 진혁의 마음은 갈팡질팡했다. 웃어야 할지 울어야 할지 알 수 없는 1월의 마지막 밤을 맞이했다.

#2018년 2월(창업 19개월)

게임 페스티벌이 잠정 중단된 지 2주가 순식간에 흘렀고, 결국 최종적으로 취소가 되어 정산 절차에 들어간다는 통보를 받았다. 진혁은 시간이 어떻게 가는지도 모르게 멍한 상태로 속절없이 시간을 흘러보내야 했다. 아무것도 할 수 없었고, 아무것도 하고 싶지 않았기 때문이었다. 그나마 다행이라면 평창 올림픽 관련해서 작년 12월부터 올 2월까지 조그만 행사를 운영하던 게 있어서 미약하나마 운영비가 간신히 나오고 있다는 점이었다. 하지만 행사는 곧 종료될 예정이라 오래 지속될 상황은 아니었다.

"대표님, 안녕하세요? 잘 지내시죠?"
설날을 며칠 앞둔 어느 날, 작년 부산 대회를 함께 진행했던 진호에게서 연락이 왔다.
"잘 못 지내는 거 잘 알면서 그래. 너도 게임 방송사에 있으니까 우리 준비하던 글로벌 게임 페스티벌(GGF) 취소된 거 들었을 거 아냐."
진호는 게임 관련 중국 방송사에 근무하는 중이라 그쪽 소식은 누구보다 빨리 들었을 것이다. 특히 그 방송사의 임원분들은 얼마 전 취소된 게임 페스티벌 주최사의 회장님과도 친분이 있을 정도로 게임 업계에서는 나름 유명인들이라 오히려 진혁보다 정확한 소식을 알고 있을 수도 있다.
"당연히 들었죠, 그래서 잘 못 지내실 것 같아서 전화 한번 드려 봤어요. 으흐흐."

지옥에서 사옥까지

"뭐… 뭐야? 약 올리려고 전화한 거면 오늘은 날을 잘못 잡았어. 나 요즘 좀 나답지 않게 예민해."

"아, 그래요? 대회 취소되었으니 다시 좀 한가해지실 것 같아 새로운 프로젝트 같이 해 볼까 해서 연락을 드렸는데, 그럼 다음에 다시 연락드릴게요. 그럼 이만 끊…"

"이봐요, 젊은 친구! 사람이 이렇게 성격이 급해서야…. 사람 말을 끝까지 들어야지, 섭섭하게. 무슨 일인데 그래?"

"흐흐. 지난번 부산에서 했던 행사하고 비슷한데, 문제는 대회 장소가 독일이라는 거예요."

작년 부산에서 진행했던 그 게임 대회 이후로, 불과 몇 개월 사이에 그 서바이벌 게임이 엄청나게 인기를 끌면서 첫 글로벌 대회를 7월에 독일 베를린에서 전격 개최하기에 이르렀다. 전체 프로젝트를 진호가 근무하는 방송사에서 맡게 되면서, 함께 프로젝트를 진행할 파트너로 진혁의 회사에게 가장 먼저 제안을 한 것이다. 보통 방송사는 방송에 관한 모든 장비와 인력 등을 제외한 나머지는 외부 전문가에게 맡기는 방식으로 일을 하기 때문에 이 프로젝트의 파트너가 된다는 것은 많은 기회를 얻을 수 있다는 말이었다.

진혁은 이 상황이 도저히 믿기지 않았다. 6개월이 가까이 준비한 대형 프로젝트가 불과 2주 전에 취소가 되었는데, 그에 못지 않은… 아니, 오히려 더 대단할지도 모르는 프로젝트가 갑자기 눈앞에 떡하니 떨어진다는 게 정말 가능한 것인가? 만약 드라마 대본을 이렇게 썼다면 아마 그 작가는 단번에 밥줄이 끊겼을 게 분명하다고 진혁은 생각했다.

만약 작년 여름 바쁘다는 핑계로 부산 대회를 고사했더라면, 만약 불안불안했던 게임 페스티벌이 결국 취소되지 않고 계속 추진되거나, 혹은 한 달 정도 후에 취소가 됐다면, 그 어떤 상상을 해 봐도 정말 아찔했다. 그만큼 이번 독일 게임 대회는 가장 극적인 순간에, 한 치의 오차도 없이 마치 거짓말처럼 정확한 타이밍에 진혁을 찾아온 것이었다.

또 한편으로는 대형 프로젝트가 눈앞에서 허무하게 사라지는 경험을 몇 번이나 겪은 진혁에게는 이번 프로젝트도 또 언제 중단될지도 모른다는 불안감이 존재한 것도 사실이다. 하지만 불안감 때문에 이런 엄청난 기회를 놓칠 수는 없었다. 진혁은 '위기를 기회로, 하이 리스크 하이 리턴'이라는 고전적인 법칙에 자신의 운명을 맡길 수밖에 없는 상황이었다.

한편 진호는 진혁에게 제안을 하기까지 많은 고민이 있었다. 프로젝트의 규모가 워낙 크고 많은 경험과 자금을 필요로 했기 때문에 회사에서는 진호에게 조금 더 크고 안정적인 회사와 진행하는 게 어떻겠냐고 은근한 압박을 주었다. 진호도 회사의 입장을 충분히 이해할 수 있는 상황이었지만 다른 장점들을 피력하며 회사를 지속적으로 설득한 것이었다. 따라서 진호도 굉장한 부담감을 짊어지고 있었기에 진혁에게 두 가지 조건을 반드시 해결해 달라고 강력하게 주문했다.

"첫 번째는 영어가 되는 인원이 많이 필요합니다. 그게 정직원이든 계약직이든 제가 상관할 바는 아니지만 각 파트별로 현지 담당자들과 커뮤니케이션해야 하니, 영어 가능 인력 포함 최소 10명 이상의 인원이 필요할 것 같습니다. 물론 저희 프로젝트에 모두 올인해야 하는 건 당연한 얘기이고요.

두 번째는 자금이 충분해야 합니다. 정확하지는 않지만 대략 10억 정도? 현지 호텔이나 항공권 같은 건 사전에 비용이 지급이 되어야 하는데, 게임사와 저희 방송사 간에 계약이 이루어지려면 시간이 좀 걸릴 예정이거든요. 그전까지는 대표님이 무슨 방법을 쓰시든 간에 자금을 확보하셔서 먼저 해결해 주셔야 해요.

만약 이 두 가지가 해결이 안 되면 진짜 어쩔 수 없이 자금과 인원이 보장되는 큰 회사로 넘어갈 수도 있거든요. 이 두 가지는 꼭 대표님이 해결해 주셨으면 좋겠습니다."

두 가지 모두 진혁에게는 정말 만만치 않은 조건이었다. 결국 모두 시간과 돈에 관한 문제인데, 이걸 어떻게 해결할 수 있을지에 대한 명확한 답이 없었다. 하지만 진혁에게는 퇴로가 없었다. 무조건 할 수 있다고 스스로를 믿고 방법을 찾아내는 수밖에 없었다.

"오케이, 그건 걱정하지 말어. 내가 반드시 방법을 찾을 테니까."

"그럼 대표님만 믿고, 저는 그냥 커넥스트와 함께 하겠다고 내부 보고 하겠습니다."

자신을 믿고 맡겨 준 진호에게 자신 있게 약속했지만 진혁은 과연 주어진 시간 안에 해낼 수 있을지 확신할 수가 없었다. 의지와 의욕만으로 되는 일은 아니었기에 두 가지 미션의 해결을 위해 백방으로 알아보기 시작했고, 전혀 의외의 곳에서 실마리가 풀리기 시작했다.

2018년 3월(창업 20개월)

진혁은 진호로부터 전화를 받은 직후 빠르게 독일 프로젝트를 위한 세팅에 돌입했다. 무엇보다도 단 한 번의 경험으로 이 작은 회사를 믿고 이렇게 초대형 프로젝트를 맡겨 준 것이 너무 고마웠기 때문에 절대로 실망시키고 싶지 않았다. 진혁뿐 아니라 직원들 모두 게임 페스티벌의 취소로 의기소침해 있었으나, 오히려 더 좋은 기회가 찾아오자 다시금 전의를 불태웠다.

Mission #1. 영어 가능한 인원 포함 최소 10명 이상 필요
Mission #2. 대회 선금이 나오기 전까지 사전에 필요한 자금 최소 10억

진혁의 회사 직원은 고작 7명에 불과했다. 심지어 영어가 가능한 사람은 상급 1명, 중급 1명밖에 없었다. 그러니 영어도 할 수 있으면서, 실무까지 가능한 직원이 최소 2~3명은 더 필요했다. 사실 그런 인력들은 이 업계에 귀하디귀한 자원이었다. 하지만 진혁은 지체하지 않고 주변 인맥을 동원해서 영입전을 펼쳤다.

예전 100명 규모의 중소기업에 8년간 근무했던 경력이 있어 다행히 영입 대상은 다양하게 있었지만, 다들 게임 대회라는 특수한 상황에 대한 경험이 없어서 조금 망설이는 분위기였다. 진혁은 그들의 망설임을 기다려 줄 여유가 없었다. 빠른 영입을 위해 직접 그 인재들이 있는 곳으로 찾아갔다. 일산이고, 강남이고, 인천이고 가릴 것 없이 찾아다녔다. 만나서

그들이 궁금해하는 부분, 걱정스러운 부분들을 하나하나 해소해 주면서 차분히 설득했다. 확실히 전화나 메신저로 했을 때보다 훨씬 긍정적인 반응을 이끌어 낼 수 있었고, 결국 삼고초려 끝에 3명의 영어 가능한 기획자를 영입하는 데 성공했다. 애써 멀리까지 직접 찾아간 보람이 있었다.

그 외에도 현재 재직 중인 직원들에게는 영어만 가능한 전담 통역자를 붙여 주었다. 통역자라고 했지만 영어를 엄청 잘하는 취준생들이었다. 그들도 역시 게임 대회라는 낯선 현장이었지만 영어 통역과 함께 현장에서 여러 가지 업무를 병행하며 소중한 경험을 쌓을 수 있는 기회였기에 좋은 인재들을 영입할 수 있었다. 그렇게 기존 경력직 영어 가능자 3명과 신입급 통역 5명을 포함하여 총 15명으로 인력 세팅을 완료하였다.

"아니, 15명이요? 그렇게 많이요? 언제 그 많은 사람들을 모으셨어요?"

인원 구성에 대한 보고를 받은 진호는 화들짝 놀라면서도 한편으로는 걱정이 들었다. 이번 프로젝트에 책정된 인건비가 그렇게 많지 않은 상황에서 15명이라는 이야기를 들으니 진호의 입장에서 그렇게 생각할 법도 했다.

"우리가 필요해서 뽑은 인원들이라 초과되는 인원들까지 다 청구하지 않을 거니까 너무 걱정하지 않아도 돼."

"아니, 그래도 몇 달간 함께해야 하는 거라 인건비 부담이 적지 않을 텐데 괜찮으시겠어요?"

"잘 생각해 봐. 대회가 열리는 곳이 한국도 아니고 독일이잖아. 한국이라면 일손이 갑자기 필요해도 금방 부를 수 있는데, 독일에서 갑자기 누가 아프기라도 하거나 급하게 손이 부족하면 대안이 없으니까. 조금 손해 보더라도 안전하게 하는 게 맞을 거 같아서 그렇게 한 거야. 나도 투자

한다 생각하는 거니까 전혀 부담 갖지 말어. 이 친구들 숙박이나 항공료도 전체 비용 내에서 추가 비용 없이 알아서 정리할게."

"감사합니다. 그래도 조금 부담은 되네요, 크크크. 근데 거기 19평밖에 안 되는 사무실에 15명이 다 들어갈 수나 있어요?"

"그것도 정말 신기한 게, 사람 죽으라는 법 없다고 5층에 건물주가 쓰던 사무실이 있었는데, 얼마 전에 인천인가 어디로 옮기는 바람에 지금 한동안 비어 있거든. 거기를 우리가 4층 계약 만료 때까지 한 3~4달만 같이 쓰기로 했어. 회의실도 만들고, 추가 자리도 배치할 수 있을 만큼 공간은 충분히 나올 것 같아."

그렇게 빠른 시간에 기대 이상의 인원 충원과 그에 대한 업무 공간 문제까지 해결한 것을 공유 받은 진호는 적잖이 안심할 수 있었다. 하지만 그때까지도 자금 조달에 관한 부분은 보고를 받지 못해 불안감이 완벽히 해소되지는 않았다. 진혁도 자금 조달과 관련해서 여러 방면으로 확인하고 있지만 회사의 규모나 재무 상태 등을 고려했을 때 쉽지 않다는 것을 몸소 느끼고 있었다. 그렇게 2개의 미션 중 1개를 완벽하게 정리하지 못한 상황에서 진혁과 직원들은 첫 독일행 답사 비행기에 몸을 실었다.

2018년 4월 26일(창업 21개월)

독일에서의 4박 6일 답사는 정
말 쉴 틈 없이 진행이 되었다. 방
송사도, 진혁도, 직원들도 해외
에서 이렇게 대규모 행사를 하
는 것이 거의 처음이었다. 답사
를 여러 번 올 수 있는 상황이 아니었기 때문에 이번 답사에 많은 장소와
사람을 만나야 했고, 협의할 과제들이 넘쳐났다. 호텔 4군데, 경기장 2곳,
미디어 데이 장소 2곳, 애프터 파티 장소 4곳, 각종 인터뷰 촬영지 등 모
두들 각자 자신들의 체크 사항을 꼼꼼히 확인했고, 빠진 것이 없는지 불
안한 마음으로 서로 크로스체크하며 답사를 마쳤다.

설레는 첫 해외 프로젝트 답사기

4월 26일. 숨 가쁜 답사 일정을 모두 마치고 독일을 떠나기 전 마지막
날. 답사 팀은 베를린의 한 노상 레스토랑에서 마지막 만찬으로 독일식
훈제 족발인 슈바인 학센과 수제 맥주를 함께 마셨다. 빡빡한 일정을 마

치고 나서인지 수제 맥주는 지난 4일간의 피로를 싹 씻어 내기에 충분히 훌륭한 맛이었다.

"네? 대표님, 오늘이 결혼 기념일이에요?"

"어, 오늘이 15번째 결혼기념일. 흐흐흐."

"아이고, 괜찮으세요? 형수님이 결혼기념일에 답사 갔다고 저 싫어하시는 거 아닌가요?"

"무슨 소리. 지난 2년 동안 계속 힘든 모습만 보여 줘서 미안했는데, 오히려 오늘의 독일 답사야말로 최고의 결혼기념일 선물이지."

불과 1년 전만 해도 회사에 돈도 없고, 일도 없고, 미래도 불투명하여 한 달에 월급 100만원만 받았던 시절이었다. 차마 아내에게는 말을 못 해서 마이너스 통장에서 나머지 월급을 충당하여 주던 때를 생각하면 이런 엄청난 기회가 찾아온 것 자체가 진혁에게는 큰 기적이었고, 아내에게 줄 수 있는 가장 큰 선물이었다. 진혁의 아내 역시 결혼 기념일 따위는 20주년에나 거하게 챙기라며 진혁의 발걸음을 가볍게 해 주었다. 진혁은 늘 무심한 듯 자신을 배려하는 아내에게 항상 고마운 마음뿐이었다.

지옥에서 사옥까지

2018년 5월(창업 22개월)

답사를 마치고 한국으로 돌아오자마자 진혁의 발걸음은 더 바빠졌다. 진호가 제시한 두 번째 조건을 아직도 해결하지 못하고 있었고, 여전히 막막한 상황이었기 때문이다.

'목표 금액 10억.'

말이 10억이지 사실 진혁은 회사 통장에 1억만 있어도 배가 부른 상황인데, 10억을 채운다는 일은 거의 불가능에 가까워 보였다. 이제 당장 독일 프로젝트의 호텔 선금과 비행기 티켓 발권이 시작되는데, 아직 갈 길이 멀었다. 작년 연말부터 3개월간 진행해 왔던 평창 올림픽 관련 잔금이 입금되어 약 2억 정도 확보해 놓은 게 전부였다.

'남은 목표 금액 8억.'

가장 먼저 은행을 찾았으나 은행의 반응은 예상했던 대로 냉담했다. 신용 대출은 어려운 상황이었고, 대표자의 부동산을 담보로 하면 최대 80%까지 법인 대출이 가능하다고 했다. 진혁의 아파트는 시세가 5억 정도 형성되어 있어 약 4억까지는 대출이 되는 상황이었지만, 이미 집을 매수할 당시 2억의 담보 대출을 끼고 있다 보니 사용 가능한 최대 자금은 2억뿐이었다.

'남은 목표 금액 6억.'

진혁은 신용보증기금을 다시 찾았다. 이미 사업 초기에 1억의 대출을 받은 적이 있었는데, 추가 대출이 가능할지 의뢰하기 위해서 방문했다. 담당자의 반응은 역시나 부정적이었다. 회사의 신용도가 그만큼 나빴기 때문에 추가 대출에는 많은 제약이 따랐다. 진혁은 방향을 바꿔 그럼 마이너스 통장은 가능한지 물어봤고, 오히려 마이너스 통장은 조금 더 수월하게 받을 수 있다고 하여, 2억원에 달하는 마이너스 통장을 추가로 개설하는 데 성공했다.

'이제 남은 목표 금액 4억.'

진혁은 아버지를 찾아갔지만, 차마 입이 떨어지지 않았다. 사업을 시작할 때 부모님의 걱정을 한가득 안고 시작했기에 최대한 부탁하고 싶지 않았으나 지금으로서는 어쩔 도리가 없었다. 염치 불구하고 현재 상황에 대해 장황하게 설명하며, 딱 두 달만 쓰고 돌려드리겠다며 어렵사리 말을 건넸다. 아버지는 얼마 전 인쇄소를 은퇴하셨고, 약간의 현금과 빚 없는 아파트 한 채가 전부이셨다. 어머니는 대학병원에서 현역으로 청소일을 하시고 있다.

옆에서 이야기를 듣고 있던 진혁의 어머니는 내심 도와줬으면 하는 눈치였지만, 진혁의 아버지는 마뜩잖은 표정이 역력했다. 하지만 그런 아버지의 표정에 진혁은 전혀 서운하지 않았다. 아마도 아버지의 주변에서 그런 식으로 자식한테 돈 떼이고, 사이도 멀어지는 일들을 많이 경험했기 때문일 거라고 생각했다. 진혁은 부모님에게 일단 다른 데서 최대한 구해 보다가 정말 힘든 상황이 오면 다시 찾아오겠다고 말씀드리고 아버지의 집을 나섰다.

'아직도 남은 목표 금액 4억.'

이 4억의 벽에 막혀서 한 발자국도 나가지 못하는 상황이었다. 대한민국 내에서 공식적인 금융기관에서 대출을 받을 수 있는 길은 전혀 없어 보였다. 어느 날 진혁은 답답한 마음에 협력사 대표이자 막역한 형인 창범과 소주 한잔하며 하소연을 늘어놓았다. 사실 창범은 진혁뿐 아니라 진호하고도 예전부터 친분이 있는 사이였다. 약 5년 전 진호가 중국으로 발령이 나서 떠나기 전까지 셋이서 자주 모여 술잔을 기울였고, 진호가 한국에 들어오면 항상 맛있는 음식을 먹으며 만나던 그런 관계였다.

"전부는 어려울 것 같고, 내가 절반은 해결해 줄게. 내일 오전에 2억 법인 통장으로 보낼 테니까, 얼른 계좌번호 보내. 맘 바뀌기 전에. ㅎㅎㅎ"

누구보다 진혁의 현재 상황을 잘 알고, 진호에 대해서도 잘 알고 있는 창범은 진혁의 이야기를 묵묵히 듣고 있다가 선뜻 남은 목표 금액의 절반을 빌려주겠다고 했고, 다음 날 오전에 일사천리로 진혁에게 송금까지 완료하였다. 진혁은 애초에 돈 문제를 부탁하기 위해 창범을 만난 것이 아니었지만 뜻밖에도 일이 풀려 당황스러우면서도 감사한 마음을 가슴에 깊이 새겼다.

'남은 목표 금액까지 단 2억.'

창범을 만나기 이틀 전, 진혁은 또 다른 친한 형님이자 협력사 대표인 재환을 만났다. 재환은 한 10여 년 전부터 진혁과 업무적인 관계로 만나오다 어떤 사건을 계기로 호형호제하며 지내는 사이가 되었다. 워낙 오랜 시간 만나 온 탓에 굳이 말하지 않아도 서로의 고충을 잘 이해하고 있는 관계이다.

그날의 술자리에서도 별다른 생각 없이 진혁은 현재 진행되는 프로젝트에 대해 이야기하며, 부족한 자금 4억에 대한 고민도 털어놓았다. 재환의 회사도 항상 자금에 어려움을 겪는 것을 누구보다 잘 알고 있기에 진혁은 그저 단순한 고민 상담 차원에서 던진 말들이었다.

그렇게 술자리를 가진 이후 며칠이 지난 어느 날, 재환으로부터 뜻밖의 전화가 왔다. 며칠 동안 자금에 대해 계산을 해 보니, 4억 전부는 어렵고 2억 정도는 한 달 반 정도 융통이 가능할 것 같다는 놀라운 소식을 전했다. 워낙 신중한 성격의 재환인지라 자금 상황을 면밀히 검토해 본 결과 가능하다고 판단이 되어 뒤늦게 진혁에게 연락을 한 것이다. 진혁은 이미 창범으로부터 2억의 대여를 받은 상황이었기 때문에 재환의 전화를 통해 모든 자금의 퍼즐이 완성되어 버린 것이었다. 정해진 기한 내에 반드시 상환하겠다는 거듭 약속을 하고, 진혁은 재환으로부터 2억원의 대출을 받으며 불가능해 보였던 두 번째 미션도 완료되었다.

지옥에서 사옥까지

'목표 금액 10억 달성.'

　최후의 보루로 남겨 놓은 아빠 찬스는 남겨 둔 채로 진혁은 목표했던 금액을 가까스로 달성했다. 마지막 두 형님들의 '묻지 마' 대출이 아니었다면 정말 대형 사고가 날 뻔한 상황이었다. 매번 느끼는 거지만 드라마 작가가 이렇게 대본을 썼다면 당장 해고감이다. 회사를 시작한 지 3년 만에 이런 아찔한 상황이 벌써 몇 번째인지 셀 수도 없었다. 진혁은 이런 기적 같은 상황에 감사한 마음과 함께 최대한 빠르게 모든 대출금을 상환하는 것은 물론이고, 반드시 보답하겠다고 다짐하고 또 다짐했다. 이제는 좌고우면 없이 프로젝트의 성공만을 위해 앞만 보며 달리면 되는 모든 조건이 완성이 되었다.

'Mission Completed!'

#2018년 7월 초(창업 24개월)

기적 같은 10억 펀딩을 완료하고 나니, 독일 프로젝트는 순풍에 돛 단 듯 순항하기 시작했다. 하지만 이미 여러 차례의 프로젝트 취소(혹은 취소 위기)를 경험해서인지 진혁은 대회가 무사히 끝날 때까지 절대 마음을 놓을 수가 없었다. 현지 호텔에 호텔비를 선지급하고, 300명 이상의 항공비를 송금하면서부터 행사 취소에 대한 불안감은 조금씩 잦아들기 시작했다.

규모가 워낙 큰 프로젝트였기에 열심히 모았던 현금 8억은 순식간에 사라졌다. 이제 마이너스 통장의 2억밖에 남지 않은 상황이었고, 그것 또한 추가적인 항공비와 호텔비, 인건비 등을 송금하고 나자 이내 턱밑까지 차게 되었다. 그렇게 마이너스 통장조차도 잔고가 거의 남아 있지 않은 위기의 순간이 임박했을 때, 기다리고 기다리던 첫 선금이 입금이 되었다. 무려 전체 계약 금액의 60%를 선금으로 그것도 달러로 통장에 입금되었다. 달러의 규모는 210만 USD로 한화로 약 23억에 달하는 큰돈이었다. 그 전해인 2017년 1년 매출이 20억이 채 안 되던 회사에서 프로젝트 한 개의 선금만으로 전년도 매출을 넘어선 것이었다.

진혁은 물론 모든 직원들은 처음 접해 보는 이스포츠 대회고, 낯선 땅인 독일 베를린에서 벌어지는 생소하고 두려운 경험이었지만 그 어느 때보다 즐거운 마음으로 준비할 수 있었다. 물론 매출이 지난 모든 행사들보다 크기도 했지만, 다른 회사 프로젝트의 아웃소싱이 아닌 자신들의 이름을 걸고 하는 행사였고, 무엇보다 자신들의 능력과 실력에 대한 정당한

지옥에서 사옥까지

대우를 받을 수 있었다는 것이 가장 큰 이유였을 것이다.

이 프로젝트를 통해 그들이 가장 힐링을 받았던 포인트는 업무를 처리하는 방식이었다. 이전에 대기업 계열의 대행사나 다른 클라이언트와는 달리 일방적인 지시가 아닌 함께 만들어 가는 분위기가 형성이 되어 있었다. 게임사-방송사-대행사-협력사 간의 관계가 수직적인 구조가 아니라 수평적인 구조에서 각자 자신이 맡은 부분의 전문성을 바탕으로 협력하는 구조로 되어 있다 보니, 각자 더 책임감 있게 프로젝트에 임하는 긍정적인 분위기가 형성될 수 있었다. 그러다 보니 현장에서 흔히 볼 수 있는 험한 말, 큰소리, 말다툼, 윽박지르기, 고압적 지시와 같은 모습을 단 한 번도 찾아볼 수 없었다는 것이 가장 큰 특징이었다.

해외에서의 프로젝트는 항상 많은 리스크를 안고 있다. 한국에서라면 사소한 문제에 불과한 일들도 해외에서는 큰 문제로 불거지기도 한다. 특히 유럽이나 미국처럼 인건비나 물가가 높은 곳에서라면 더더욱 그렇다. 사실 한국처럼 안 되는 게 없고 빠르게 움직이는 나라는 거의 없다고 봐도 무방하다. 원래 그런 문화권에서 살았다면 전혀 느끼지 못할 답답함이겠지만 한국에서 오래 생활을 해 본 사람이라면 그들의 여유로움에 피가 말라 가는 극한의 감정을 느낄 수 있다.

생전 처음 가 본 베를린이라는 도시에서 무려 15일간 대회를 준비하며 복장 터지는 경험을 수천, 수백 번 넘도록 했지만 사전에 그런 상황을 대비하여 많은 준비를 했고, 다행히 한국인의 마인드에 준하는 독일 대행사를 만나 수많은 위기를 간신히 극복할 수 있었다.

그렇게 4개월간 수많은 사람들의 고생과 노력에 힘입어 첫 글로벌 대회

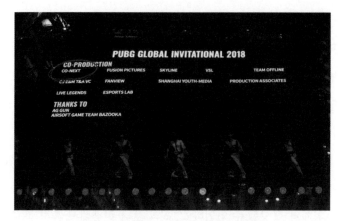

처음으로 회사의 이름이 적힌 엔딩 크레딧

는 성황리에 마무리되었다. 현장에는 세계 각지에서 몰려든 관람객으로 인산인해를 이루었고, 유튜브를 비롯한 각종 온라인 누적 뷰어십이 무려 1억 뷰에 달했다. 현장 관람객에게만 나눠 준 인게임 스킨 세트는 중고 시장에서 100만원 이상의 고가에 거래가 되는 등 첫 대회임에도 불구하고 많은 관심을 받았다. 그동안 대한민국에서 개발한 게임이 글로벌 대회를 개최한 적이 없었던 터라 모두 성공 여부를 확신하기 어려웠으나, 보란 듯이 엄청난 성공을 거두며 첫 글로벌 대회는 성대하게 마무리되었다.

대회가 종료되고, 기념사진을 찍기 위해 무대 앞에서 만난 진혁과 진호는 아무 말 없이 긴 포옹을 하며 서로를 위로했다. 지난해 부산에서부터 이어진 작은 인연이 이렇게까지 커질 줄은 누구도 예상하지 못했다. 각자의 위치에서 최선을 다하며 이 프로젝트의 성공만을 위해 달려온 것을 누구보다 잘 알았기에 굳이 이런저런 말을 하지 않아도 서로의 마음을 충분히 이해할 수 있었다.

첫 글로벌 프로젝트의 웅장한 무대와 시스템

2018년 7월 31일(창업 24개월)

무려 4개월간의 대장정은 사건, 사고 없이 완벽하게 마무리되었다. 처음 진행해 보는 초대형 이스포츠 대회였지만 낯선 이국 땅에서 큰 이슈 없이 끝난 것만 해도 충분히 다행스러운 일이었다. 진혁과 직원들은 성과를 자축하는 의미로 독일을 떠나기 전 마지막 선상파티를 열었다. 사실 선상파티라고 해 봐야 강변 레스토랑의 앞에 정박된 조그만 바지선에서 분위기만 내는 정도였지만 모든 직원들은 잘 마쳤다는 안도감과 성취감에 기쁜 마음으로 축배를 들 수 있었다.

"각자 성격도 다르고, 성향도 다르고, 살아온 과정도 다르고, 경험도 다른 우리였지만 4개월이라는 시간 동안 함께 큰 트러블 없이 한마음으로 무사히 대회를 마치게 되어 너무 감사드립니다. 한국으로 돌아가면 또다시 새로운 프로젝트로 정신없이 살겠지만 오늘 하루만큼은 맘껏 먹고 마시면서 그동안의 스트레스를 모두 풀고 한국으로 돌아갔으면 좋겠습니다.

오늘 여러분들의 노력에 보답하고자 회사에서 조그만 선물을 준비했습니다. 첫 번째 선물은 전체 항공 일정을 이틀 정도 뒤로 미뤘습니다. 숙소도 같이 연장했으니, 이틀간 독일 여행과 쇼핑을 즐기시면 되겠습니다. 또한 두 번째 선물은 소소한 여행 경비로 약간의 유로를 준비했습니다. 큰돈은 아니지만 다니면서 유용하게 사용하시고, 영수증은 제출 안 하셔도 됩니다. 모두들 긴 시간 동안 정말 고생 많으셨습니다. 자, 모두의 즐거운 여행을 위하여, Cheers!"

진혁은 대회를 마치기 며칠 전부터 몰래 깜짝 이벤트를 준비했다. 직원

지옥에서 사옥까지

들 모르게 한국행 비행기 일정을 이틀 뒤로 연기하였다. 물론 다른 핑계를 대고 조심스레 개별 스케줄들을 확인하였기 때문에 직원들은 항공 일정이 연기된 줄은 전혀 모르는 눈치였다. 또한 선수들에게 여러 가지 경비를 현금으로 지급할 목적으로 한국에서 약 8만 유로를 가지고 왔는데, 선수들에게 지급하고 남은 유로가 약 1만 유로 정도 있었다. 그래서 이 유로화를 직원들 여행경비로 나누어 주고 소진하고 돌아가기로 정했다. 1인당 300~700유로 정도이니 한화로 약 40만원~ 90만원 정도 되는 금액이었다. 깜짝 선물에 좋아하는 직원들의 모습을 보며 진혁은 매우 뿌듯했다.

진혁은 많은 생각이 스쳐 지나갔다. 불과 2년 전 이맘때 회사의 문을 열었고, 6개월 만에 자본잠식 상태에까지 들어갔던 회사가 정확히 2년 후에 이런 엄청난 기회를 만났고, 또 무사히 잘 마칠 수 있게 된 것이 아직도 믿어지지 않았다. 누군들 열심히 안 하는 사람이, 그런 회사가 어디 있겠는가? 다들 각자의 방식으로 최선을 다하지만 이런 엄청난 기회를 갖게 되는 건 누구나 얻을 수 있는 행운은 아니었다. 진혁은 인생 최대치의 행운을 모두 가져다 쓴 것이라 여기며, 지금의 기회를 어떻게 잘 유지할 수 있을지에 대한 행복한 고민에 빠졌다.

2018년 8월(창업 25개월)

진혁은 독일에 있는 동안 뉴스를 통해 한국이 사상 최고의 무더위라는 소식을 접했다. 독일은 사실상 가을 날씨에 가까울 정도로 선선했기에 한국의 무더위가 걱정되었다. 그런데 막상 귀국해 보니 도착한 그날부터 무더위가 한풀 꺾이기 시작했다. 또 때마침 독일을 비롯한 유럽은 그때 부터 사상 최대의 폭염이 시작되었다고 하니 진혁은 날씨 같은 사소한 행 운도 자신을 따라 주는 것인가 하고 생각했다.

지난 7월 중순경 독일행 비행기를 타기 직전 진혁은 새로 이전할 사무 실 계약을 했다. 실평수 40평에, 내부에 남녀 화장실이 분리되어 있었고, 엘리베이터가 있는 6층 건물 중 3층이었다. 더구나 오래된 건물을 완전 히 싹 뜯어고친 리모델링 건물이라 마치 신축 건물에 들어온 느낌이었 다. 직원들이 원하는 모든 조건을 다 갖춘 사무실이었다. 한국에 복귀하 자마자 직원들에게는 1주일간의 휴가를 주고 그사이 진혁은 아내와 함께 새로운 사무실로의 이사를 진행했다.

진혁의 첫 사무실도 웹툰 〈미생〉 팀이 대박 나서 이전했던 사무실이었 는데, 이번 새 사무실의 기존 입주사도 마찬가지였다. 독일 지멘스 보청 기 통신 판매를 하던 곳이었는데, 매출과 인원이 급격히 늘어나면서 망 원역 바로 앞에 있는 대형 빌딩 100평짜리 사무실로 이전을 한다고 했다. 기왕이면 망해서 나간 사무실보다는 잘돼서 나간 사무실이 좋다고 생각 해 진혁은 보자마자 고민도 없이 이 사무실을 바로 계약하게 되었다.

짧은 휴가를 마치고 일부 프리랜서와 단기 계약직을 제외한 총 12명의

지옥에서 사옥까지

인원이 새 사무실로 출근했다. 기존 사무실에 비하면 새 사무실은 아주 여유가 있는 편이었다. 사무실 한켠에 휴게실과 안마기, LG 스타일러, 티 테이블 등 각종 편의 시설을 배치했다. 또 다른 한쪽에는 기존 사무실에 는 없던 방음이 되는 회의실을 2개나 만들었다. 진혁은 직원들이 기존 사 무실에서 불편을 느꼈던 부분을 최대한 반영하여 업무 환경을 대폭 개선 하는 데 중점을 두었다.

2018년 9월(창업 26개월 - feat. 2017년 8월)

　독일에서의 행사를 무사히 마치고 한 달이 지나서야 남은 잔금이 들어왔다. 현장에서 추가된 항목들이 워낙 많다 보니, 60% 선금으로 받은 210만 USD를 훌쩍 뛰어넘어 250만 USD에 달하는 어마어마한 금액이었다. 때마침 잔금을 받은 이후에 환율이 많이 오르는 바람에 뜻밖의 환차익도 발생했다. 전년도의 2배를 훌쩍 넘어서는 매출 규모였고, 매출이 커진 만큼 이익도 기존 회사의 부채를 다 상환하고도 1년 운영비를 상회하는 정도로 늘어났다. 진혁은 2년간 숱한 어려움을 겪으며 재정적인 위기를 넘겨 왔는데 이제는 다소 안정적으로 회사를 운영할 수 있게 되었다.

　그렇게 회사가 안정권에 진입을 하자 진혁의 머릿속에 문득 떠오르는 것이 있었다. 바로 투자자 동현에게 투자 받은 5,000만원과 그에게 지급했던 회사의 지분 10%이었다.

　"우리 그냥 살림을 합쳐 버릴까?"

　1년 전쯤 진혁의 회사가 한참 최악의 상황을 겪고 있을 당시, 진혁은 투자자이자 친구인 동현과 자주 술자리를 가지며, 서로의 고충에 대해 토로하곤 했다. 양쪽 회사 모두 다른 이유로 회사의 운영에 어려움을 겪고 있을 때라 서로 이야기를 나누다 전격적으로 회사 간 합병을 추진하기로 했다. 동현의 회사는 중요한 거래처를 가지고 있는 반면 직원들의 역량이 부족했고, 진혁의 회사는 반대로 직원들의 역량에 비해 변변한 광고주가 없었기 때문에 서로의 니즈가 정확히 맞아떨어졌던 것이다.

그렇게 말이 떨어지기가 무섭게 합병에 대한 절차가 시작됐고, 구체적인 합병 제안서를 작성하여 양사의 직원들이 모두 모인 자리에서 통합에 대한 발표와 회식까지 진행했다. 원래도 서로 잘 알고 지내던 사이였지만 이제 한 식구가 된다고 하니 기대가 되면서도, 한편으로는 부담스러운 분위기가 살짝 감돌기도 했다. 그렇게 회식이 있은 후 현재 진행 중인 프로젝트와 합병 관련 업무들을 병행하며 바쁜 날들이 진행되던 어느 날…

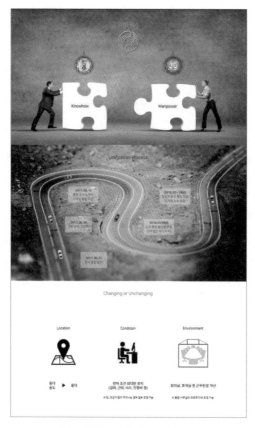

양사 통합을 위한 제안서 중 일부

"김 대표, 자료를 보다 보니까 몇 가지 궁금한 게 생겼는데, 회사 법인 차를 대표인 네가 개인적으로 몰고 다니는 거라면 급여에서 리스비를 공제해야 하는 거 아닌가? 또 회사 화장실 청소는 직원들이 직접 하면 되는데, 왜 청소 업체에 맡기는 거야? 직원들 식비와 커피 값까지 너무 불필요한 지출이 많은 거 아닌가? 본부장과 팀장한테 지원되는 유류비와 법인 카드 한도가 너무 높은 거 아닌가? (이하 생략)"

진혁은 질문을 받는 순간 잠시 머릿속이 하얘지며 문득 몇 가지 질문이 떠올랐다. 과연 이 질문의 의도가 무엇인가? 저런 세세한 것들이 정말 궁금했던 것일까? 아니면 막상 통합을 추진하다 보니 이제 와서 후회가 되어 적당한 핑계를 찾는 것일까? 진혁은 질문의 의도에 대해 묻고 싶었지만 일단 그 말을 입으로 꺼내는 순간 모든 판이 깨질 것이 우려되어 매우 조심스럽게 되물었다.

"물어본 내용에 대해 하나씩 답해 줄 수는 있는데, 그 전에 혹시 합병이 망설여져서 이런 질문을 던진 거라면 나는 괜찮으니까 시간을 조금 가지고 생각해 보는 게 어때?"

"꼭 그런 건 아닌데, 막상 추진하려고 보니 우리도 대출이나 숨겨진 빚들이 많더라고. 괜히 나중에 이런 것 때문에 너희 회사에 폐를 끼칠까 걱정이 돼서, 세무사 사무실과 조금 더 상담하고 나서 다시 이야기해 보자."

"그… 그래. 뭐든 확실하게 하고 가야지 나중에 후회가 없으니까. 우리도 재무 상태가 너무 형편없어서 너희에게 폐를 끼치는 거 아닌가 하고 생각하던 참이었는데, 우선 진행 중인 업무들 빨리 정리하고 추후에 여유 생기면 다시 한번 논의해 보자. 너무 신경 쓰지 말고…."

사실 동현의 대답은 매우 궁색했다. 그가 거짓말을 잘 못 하는 사람이

지옥에서 사옥까지

라는 것을 진혁은 이미 알고 있었으나 그의 대답을 들으니 오히려 한결 마음이 가벼워졌다. 실제 이유는 그 반대였을 것이라 생각했다. 막상 상대 회사의 장부를 들춰 보니 생각보다 더 나쁘다는 것을 확인하고 최선의 출구 전략을 세웠을 것이라 진혁은 생각했다. 합병 중단은 친구 영훈의 투자 철회로 예방 주사를 세게 맞은 터라 크게 충격적이지 않았다. 또한 프로젝트 취소와 부활을 여러 차례 겪었던지라 크게 놀랍거나 당황스럽지 않았다. 항상 최악의 상황까지 미리미리 사서 고민하는 습관이 있던 진혁은 대수롭지 않게 받아들이면서, 결국 서로 '각자도생'하는 방향으로 결론을 내렸다.

물론 그 이후에도 간간히 연락을 주고받기는 했으나 애매한 관계가 되어 버린 둘은 1년쯤 시간이 지나면서 점점 서로에게서 잊혀져 갔다. 하지만 진혁은 동현에게 받았던 투자금 5천만원과 지분 10%가 내내 신경이 쓰이던 터에 회사가 어느 정도 안정적인 궤도에 올라서자 제일 먼저 동현을 찾아가서 투자금 5천만원을 돌려 주리라 다짐했다. 하지만 이미 소원해진 관계였기에 어떻게 말을 꺼내야 할지 진혁은 난감한 상황이었다.

그때 진혁과 동현 양쪽과 꾸준히 소통을 하고 있던 민섭이 나서서 중재를 섰다. 동현은 진혁에게 투자한 금액을 돌려받을 수 있을까 전전긍긍하던 상황이었고, 진혁은 동현에게 받은 투자금을 반환하고 지급했던 지분 10% 회수를 희망했기에 민섭의 중재로 1년 만의 만남이 극적으로 성사되었다.

오랜만에 동현을 만난 진혁은 마치 어제까지 만났던 사이처럼 그동안 벌어졌던 일들을 시시콜콜 설명해 주었고, 투자금액 5천만원과 이자 500

만원을 동현에게 전달하며 다시 한 번 감사의 마음을 전했다. 동현도 진혁에게 진심 어린 축하를 해 주며, 지분 10%의 양수/양도 계약서에 서명을 하며 서로의 숙제를 깔끔하게 마무리하였다. 진혁은 친구이자 비즈니스 파트너인 동현 덕에 또 많은 것을 깨우치게 되었다. 자신의 것을 때로는 과감히 포기할 줄 알아야 더 큰 것을 얻을 수 있다는 아주 평범한 진리를 가르쳐 주며, 동현은 진혁의 인생에서 깔끔하게 퇴장해 주었다.

2018년 10월~11월(창업 27개월~28개월)

독일 글로벌 대회를 마치고 한국에 돌아왔을 때만 해도 올해 할 일과 매출은 다 끝났다고 생각했지만, 그것은 진혁의 큰 착각이었다. 한국에 복귀하자마자 이번엔 같은 게임의 모바일 버전이 출시되면서, 한국 모바일 챔피언을 가리는 대회가 곧바로 시작되었다. 전국 13개 도시의 야외에서 펼쳐지는 스트리트 챔피언 대회로, 서울 신촌 '차 없는 거리'를 시작으로 광화문, 대전, 강원, 광주, 해운대를 거쳐 부산 지스타에서 최종 결승전이 열리는, 무려 2개월에 걸친 국토 대장정급 오프라인 대회였다.

비록 행사 기간이 길기는 했지만 대회의 매출 규모가 10억에 달하는 대형 행사였다. 독일 글로벌 대회에 비하면 많이 적은 예산이었으나 2017년 회사의 총매출이 20억이 안 되었던 것을 생각하면 사실 이 정도 규모의 행사도 어마어마한 것이었다. 예전에 진혁이 큰 회사에 다닐 때도 단일 건으로 10억짜리 행사를 만나기는 쉽지 않은 일이었다. 바로 직전에 무려 단일 행사로 40억 규모의 매출을 올리다 보니 상대적으로 적어 보이는 착시현상일 뿐 남들이 부러워할 만큼 큰 행사였다.

게임 대회라고 하면 보통 실내에서 진행되는 경우가 많은데, 이번 경우는 모바일 대회이다 보니 장소에 구애되지 않는다는 콘셉트를 구현하기 위해 결승전을 제외한 모든 일정이 유동 인구가 많거나 사람들이 모이기 좋은 길거리에서 진행되었다. 진혁은 날씨에 대한 걱정이 제일 컸는데 다행히 대부분의 장소에서 맑은 날이 이어지면서 그런 우려를 해소해 주었다.

전국 각지의 거리에서 개최된 모바일 대회

　그런데, 대회가 막바지에 접어들면서 일부 지역에서 비소식이 예보되었다. 대전과 상암에서 동시에 열리던 예선 마지막 주차에 정말 하늘에 구멍이 난 것처럼 비가 내렸고, 현장에 모인 참가자(선수), 관람객은 물론 모든 스태프들이 비를 맞으며 어떻게든 경기를 치러 보려 했으나 결국 강풍까지 불어오자 부득이하게 경기를 취소하는 지경에 이르렀다.

　진혁은 물론 모든 직원들은 물에 빠진 생쥐마냥 머리끝부터 발끝까지 몽땅 젖게 되었다. 그런 폭우 속에서도 직원들이 몸을 사리지 않고 함께 동분서주하는 모습을 보면서 진혁은 직원들에게 다시 한번 감사한 마음을 가지게 되었다. 모든 정리를 마친 후, 숙소로 복귀한 진혁은 직원들을 전부 데리고 나가서는 신발 한 켤레와 맛있는 음식을 대접하면서 그 감사한 마음을 조금이나마 표현했다.

지옥에서 사옥까지

그렇게 힘겨웠던 6주간의 예선전을 마치고, 전년도에 이어 두 번째 찾은 부산 지스타에서 모바일 챔피언 결승전이 열렸다. 대한민국 게임의 일 년을 총결산하는 자리인 지스타는 그야말로 인산인해를 이루었다. 그 중에서도 올해도 스트리트 모바일 챔피언 대회가 단연 가장 인기를 끌었다. 더구나 많은 셀럽들의 이벤트 경기와 최종 결승전 등이 열리면서 가장 많은 관람객이 참관을 했다. 진혁은 자신이 만든 게임은 아니지만, 그래도 자신이 함께하고 있는 게임의 인기를 실감하며 덩달아 뿌듯한 마음이 들기도 했다.

각종 셀럽들의 이벤트 경기와 결승전까지 성황리에 종료되며 무려 2개월간의 대장정이 끝이 났다. 진혁은 지난 2월부터 시작된 숨가빴던 1년간의 여정이 파노라마처럼 지나갔다. 1월 글로벌 게임 페스티벌(GGF)의 취소, 그리고 갑작스런 독일행, 거기에 전국 대장정에 이은 부산 지스타까지, 정말 믿기 힘든 여정이 단 1년 만에 기적처럼 일어났다. 진혁은 이 꿈같은 시간이 끝나지 않기를 간절히 기도했다.

2018년 12월(창업 29개월) - Part I

또 한 번의 장기 프로젝트를 마치고 나니, 직원은 또 어느새 15명으로 늘어나 있었다. 불과 1년 전에 7명이던 직원이 1년 새 두 배가 되어 있었고, 2017년 20억에 불과하던 매출은 2018년 세 배에 달하는 55억으로 증가했다. 수익률도 매우 개선되어, 지난 2년간 자본 잠식에 달했던 손실들을 한 번에 다 정산하고도 많은 잉여금이 쌓일 정도였다. 진혁은 2년 만에 이렇게까지 성장할 수 있도록 열심히 노력해 준 직원들에게 너무 감사한 마음이 들어 그 마음에 보답하기 위해 두 가지 선물을 준비했다.

첫 번째 선물은 4박 6일간의 해외 워크샵으로, 워크샵 여행지는 여러 선택지가 있었지만 괌으로 최종 낙점되었다. 동남아에 비하면 괌의 비용이 다소 높긴 했지만, 진혁은 모두가 지난 2년간 고생해서 얻은 결과에 비하면 괌도 한참 부족하다고 생각했다. 오랜만에 업무를 떠나 모든 직원들이 신나게 즐기고 힐링할 수 있는 기회를 만들어 주고 싶었다.

두 번째 선물은 인센티브로, 워크샵 첫날 지난 1년간의 성과와 회사의 미래에 대한 비전을 공유하며 마지막 순서에 서프라이즈로 인센티브 지급 계획을 공개했다. 진혁은 어려운 상황에서도 늘 소액의 보너스를 제공하긴 했으나 창업 후 공식적으로 성과에 따른 인센티브를 제공하는 것은 이번이 처음인 셈이었다. 고심 끝에 인센티브의 규모는 월 급여의 300%로 정해졌고, 직원들은 예상했던 것보다 많은 인센티브에 당황하면서도 기쁜 표정을 감추지 못했다.

지옥에서 사옥까지

　진혁은 처음 창업을 하던 순간부터 회사가 일정 성과를 내면 반드시 납득할 만한 보상을 해 주겠다고 스스로와 약속을 해 왔다. 그것을 반드시 지키기 위해, 마음으로만 생각한 것이 아니라 회사에 아무런 비전도 없던 초기부터 연봉 계약서에 명확하게 명시를 해 놓았다. 진혁은 이전 회사들을 다니면서 단 한 번도 제대로 된 인센티브를 받아 본 적이 없었다. 심지어 역대 최고 매출과 수익을 기록해도 여러 가지 이유로 인센티브는 없거나 대폭 축소된 채로 지급되곤 했다. 직원의 입장으로 그러한 행위가 얼마나 직원들의 사기를 떨어트리는지 너무 잘 알고 있었기에 회사가 일정한 수익을 내면 반드시 직원들에게 일부 환원하겠다는 굳은 의지를 가지고 있었다.

　처음 연봉 계약서를 만들 당시만 해도 사실 이 정도로 수익이 발생할 것이라 아무도 예상치 못했기 때문에 계약서에 적힌 대로만 하면 200% 이상이면 문제가 없는 상황이었다. 하지만 진혁은 좌고우면하지 않고 과감하게 300%로 발표한 것이다. 직원과 회사가 서로에 대한 신뢰를 가지기 위해서 최소한의 규모라고 진혁은 판단했다. 다음 해에 또 열심히 해서 벌면 되는 것이기에, 최소한의 잉여금을 제외하고 직원들에게 충분히 나누기로 한 것이다. 그래야 직원들이 회사에 대한 신뢰를 바탕으로 더 열심히 할 것이라는 믿음이 있었기 때문이었다.

　지난 2년 반, 약 30개월 동안 월급 무사고 배달은 물론 대규모의 인센티브 지급까지 무사히 마칠 수 있는 지금의 상황에 진혁은 그저 감사할 따름이었다. 월급날이 두렵지 않은 회사, 인센티브로 플렉스하는 회사, 직원과 상호 무한 신뢰를 가질 수 있는 그런 이상적인 회사를 꿈꾸었지만, 모두가 그를 비웃거나 허무맹랑한 소리라고 치부했다. 하지만 그런 우려에도 불구하고 진혁은 점점 그 꿈에 한 걸음씩 다가서는 것 같은 기분에 감격스러운 마음이 들었다. 한편 항상 기회 뒤에는 또 새로운 위기가 찾아올 수 있다는 생각으로 꼼꼼하게 내년의 상황들을 점검하고 대비하며 2019년을 맞이할 만반의 준비를 했고, 진혁의 예상대로 2019년에는 연초부터 엄청난 일들이 벌어지며 진혁과 직원들은 초긴장 상태에 돌입하게 되었다.

2018년 12월(창업 29개월) - Part II

　수많은 프로젝트들을 마치고 잠시 휴식기에 접어든 어느 날, 친구이자 광고주였던 김태훈 부장이 진혁을 찾아왔다.

　"아니, 다른 광고주가 생겼다고 어떻게 나한테 연락 한 번 안 해요. 섭섭하게…."

　"해외고, 지방이고, 일정이 너무 빠듯하니까 어쩔 수 없이 그랬어요. 미안해요…."

　"대표님 처음 회사 시작하고 내가 얼마나 도와드렸는지 기억하시죠? 근데 이제 일 없다고 나는 찬밥 신세인 거예요?"

　"무슨 소리예요. 그건 내가 항상 고마워하고 있는 거 알잖아요. 바쁜 거 정리되면 내가 한잔 거하게 살 테니까 섭섭해하지 말아요."

　"그건 그렇고, 나 진짜 너무 억울해요. 우리 회사에 내가 얼마나 많은 기여를 했는지 대표님도 잘 알죠? 이제 와서 나를 횡령범으로 취급하냔 말이에요. 내가 그 돈을 개인적으로 썼어요? 광고주 접대를 해야 하는데, 회사에서는 접대비 인정을 안 해 주니까 내가 그렇게 해서라도 비용을 마련해서 쓴 거지. 돈 잘 벌어올 때는 가만히 있다가 이제 매출 떨어졌다고 이런 취급을 하다니… (후략)"

　사실 진혁은 이미 김태훈 부장이 횡령으로 회사에서 해고는 물론 자금 추징까지 당했다는 소식을 전해 들은 상태였다. 모든 자초지종을 알고 있었지만 마치 처음 들은 것처럼 기계적으로 반응했다. 진혁이 다른 프로젝트로 인해 바빠서 소원해진 이후로도 여전히 행사 때만 되면 비용을 빼돌려서 술과 여자에 빠져 있던 김태훈 부장은 급기야 내부 직원의 투서로 인해 특별 감사 대상이 된 것이다. 그 결정적인 제보를 한 사람에게 이미 직접 그 내용을 전달 받은 진혁은 그의 여전한 거짓말에 헛웃음이 나왔다.

더 황당한 사실은 김태훈 부장이 다른 사람들에게 '진혁이 밀고자일 것'이라며 떠들고 다닌다는 것이었다. 자신이 감사를 받고 있는 와중에 당시 함께 일했던 다른 협력사들은 줄줄이 감사팀으로부터 소환되어 조사를 받았는데, 유일하게 진혁만 조사 대상에서 빠져 있다는 이유였다. 이미 소환된 다른 회사들이 횡령과 관련하여 모두 자백을 했고, 진혁은 아무 관련이 없다는 내용으로 진술을 했기에 너무도 당연한 결과인데, 김태훈 부장은 진혁이 제보자임을 확신하는 투로 사방에 소문을 내고 다닌 것이었다. 그 이야기를 들은 많은 사람들이 진혁에게 사실을 알려 주었지만 그는 애써 모르는 척하기로 했다.

그런 김태훈 부장이 1년 만에 진혁을 찾아와서는 대뜸 한다는 소리가 자신은 억울하다는 말뿐이었다. 그의 술자리에 거의 70% 이상은 참석했던 진혁 앞에서 광고주 접대로 인해 비용을 돌려 썼다는 말을 하는 듣고 있자 하니, 그 허술한 거짓말에 진혁은 애잔한 마음이 들기까지 했다. 원래 거짓말이라는 게 처음에는 그 논리가 완벽한 것 같아도 시간이 지날수록 그 거짓말을 덮기 위한 새로운 거짓말을 꾸며내야 하기에 결국 허점투성이가 되는 경우가 다반사이다. 김태훈 부장의 경우 초기부터 거짓말의 논리가 빈약했기에 그 끝은 그야말로 엉망진창이 되어 있었다.

김태훈 부장이 찾아온 이후로 진혁은 그의 모든 연락처를 차단했다. 더이상 그의 위선과 거짓말을 들어 줄 마음의 여유가 없었기 때문이었다.

진혁이 자신의 연락처를 차단한 것을 알게 된 김태훈 부장은 진혁이 제보했다는 사실에 더욱 확신을 가지며, 만나는 사람들마다 더 신나게 이야기를 하고 다녔다.

그로부터 얼마 후, 감사 팀에서 직접 진혁의 사무실로 방문을 했다. 진혁은 정말 하고 싶은 말이 많았지만 그 일에 더 이상 연루되기 싫어 감사 팀이 전해 주는 이야기에 그저 놀라는 척 연기를 했을 뿐 그 어떤 정보도 제공하지 않는 것으로 김태훈 부장에 대한 작은 예의를 표했다. 그렇게 비즈니스 파트너이자 친구였던 김태훈 부장은 진혁에게 여러 가지 의미로 좋은 경험을 제공해 주고는 진혁의 인생에서 조용히 자신의 역할을 다하고 사라지게 되었다.

2019년 1월(창업 30개월)

드디어 2019년이 밝았다. 창업 이후 첫 흑자를 경험한 직원들은 한껏 고무되었다. 난생처음 받아 보는 인센티브와 각종 복지 혜택이 바쁜 스케줄을 견딜 수 있게 해 주었다. 고무된 것은 진혁도 마찬가지였다. 최소 4년~5년 정도는 죽어라 고생할 것을 각오했는데, 생각보다 빠르게 찾아온 기회가 아직도 얼떨떨하기만 했고, 꿈에 그리던 인센티브로 플렉스하는 회사가 된 사실이 아직도 믿기지 않았다.

기존에 진혁이 경험했거나 주변에 봤던 회사들은 보통 회사의 부채를 상환하거나 고가의 차를 구매하는 등의 이유로 회사가 수익이 나도 인센티브를 주지 못하는 이유를 만드는 데 급급했지만 진혁은 우선 성과를 나누면서도 회사의 부채 상환과 내년을 위한 운영 예비비를 구분하여 최대한 합리적으로 운영하려고 노력했다.

늘어난 매출과 함께 두 배로 늘어난 15명의 직원들을 먹여 살리려면 올해도 험난한 길이 예상되었기 때문에 진혁은 마냥 기뻐할 수만은 없었다. 기본 운영비 자체가 대폭 늘어난 상황이기 때문에 최소 작년 이상의 매출을 올려야 이 엄청난 식구들을 케어할 수 있다는 부담감에 어깨가 무거웠지만 언제나처럼 잘해 낼 수 있을 거라는 자신감만은 충만했고, 그 자신감은 곧 현실로 이어졌다.

"대표님, 올해 글로벌 대회 스케줄이 확정됐어요. 올해도 단단히 준비하셔야 할 것 같네요."

지옥에서 사옥까지

"저… 정말? 새해부터 너무 반가운 소식이네. 처음 했던 것처럼 이번에도 최선을 다해서 준비할게."

진혁은 새해가 시작된 지 채 일주일도 지나지 않아 진호의 반가운 전화를 받았다. 2019년에는 총 두 번의 글로벌 대회가 열린다고 했다. 7월에 열리는 올스타전은 올림픽처럼 국가대항전 형태로 치러진다. 각 팀에 소속된 선수들 중 국가별 최고의 선수들이 국가대표 자격으로 출전하며, 대회는 한국에서 개최 예정이었다. 11월에 열리는 공식 글로벌 챔피언십 대회는 기존대로 1년간 우수한 성적을 거둔 최고의 32팀이 출전하여 3주 동안 예선전과 결승까지 치르는 일정이며, 개최지는 무려 미국이라고 했다.

한 번도 아니고 두 번의 글로벌 대회라니…. 일단 너무나도 큰 기회였지만 진혁은 늘 그래 왔던 것처럼 기쁨보다는 걱정이 앞섰다. 현재 15명의 직원으로 이 큰 규모의 대회를 두 번이나 치르는 것은 불가능할 것이라는 판단이 들었기 때문이다. 더구나 미국은 지난 독일과 달리 영어가 모국어인 나라이기 때문에 영어에 대한 부담감이 더 커졌다. 두 대회의 개최 일정은 다소 차이가 있었지만 지금까지 해 온 경험으로 보면 두 대회 모두 각각의 팀을 구성해야 할 것으로 예상되어 또 발 빠르게 준비 과정에 돌입하였다.

진혁은 연간 스케줄이 발표되자마자 또 새로운 인원을 충원하기 위해 동분서주했다. 분명 새로운 사무실에 이사 올 당시만 해도 넉넉했던 사무실이 어느새 사람과 짐들로 발 디딜 틈 없는 빽빽한 공간으로 바뀌었다. 어렵게 마련한 회의실 2개 중 1개는 이미 새로 충원한 직원들의 사무 공간이 되었다. 또 눈물을 머금고 휴게실을 없애 사무 공간으로 바꿨다. 진혁은 대회를 숨 가쁘게 준비하는 한편 빨리 또 새로운 사무실을 찾아서 다시 이 사라진 회의실과 휴게 공간을 마련하겠다는 생각을 했다. 그렇게 2019년 연말까지 계속되는 프로젝트를 위한 만반의 준비를 했다.

이사 반년 만에 짐과 사람으로 가득 찬 새 사무실

지옥에서 사옥까지

2019년 2월(창업 31개월) - Part I

"대표님, 대표님, 큰일 났어요!!"

"왜? 무슨 일인데?"

진호의 다급한 전화를 받은 진혁은 또 한 번 가슴이 '쿵' 하고 내려앉았다. 혹시 계획된 글로벌 대회에 문제가 생긴 건 아닌지 하는 불안한 마음으로 진호의 대답을 기다렸다.

"작년 11월에 했던 모바일 대회가 반응이 너무 좋아서, 올해 2번이나 더 한다고 하네요."

"잉? 아니, 그럼 좋은 거지 그게 무슨 큰일이야? 나쁜 소식인 줄 알고 깜짝 놀랐잖아! 확!"

"큰일은 큰일이죠. 글로벌 대회 준비해야 하는데 이거까지 하게 생겼으니 바빠서 이거 다 소화할 수 있을까 모르겠네요."

"흐흐흐, 엄청나게 큰일은 맞지. 하지만 우리는 여전히 배고파. 그냥 싹 다 완벽하게 해 버리면 되지. 걱정은 무슨⋯."

"아니, 그게 의지만으로 되나요? 사람은 있으세요?"

"그럼, 나한테 좋은 생각이 있으니까 걱정 말고 같이 해 보자고."

7월, 11월의 글로벌 대회를 위해 여러 가지로 분주하게 준비하던 도중에 잔잔한 행사 소식이 쏟아졌다. 지난 11월에 진행했던 모바일 스트리트 게임 대회의 시즌2와 시즌3가 3월과 5월에 연이어 열리게 되었다. 행복한 날벼락을 맞은 진혁은 글로벌 대회를 준비하는 동시에 모바일 대회도 준비해야 하는 버거운 일정이었지만 친한 후배가 운영하는 기획사를 섭외하여 함께 운영하는 것으로 만반의 준비를 마쳤다.

2019년 2월(창업 31개월) – Part Ⅱ

진혁이 회사를 시작한 지 벌써 2년 반이라는 시간이 흘렀다. 처음 1년 반은 죽을 만큼 괴롭고 힘든 날들이 계속되었으나 지난 1년간 정말 믿을 수 없는 일들이 이어지며 꿈 같은 날들이 펼쳐졌다. 진혁은 특히 회사를 함께 시작하고 그 어려운 터널을 뚫고 나올 수 있도록 자신의 곁을 든든히 지켜 준 전 본부장과 김 팀장에게 항상 고마움을 느끼고 있었다. 그 고마운 마음을 마음속으로만 가지고 있을 게 아니라 적극적으로 표현하기 위해 한 가지 결단을 내렸다.

"우리 아직 더 가야 할 길이 멀었지만 힘든 시기에 우리를 항상 믿어 준 가족들과 함께 더 늦기 전에 여행이나 한번 다녀오시죠. 이제 다음 달부터 연말까지 계속 달려야 할 테니까…."

"오! 정말요? 너무 좋죠. 스케줄은 무조건 맞추겠습니다. 우리에게도 드디어 이런 날이 오네요. 진짜 까마득히 먼 얘기인 줄 알았는데…."

"그런데 혹시 저희 어디로 가요? 동남아? 아니면 사이판?"

"에이… 처음이자 마지막이 될지도 모르는데 이번엔 화끈하게, 니가 가라 하와이!!"

"대… 대박…. 돈이 많이 들어갈 텐데, 괜찮으시겠어요?"

"뭐, 우리가 아직 돈을 많이 번 건 아니지만 후회 없도록 신나게 즐기고 또 와서 열심히 벌어 보자고요."

진혁은 전 본부장과 김 팀장뿐 아니라 불안한 출발을 항상 묵묵히 응원해 준 가족들과도 그 영광을 함께하고 싶었다. 그리고 앞으로는 불안한 마음을 갖지 않도록 안심시켜 주고 싶은 목적도 포함되어 있었다. 그렇게 진혁의 가족 4명, 전 본부장의 가족 3명, 김 팀장의 가족 2명 총 9명은 5박 7일의 하와이 여행을 떠났다.

진혁은 해외 출장을 제외하고 순수 여행으로는 가장 먼 나라로 온 것이었다. 심지어 진혁의 가족들은 거의 처음이나 다름없는 해외 여행이었다. 진혁의 아내는 평소 회사의 상황이 불안하던 시기에도 늘 아무렇지 않은 듯 내색을 하지 않았으나, 하와이에 도착해서야 비로소 진짜 큰 위기를 벗어났다고 느꼈는지 오랜만에 편안한 마음으로 즐기고 돌아올 수 있었다.

#2019년 3월~5월(창업 32개월~34개월)

바쁠 것이라 모두들 각오는 했지만 정말 눈코 뜰 새 없는 날들이 계속되었다. 한 팀은 모바일 대회를, 한 팀은 7월 올스타전을, 한 팀은 11월 글로벌 챔피언십을 각각 메인으로 준비하면서 서로의 프로젝트를 서포트하는 방식으로 빠듯하게 운영해 나갔다.

모바일 대회의 시즌2는 스타필드와 콜라보하여 코엑스, 하남, 고양 스타필드를 순회하면서 각각 예선전과 결승전이 펼쳐지게 되었다. 코엑스와 하남에서 치열한 예선전을 펼치고 거기에서 선발된 16팀을 모아 고양 스타필드 중앙 광장에서 최종 결승전을 진행했다. 그렇게 주말을 맞아 아울렛을 찾은 수많은 관객들의 관심과 환호 속에서 결승전은 성대하게 종료되었다.

스타필드 모바일 대회 결승전에 모인 수많은 관람객

시즌2가 끝나기 무섭게 바로 이어 시즌3가 진행되었다. 시즌1 대회에서 폭우로 인해 몇 개의 경기가 취소되었던 경험 때문에 시즌3 대회는 온라인 예선과 전국 4개 지역의 유명 카페를 대관하여 조금 안정적인 환경

지옥에서 사옥까지

에서 오프라인 예선전을 진행했다. 그렇게 선발된 16개의 팀들은 '꿈과 환상의 나라' 에버랜드에서 최종 결승전을 치르게 되었다.

진혁은 지난 대회의 폭우에 대한 트라우마 때문에 걱정했으나 다행히 예보에 비 그림이 없어 마음을 놓았다. 하지만 행사 전날 야간 세팅 도중 예고도 없이 국지성 폭우가 쏟아져 세팅이 지연되며 진혁의 마음을 졸이게 했다. 새벽까지 이어지던 비는 일출과 함께 거짓말처럼 그쳤고, 진혁과 직원들은 신속하게 세팅을 마무리하였다.

대회 시간이 되자 밤새 무슨 일이 있었냐는 듯이 해가 쨍쨍 내리쬐는 화창한 날씨가 펼쳐져 모두들 헛웃음이 나왔지만 좋은 컨디션에서 행사를 잘 치를 수 있게 된 것을 한편으로는 다행스럽게 생각했다. 그렇게 올해 3개의 미션 중 첫 번째 미션을 무사히 잘 마치게 되었고 5월까지 약 8억의 매출을 기록하며 순조로운 출발을 했다.

에버랜드에서 열린 모바일 대회 시즌3 결승전

2019년 7월(창업 36개월)

이어 두 번째 미션인 글로벌 올스타전의 제작 모드로 돌입했다. 아무래도 한국에서 벌어지는 첫 글로벌 대회는 확실히 이전 대회보다 수월하다고 느껴졌다. 작년에 열린 독일에서의 글로벌 대회는 낯선 공간에서 낯선 사람들과 낯선 언어로 업무를 해야 하는 부담이 있었다. 대회 장소에 미처 체크하지 못한 것이 있어도 쉽게 찾아가 볼 수가 없어 무척 답답한 마음이었다. 그에 반해 한국에서 열리는 대회는 익숙한 공간, 익숙한 사람, 익숙한 언어이기 때문에 업무의 난이도가 훨씬 낮았다. 모르는 게 있으면 언제든지 전화해서 물어볼 수 있고, 행사 장소에 궁금한 점이 생기면 바로 찾아가서 눈으로 체크를 할 수 있으니 여러모로 부담이 적었다.

이스포츠라는 분야는 기존에 진혁이 해 왔던 일반 이벤트 무대의 규모와 비교도 할 수 없을 정도로 거의 압도적인 수준이었다. 따라서 무대와 시스템, 운영 인력, 물자 렌탈, 네트워크, 체험 이벤트, 선수단 케어, 미디어 데이, 애프터 파티 등 방송과 관련된 부분을 제외하고 모든 영역을 진혁의 회사에서 담당하게 되었다. 상황이 그렇다 보니 창업 후 3년 넘게 신세만 졌던 협력사들에게 모처럼 보답을 할 수 있는 기회가 생긴 것이다. 협력사 대표들도 마치 자기의 일처럼 기뻐하며 최선을 다해 대회의 성공을 위해 한마음으로 뛰어 주었다. 그리고 항상 온라인으로만 대회를 접했던 진혁의 가족들도 처음으로 대회 현장에 방문하여 직접 눈으로 대회를 관람하기도 했다.

국내에서 열린 첫 글로벌 대회 오프닝 퍼포먼스

진혁의 회사는 방송을 제외한 대부분의 영역을 담당했기 때문에 7월 대회만으로 벌써 1년 목표 매출을 달성할 수 있게 되었다. 한국에서 만든 게임으로는 처음 글로벌 대회를 개최하는 만큼 대회의 규모가 어마어마할 수밖에 없었다. 전 세계에서 가장 유명한 게임인 'League of Legend(LOL)' 다음으로 큰 규모의 글로벌 대회였고, 그런 역사적인 현장에 주연급 조연으로 함께할 수 있었다는 사실에 진혁은 대단한 자부심을 느꼈다.

두 번째 미션인 글로벌 올스타전을 무사히 마치고 자신감이 충만해진 진혁과 직원들은 짧은 휴식을 취한 뒤, 마지막 미션인 11월 미국에서 열리는 글로벌 챔피언십 대회의 본격적인 준비에 돌입했다.

국내에서 열린 첫 글로벌 대회 오프닝 퍼포먼스

엔딩스크롤에 새겨진 회사의 이름과 직원들의 이름

#2019년 9월~11월(창업 38개월~40개월)

2019년의 여름은 그 어느 해보다 뜨거웠다. 물리적으로 기온이 높았을 뿐 아니라 한국에서 열리는 첫 글로벌 대회를 준비하느라 진혁과 직원들의 열정이 한여름의 강렬한 햇살만큼이나 뜨거웠다는 의미이다. 올스타 대회를 마치고 정말 짧은 휴가를 다녀와서, 또 전 직원들은 곧바로 11월 미국에서 열리는 글로벌 챔피언십 대회를 본격적으로 준비하기 시작했다. 대회를 준비하는 인원은 총 24명으로 전년도 이맘때 대비 7명이나 또 증가했다.

대회를 준비하면서 가장 힘들었던 부분은 역시 커뮤니케이션이었다. 진호가 근무하는 방송사는 상해에 있었다. 진혁의 회사는 한국이었고, 대회의 총괄 담당자는 미국에 거주하는 미국인이었다. 또한 현지 에이전시도 미국 회사이기 때문에 한국-중국-미국 3자 컨퍼런스 콜이 매주 2~3회 진행되었기 때문에 많은 수의 직원들을 추가로 채용할 수밖에 없는 상황이었다.

이렇게 대형 행사를 비대면 회의로 진행한다는 게 여간 어려운 일이 아니었다. 더구나 메인 언어는 영어인데, 한국 쪽 메인 PM들이 대부분 영어가 원활하지 않다 보니 부득이하게 영어에 능숙한 신입 직원들이 메인 커뮤니케이션을 담당하게 되었다. 진혁 회사의 메인 영어 커뮤니케이터가 영어로 브리핑을 하면, 미국 담당자가 영어로 대답 혹은 질문을 했다. 그렇게 영어로 질문과 답변을 하는 동안 나머지 영어 하는 직원들은 별도의 채팅방에 대화 내용을 실시간으로 직역해서 올리는 다소 복잡한 커뮤니케이션의 과정을 거치면서 행사를 준비해 나갔다. 처음 몇 주는 이런 과정이 상당히 버거웠으나 인간은 적응의 동물이라 어느 정도 불필요한 말들은 과감히 생략해서 통역하는 노하우들이 생겼다.

그렇게 비대면으로 대회를 준비하다가 9월 말경 드디어 첫 미국 답사를 가게 되었다. 대회 전 처음이자 마지막인 답사이다 보니 한 번에 많은 것들을 확인하고 결정해야만 했다. 더구나 독일 때처럼 대회가 한 곳이 아니라 예선은 Los Angeles에서 2주간, 결승은 San Francisco에서 1주간 진행해야 했기에 답사도 동일한 코스로 진행하였다. 마음은 급한데 확인할 것들은 많고, 심지어 시차 적응도 제대로 못한 상황에서 다시 한국으로 돌아오는 촌극이 펼쳐졌다. 그래도 바쁜 와중에 대회 총괄 담당자, 미국 에이전시 총괄 담당자, 호텔 및 각종 베뉴 담당자들을 차례로 만나면서 하나하나 눈으로 확인을 하니 조금 안심이 되었다.

글로벌 챔피언십 예선전 in Los Angeles

글로벌 챔피언십 결승전 in San Francisco

　힘들고 답답한 준비과정을 마치고 드디어 10월 말 1차 선발대가 예선전이 열리는 Los Angeles로 출발했다. LA에는 한국의 유일한 게임 방송국인 OGN 스튜디오가 있었다. 미국도 젊은 층이 게임과 이스포츠에 열광하고 있어 스튜디오는 꽤 큰 규모를 자랑했다. 이곳에서 2주간의 예선전을 펼치고 탈락한 16팀은 각자의 집으로, 결승 진출팀들은 San Francisco에 있는 Oracle Arena로 이동했다.

　예전 대회의 경우 입국일과 출국일, 공항 등이 대부분 정해져 있기 때문에 항공권을 사전에 미리 발권할 수 있다. 하지만 이번 대회부터는 16팀의 결승 진출이 확정되는 순간 그때부터 2~3일 내로 집으로 가는 팀의 귀국 항공권, San Francisco로 가는 국내선 항공권을 분리하여 발권해야만 한다. 짧은 시간 동안에 약 200~250명의 티켓을 한 치의 오차도 없이 발권해야 하는 매우 어려운 미션이었다. 그냥 보기엔 매우 쉬운 일처럼 보이지만 굉장히 복잡하고 많은 변수를 동반했다. 진혁의 직원들은 벌써 세 번째 글로벌 대회를 진행하며 얻은 숙련된 스킬로 이 미션을 깔끔하게 클리어했다.

그렇게 Oracle Arena에서 열린 최종 결승전은 역대 최고라는 평가를 받을 정도로 심혈을 기울인 무대와 퍼포먼스를 선보였다. 더구나 미국에서 열린 대회인 만큼 제작의 난이도도 상상을 초월한 수준이었다. 한국이라면 거의 대부분의 상황에 긴급 대처가 가능하지만 미국에서는 전혀 상황이 달랐다. 인터넷 속도도 빠르지 않고, 근무 시간이나 인건비 규정이 까다로워 조금만 일정이 지체되어도 미국인들은 그냥 퇴근을 하거나 엄청난 초과 근무 비용을 지급해야만 했다. 그마저도 근로자 본인이 원하지 않으면 거부할 수 있는 아주 훌륭한 시스템이 마련되어 있었다.

한국의 방식이 무조건 옳다는 것은 아니지만 뭐든 빠르게 처리해야만 직성이 풀리는 한국인들은 하루하루가 새카맣게 타 들어 가는 심정으로 견뎌야만 했다. 게다가 또 하나의 난관은 현지 업체에서 긴급하게 송금을 요청하는 경우 한국의 은행 업무 시간에만 외화 송금이 가능했기에 반나절에서 하루를 피 말리며 기다려야 한다는 것이다. 그렇게 대회 세팅 기간 동안 진혁은 단 하루도 다리를 쭉 뻗고 잘 수가 없었다.

그렇게 우여곡절 끝에 결승전의 막이 올랐고 화려한 오프닝 퍼포먼스와 멋진 승부로 3일 동안 현장을 찾은 관람객과 온라인 시청자들의 눈과 귀를 즐겁게 만들어 주었다. 그렇게 총 3주에 걸친 대장정 끝에 한국팀 젠지가 최종 우승을 하며 우승 상금 200만 달러를 차지하며 대단원의 막을 내렸다.

뭐든지 적응이 빠른 한국인들은 여러 가지 비상 상황에 대한 시뮬레이션을 통해 사전에 대책을 준비하여 결국 대회는 그 어느 때보다 성공적으로 평가되었다. 지금까지의 어떤 대회보다 일정도 길었고, 준비하는 과정에 수많은 우여곡절이 있었지만 멀리 미국 땅에서 땀과 눈물을 함께 흘리며 고생한 보람이 느껴지는 감동적인 순간이었다. 대회가 성공적으로 종료되면서 덕분에 진혁은 창업 이래 최대의 매출을 기록할 수 있었고, 묵묵히 함께 고생한 직원들에게 진심 어린 감사의 마음을 전했다.

2019년 12월 (창업 41개월)

    진혁은 지난 1년을 차분히 돌아보았다. 크고 작은 다양한 프로젝트들이 쉴 틈 없이 돌아갔고, 많은 인원들이 서로 유기적으로 움직이며 무사히 프로젝트를 마칠 수 있었다. 처음 시작했을 당시보다 4배에 가까운 25명의 직원이 사무실을 가득 메우고 있었고 월 운영비도 1.5억에 가까운 상황에 이르렀지만 진혁은 모든 것이 감사하기만 했다. 첫해(6개월) 5억, 이듬해 19억, 그리고 55억에 이어 창업 4년 차에 꿈에 그리던 매출 100억을 훌쩍 넘어 119억을 달성했다.

    그래서 함께 고생한 직원들에게 전년도보다 더 인상한 350%의 인센티브를 지급하였다. 전년에 비하면 직원이 2배나 늘어 재정적인 부담은 조금 있었지만 진혁은 역대 최대 매출을 달성한 상황에 걸맞게 최고의 대우를 해 주는 것이 옳다는 판단으로 과감한 결정을 하게 되었다. 종무식에서 진혁이 인센티브 규모를 발표하자 직원들도 열렬한 환호로 답을 해 주는 훈훈한 장면이 연출되었다.

    또한 진혁은 미국으로 출발하기 전에 오랜 고민 끝에 회사의 사옥 매입을 결심했고, 역시 종무식에서 직원들에게 조심스레 사옥 매입 사실을 공개하였다. 지난 1년간 기하급수적으로 늘어난 직원들로 현재의 사무실은 이미 포화상태를 넘어섰다. 회의실까지 점령당한 사무실은 정말 숨 쉴 수 있는 공간이 부족했다. 2개층 혹은 2배 넓은 사무실로의 이전할 경우, 2배 이상의 임대료는 불가피했다. 진혁은 그 정도 비용이면 차라리 대출을 받아 사옥을 매입하여 이자를 내는 것이 훨씬 좋은 선택이라고 판단했고, 2개층을 사용하고 나머지를 임대할 경우 오히려 금전적으로도 이득이라는 판단에 즉시 실행에 옮겼다.

때마침 주거래은행의 부지점장이 매년 성장하는 진혁의 회사를 지켜보면서 이미 여러 차례 사옥 매입에 따른 최대한의 금융 지원을 해 주겠다고 약속했던 상황이었다. 은행의 말을 100% 신뢰하지 않는다고 해도 진혁은 원래 셈에 빠른 편이기에 여러 가지 변수를 고려해도 사옥을 매입하는 것이 가장 효율적일 것이라고 판단했고, 생각이 정리되자 발 빠르게 행동에 돌입했다.

그야말로 지옥 문턱까지 갔던 진혁에게 사옥이라는 커다란 선물이 찾아온 것이다. 물론 최종 계약서에 사인하기까지 모든 직원들에게는 비밀로 했고, 종무식에서 처음으로 직원들에게 공개한 것이었다. 물론 전략적으로 인센티브 발표 후에 사옥 이야기를 조심스레 꺼냈다. 진혁이 혼자 흥에 취해 자세한 설명 없이 사옥 발표를 할 경우 괜한 오해와 억측을 살 수 있었기 때문에 인센티브 발표 이후로 순서를 변경한 것이었다. 다행히 직원들도 뜻밖의 소식이라 당황스러우면서도 곧 진심으로 축하의 박수를 보내 주어 진혁은 가슴을 쓸어내렸다.

미국으로 떠나기 전 진혁은 사옥의 매입을 결정하고 수십 개의 건물들을 돌아봤지만 이런저런 조건들이 잘 맞지 않았다. 진혁은 사옥 매입의 절대 조건이 개인의 영달이 아니라 직원들의 업무 환경을 개선하는 데 있음을 다시 한번 상기했다. 어느 건물을 보아도 몇 가지의 결정적인 결격사유가 있었다. 신축인데 엘리베이터가 가운데 있어서 효율성이 매우 떨

　　　　　　　　　　　　　　　지옥에서 사옥까지

어지는 건물, 대지가 작아 건물의 크기가 매우 협소한 건물, 리모델링을 하려면 기존 입주자들의 명도 절차가 필요한 건물, 리모델링하는 비용보다 신축이 나을 정도로 낡은 건물 등 좀처럼 마음에 드는 건물을 만나기가 어려웠지만 전혀 지친 기색 없이 즐거운 마음으로 볼 수 있었다.

진혁은 그렇게 지치지도 않고, 수십 개의 건물을 보았을 때쯤, 낡고 허름한 한 건물을 만났다. 95년에 지어진 이 건물은 대지 71평에 건평 35평. 지하 1층부터 지상 5층까지 네모 반듯한 건물이었다. 지금의 건축법상으로는 용적률이 초과되어 이렇게 짓지 못한다. 가장 결정적으로 건물을 사용하던 전체 직원들은 이미 다른 사옥으로 이전을 완료하여 언제라도 공사를 시작할 수 있는 장점이 있었다. 혹시라도 있을 단점이나 결격 사유를 여러 번 체크해 보았으나 대부분 리모델링을 통해 해결이 가능한 부분이었기에 문제가 될 것은 없었다.

25년이 넘은 낡고 못난 사옥의 리모델링 전 모습

진혁은 다른 사람들로부터 리모델링이나 대수선 공사를 하면 10년은 늙는다는 말을 익히 많이 들어 왔다. 그래서 가급적 새 건물을 매입하려고 했으나 마음에 드는 새 건물은 찾을 수가 없었고, 마침 낡은 건물을 보는 순간 마음을 완전히 빼앗겨 버린 것이었다. 앞으로 얼마나 많은 고통과 고난을 줄지 예측조차 할 수 없었지만 그 모든 것을 감수하더라도 이 낡은 건물이 너무 마음에 들었고, 결국 진혁은 짧은 고민과 함께 바로 계약을 진행하였다.

물론 이때까지 진혁은 2020년 자신에게 어떤 시련이 닥칠지는 단 1도 예상하지 못한 채, 순진하게 사옥을 매입했다는 기쁨에 들떠 있었다.

2020년 1월 (창업 42개월)

진혁의 2020년은 정말 감회가 새로웠다. 매서운 바람이 불어오는 한겨울임에도 불구하고 진혁의 가슴에는 따뜻한 봄바람이 살랑살랑 불어왔다. 회사를 시작한 지 정확히 3.5년 만에, 사업하는 사람이라면 누구나 한번쯤 꿈꾸는 사옥을 마련하게 되었기 때문이다. 오랜 고민 끝에 최종 계약을 하던 날 진혁의 머릿속에는 짧지만 힘들었던 시절이 주마등처럼 지나갔다. 이 모든 게 정말 꿈만 같았다.

사옥을 매입했다는 이야기를 들은 지인들은 하나같이 축하보다는 걱정을 했다. 아마도 주변에서 무리하게 사옥 매입을 했다가 잘못된 경우를 수도 없이 보아 왔기 때문일 것이고, 진혁 역시도 그런 상황을 많이 들어서 알고 있었다. 남들이 보기엔 다소 무모한 도전이라고 생각했을 수도 있다. 하지만 워낙 셈에 빠르고 보수적인 성향을 가진 진혁은 그들이 걱정하는 다양한 리스크에 대비하기 위해 사옥을 매입하며 몇 가지 큰 원칙들을 정했다.

첫째, 전년도에 역대 최대 매출을 기록한 만큼 직원들에게 최우선적으로 인센티브를 제공한다는 것이다. 사옥을 매입한다는 이유로 직원들의 기대에 못 미치는 보상이 제공된다면 결국 사옥은 직원들로부터 환영 받지 못할 것이라고 생각했기 때문이다. 직원들의 입장에서는 당연히 사옥보다는 내 손에 주어지는 인센티브가 훨씬 중요하므로 역대 최대의 매출과 수익에 걸맞은 역대 최대 규모의 인센티브를 제공했다.

둘째, 회사의 모든 자금을 사옥 매입과 건축에 투입하지 않는다는 것이다. 2018~2019년에는 뜻하지 않은 대형 프로젝트들이 생겨나 분에 넘치는 매출과 수익을 얻었지만 언제든지 위기가 또 올 수 있다는 생각에 최소 7~8개월 정도는 버틸 수 있는 운영 자금을 제외한 나머지 자금으로 사옥 매입 및 건축 계획을 세웠다.

셋째, 사옥이 단순히 재테크의 수단이 아니라, 온전히 직원들의 업무 환경이 개선이 구현되는 데 가장 중요한 목적을 둔다는 것이다. 최소한 기존 사무실보다 사옥에서의 업무 환경이 충분히 업그레이드가 되어야 한다는 원칙을 세웠다. 기본적으로 업무 공간과 회의/휴게 공간을 분리하여 보다 쾌적한 사무 환경을 만들기 위해 다양한 고민을 거듭했다.

진혁이 매입한 사옥은 90년대 중반에 지어진 오래된 건물이었다. 지하 1층, 지상 5층으로 구성된 이 건물의 가장 큰 장점은 바로 네모 반듯하고, 타 건물들에 비해 용적률(전체 대지면적 대한 건물 연면적의 비율을 뜻하며 백분율로 표시한다)이 매우 높다는 것이다. 과거의 법규에 맞게 지어진 건물이기 때문에 지금이라면 상상도 할 수 없는 구조다. 만약 이 건물을 다 철거하고 신축으로 짓는다고 하면 현재의 절반 정도 면적으로 허가가 날 것이기 때문에 건물의 원형을 그대로 유지하면서 현재의 높은 용적률을 보장받기 위해서는 리모델링 방식을 택하는 것이 유리할 것이라 판단했다.

물론 사옥 건물에 장점만 있었던 것은 아니다. 크게 몇 가지 단점이 있었는데, 5층 건물임에도 불구하고 엘리베이터가 없다는 점, 화장실이 사무실 현관문 앞 계단실에 있다는 점, 건물 외벽이 불에 잘 타는 싸구려 드라이빗 타일이라는 점 등이 대표적인 단점이었다. 하지만 다행히도 모든 단점들은 공사로 해결이 가능한 부분이었기에 진혁의 결정에 방해가 되지는 않았다.

먼저 계단 라인에 배치되어 있던 화장실 자리를 허물고 엘리베이터를 시공하기로 함에 따라 외부에 있던 화장실은 사무실 내부 공간으로 이동하여, 오히려 직원들의 편의를 높였다. 외벽은 변색이나 노화를 최소화하기 위해 최고급 석재인 고홍석과 마천석을 사용하여 전체적으로 모던하고 고급스러운 분위기로 변신하는 것으로 계획하였다. 또한 그 외 많은 부분들을 디테일하게 개·보수하여, 직원들과 입주 예정자들의 사용편의를 극대화하는 것을 최우선 목표로 설계에 돌입했다.

2020년 2월~6월(창업 43개월~47개월)

진혁이 사옥 계약 후 설계와 구조에 대해 한창 행복한 고민을 하고 있던 1월 말~2월 초 즈음, 갑자기 모든 뉴스가 온통 코로나 19로 도배가 되었다. 진혁은 처음 뉴스를 접하고 그냥 흔한 전염병이려니 하고 대수롭지 않게 생각했다. 그러나 시간이 갈수록 코로나가 전 세계적으로 확산되면서 모든 나라가 락다운을 하며 아비규환의 상태에 빠지고 말았다. 여행이나 공연은 물론 모든 오프라인 행사가 취소되었다. 진혁의 회사에서 준비하던 모든 프로젝트들이 취소 혹은 연기가 되는 상황이 발생하자 그제서야 이 무서운 전염병의 실체가 와닿기 시작했다.

진혁은 그때부터 정신을 차리고 뉴스를 꼼꼼하게 보면서 상황을 분석하기 시작했다. 이미 취소된 행사들은 어쩔 수 없다 하더라도 앞으로 회사 운영을 어떻게 해야 하는지 냉철하게 결정해야 했다. 이미 5년 전 메르스 사태, 10년 전 신종 플루 사태 등을 경험했던 다른 회사들은 이미 빠르게 휴업에 들어갔다고 했다. 각종 요상한 소문들이 꼬리에 꼬리를 물어 떠돌아 다녔고, 진혁은 지속적으로 뉴스를 분석하면서 이 상황이 쉽게 끝나지 않으리라는 결론에 이르렀다. 다른 회사들의 휴업 소식을 접한 직원들은 벌써부터 동요하기 시작했고, 진혁은 그 불안을 잠재워 줄 필요가 있다고 판단하여 긴급 전체 회의를 소집했다.

"여러분들이 보시는 바와 같이 이 팬데믹 상황은 쉽게 끝날 것 같지 않아 보입니다. 최소한 올해 연말, 길게는 내년 초까지는 이런 상황이 지속될 가능성이 높아 보입니다. 다른 회사들은 이미 휴업에 돌입한 곳이 많

지옥에서 사옥까지

다고 합니다. 하지만 저희는 당분간 휴업 없이 정상 근무를 유지하며 사무실 근무와 재택근무를 병행할 예정입니다. 작년에 여러분들이 열심히 벌어 주신 돈을 잘 쪼개서 최소 6월까지는 문제없이 운영할 수 있을 것 같습니다. 하반기가 돼서 전체 상황을 고려하여 다시 한번 계획을 수립하겠지만, 우선 안심하시고 각자의 위치에서 업무에 전념해 주시길 부탁드립니다. 특히나 친구나 가족들이 많이 불안해하실 수 있으니, 안심하시라고 잘 전해 주시기 바랍니다."

팬데믹 상황이 벌어지자 사옥 매입으로 인해 혹여 운영비가 부족하지는 않을까 걱정하는 직원들이 의외로 많았다. 코로나로 매출이 사라진 데다 미래마저 불투명하다 보니 직원들이 불안해하는 것이 당연했다. 진혁은 미리 6~7개월 정도의 운영비를 제외하고 건축 계획을 세웠기 때문에 상반기까지는 회사를 운영하는 데는 문제가 없다고 판단했지만 그 이후의 문제에 대해서는 자신할 수가 없었다. 미래의 상황을 낙관하고 모든 자금을 건축비에 투입했다면 정말 큰일이 날 뻔한 상황이었다. 아무튼 6개월의 시간을 벌어 놓긴 했지만 진혁은 이런 상황이 장기적으로 유지될 경우 어떻게 회사를 운영할 수 있을지 선뜻 떠오르지 않는 것이 사실이었다.

이후에도 중간중간 코로나의 상황이 심각하게 변하는 뉴스가 나올 때마다 지속적으로 공지를 통해서 직원들의 스케줄 및 업무 체크를 했다. 대면 미팅이 필요하면 zoom으로 화상회의를 했다. 작년 글로벌 행사를 하면서 미국과 상해를 넘나드는 화상 회의를 무수히 많이 경험했기 때문에 크게 불편함이나 어색함을 느끼지 못했다. 그렇게 상반기 내내 많은 프로젝트를 꾸역꾸역 준비하였으나 진혁의 의지와는 관계 없이 취소 혹은 연기가 되었다. 최악의 조건에 나름 최선을 다해서 바쁜 상반기를 보냈으나 정작 성사된 프로젝트는 하나도 없이 빈손으로 하반기를 맞이해야 했다.

- 2020년 상반기 최종 매출 = 0

코로나에도 불구하고 계획된 사옥 리모델링 공사는 차근차근 진행되었고, 진혁의 속을 아는지 모르는지 중간중간 예상치도 못했던 추가 비용들이 발생했다. 가랑비에 옷 젖는지 모른다고 하나둘 추가되는 비용이 진혁에게는 상당히 많은 부담이 되었다. 또한 일부 직원들이 이탈했지만 여전히 20명의 직원을 유지하고 있었고, 1개월 운영비만 넉넉잡고 1억 정도가 필요했다. 그냥 숨만 쉬어도 들어가는 돈이었다. 6월까지는 미리 준비해 놓은 운영 예산으로 커버가 되었지만, 하반기부터는 막무가내로 밀고 나가기 어려운 상황이었다. 그래서 진혁은 고민 끝에 결국 특단의 조치를 취하기로 결심을 했다.

2020년 7월 (창업 48개월)

코로나 19가 세상에 화려하게 등장한 지도 벌써 6개월의 시간이 지났지만 여전히 전 세계가 우왕좌왕 중이었다. 아시아의 질병이라며 코웃음을 치던 유럽과 미국도 속수무책으로 무너졌다. 완전 봉쇄를 택했던 이탈리아도, 락다운을 했던 영국도 아무 소용이 없었다. 전 세계에서 유일하게 봉쇄도 없이, 락다운도 없이 일상을 유지한 채 코로나를 효과적으로 막아 내고 있는 나라는 오직 한국뿐이었다. 이른바 선진국이라는 나라조차 하루 수십만 명의 확진자를 내고 있을 때 한국은 수십 명 혹은 수백 명 정도의 확진자가 나올 뿐이었다. 정부의 빠른 대응과 국민들의 적극적 참여가 만들어 낸 기적이었다. 전 세계 모든 시선이 한국에게 쏠려 있었고, 한국의 일거수일투족을 대서특필했다. 특히 4.15 총선을 무사히 치러낸 것은 전 세계가 놀란 엄청난 사건이었다.

코로나의 장기화로 진혁의 시름도 점점 깊어만 갔다. 20명의 직원들을 유지하려면 매월 1억 정도의 비용이 필요했는데, 작년에 미리 준비해 놓은 예비 운영비도 상반기를 지나자 점점 바닥을 드러내고 있었다. 사옥 리모델링 공사도 예상치 못했던 추가 비용이 발생하여 진혁의 마음은 더욱 조급해지기 시작했다. 오프라인 행사가 자취를 감추자 다른 경쟁 회사들은 이미 3~4월경부터 너 나 할 거 없이 유급 휴직에 들어간 상태였다. 어떤 기업이나 공공기관도 이런 상황에 행사나 전시를 강행할 엄두를 내지 못하는 게 당연했다. 모든 광고와 마케팅 비용은 온라인으로 집중되었고, 오프라인은 더욱더 위축되고 황폐해져 갔다.

진혁은 6개월 정도의 시간 동안 잘 버텨 왔지만 이대로 거센 바람에 계속해서 맨몸으로 맞서는 것이 다소 무모하다는 결론에 이르렀다. 여러 가지 정황으로 보아 코로나는 쉽게 끝나지 않을 것이 분명해 보였기에 잠시 소나기라도 피하자는 심정으로 7월부터 9월까지 3개월간 전체 유급 휴직을 결정했다. 진혁은 힘들게 버티다 모두 공멸하는 것보다는 잠깐 쉬어 가며, 팬데믹 이후의 스텝을 미리 준비하는 것이 훨씬 낫겠다고 판단을 했다. 물론 직원들에게는 미리부터 충분히 회사의 상황을 설명했고, 직원들도 현 상황에 대해 누구보다 공감해 주며 흔쾌히 3개월 간의 유급 휴직에 동참해 주었다.

때마침 기존 사무실의 계약기간은 7월로 종료되었고, 새 사옥에는 10월 1일 입주 예정이었기에 적절한 타이밍에 휴업을 결정한 것이다. 휴업 기간 동안 법적으로는 최소 70% 이상의 급여만 지급하면 되었지만, 진혁은 80%의 급여를 지급하기로 정했다. 아무리 휴업 기간이긴 하더라도 30% 삭감된 급여를 받으면 직원들의 생활을 유지하는 데 막대한 지장이 생길 것으로 판단되어 조금 부담이 되더라도 80% 지급을 결정한 것이다. 비록 유급 휴직이기는 했지만 직원들의 적극적인 동참에 진혁은 20%에 대한 급여를 연말에 반드시 보상해 주겠다고 마음속으로 굳은 다짐을 했다.

2020년 8월 (창업 49개월)

한편 하반기 운영 자금을 위해 백방으로 알아보던 진혁에게 두 가지 좋은 소식이 전해졌다. 먼저 신용보증기금에서 자신들이 관리 중인 중소기업들의 코로나 위기 상황을 점검하러 사무실에 방문했는데, 진혁은 사옥 이전 계획과 하반기 예상 매출에 대한 브리핑을 했다. 그러자 신용보증기금에서는 기존 대출 이외에 추가로 3.3억의 시설 자금을 대출해 주기로 했다. 또한, 주거래은행인 기업은행에서는 사옥 공사비용으로 사용된 자금의 80%까지 추가로 대출을 해 줄 수 있다고 하여, 진혁은 공사비 추가 대출로 인해 5.5억의 추가 자금을 확보할 수 있게 되었다. 코로나로 인해 많은 기업들이 은행이나 신용보증기금 같은 기관에서 대출 신청을 하려 몰렸지만, 진혁은 그동안의 거래 실적과 신뢰 관계를 바탕으로 어렵지 않게 추가 운영 자금을 대출받게 되었다. 아무래도 사옥의 존재가 대출 심사에 훨씬 더 유리하게 작용한 것도 있었을 것이다.

또 한 가지 좋은 소식은 코로나 상황에도 불구하고 매년 해 오던 글로벌 게임 대회의 연말 개최가 확정되었다는 것이었다. 코로나로 인해 1년간 계속해서 온라인으로 대회를 진행하고 있었는데, 온라인으로 진행하는 대회의 여러 가지 제약으로 인해 글로벌 파이널 대회만큼은 오프라인으로 진행하는 것으로 방침을 정한 것이다. 물론 현장 관객은 없이 선수만 참여하는 조건이었다. 아이러니하게도 코로나 팬데믹으로 인해 게임사들은 오히려 매출이 급격히 증가하였다. 1년간 기다려 준 팬들에게 감동을 줄 수 있는 기회였기에 게임사에서도 큰 리스크를 안고 결심한 것이었다.

전 세계적으로 팬데믹이 확산되고 있고, 국가별로 통제가 전혀 안 되는 상황이었기 때문에, 그나마 코로나가 강력하게 통제되고 있는 한국에서 대회가 개최되는 것은 어쩌면 당연한 일이었다. 게임사에서도 선수단들의 원활한 입국을 위해 정부 부처와 긴밀하게 협의하고 있었고, 진혁과 직원들은 선수단의 입국에 필요한 각종 제반 서류들을 선수들과 적극적으로 소통하며 꼼꼼하게 준비했다. 코로나 이전에 비해 엄청난 양의 서류와 절차가 필요했지만, 상황이 상황이니만큼 모두의 적극적인 협조로 비교적 순조롭게 진행될 수 있었다.

2020년 10월(창업 51개월)

3월부터 시작된 사옥 리모델링이 7개월간의 대장정을 마치고 어느덧 마무리되어 가고 있었다. 거의 신축 공사급 리모델링을 진행하다 보니 비용은 물론 기간도 예상보다 많이 지연되었다. 하지만 진혁은 자신들만의 보금자리를 만든다는 생각에 전혀 힘들다는 생각이 들지 않았다. 대부분의 사람들이 건축 한 번 하고 나면 10년은 늙는다는데 진혁은 정말 운이 좋게도 훌륭한 건축사와 시공사를 만나서 공사 기간 내에 큰 트러블 없이 무사히 마칠 수가 있었다.

특히 소개로 우연히 만나게 된 건축사는 진혁과 너무 취향이 비슷하여, 깔끔하면서도 실용적인 디자인을 추구했다. 군더더기 있는 디자인은 최대한 지양하고, 정말 심플하면서도 분위기 있는 디자인으로 의견을 모아 나갔다. 그 결과 건물 내외부에 단 한 개의 배관, 전선, 거치물도 없는 직육면체의 사옥이 탄생할 수 있었다. 외부 벽체에 붙어 있던 인조 드라이 빗(PVC)을 모두 제거하고, 천연 석재인 고홍석, 마천석을 시공하여 최대한 고급스러운 디자인을 연출하는 데 집중하였다.

사옥은 지하 1층부터 지상 5층으로 구성되었는데, 먼저 4층과 5층은 진혁의 회사에서 사무 공간 및 휴게 라운지로 사용하고, 나머지 1~3층은 모두 진혁의 지인 혹은 협력사들이 입주하였다. 물론 상생과 협력의 원칙으로 주변 시세 대비 70%~80% 정도의 임대료를 책정하였다. 지하는 소규모 공연이나 영상 촬영이 가능한 스튜디오를 만들기 위해 음향, 조명, 영상 장치 등을 설치하여 다양한 컨텐츠들이 생산될 수 있는 공유 스튜디오를 만들었다.

　새로운 사옥에 입주를 한 직원들은 새 사무실이 낯설기는 했지만, 우선 사무 공간과 휴게 및 회의 공간이 명확히 분리되어 있는 것에 대해 만족했다. 그 모습을 보며 진혁은 흐뭇한 마음을 감출 수가 없었다. 당초 직원 및 직원의 가족들까지 초대하여 이전식을 진행하려는 계획이 있었으나, 코로나 19가 여전히 기승을 부리는 관계로 별도의 이전식은 생략하고 조용히 입주를 진행할 수밖에 없었다.

큰 희망을 주었던 3D 시뮬레이션 디자인

장장 6개월간의 공사를 마치고 베일을 벗는 사옥의 모습

사진 작가의 손에 탄생한 멋진 사옥 프로필

2020년 12월 (창업 53개월)

우여곡절 끝에 대회는 해를 넘겨 2021년 2월~3월 2개월간 진행되는 것으로 확정이 되었다. 기존에는 길어야 3주 정도 대회를 열었지만, 아무래도 출입국 절차가 어려운 관계로 한 번 입국했을 때 최대한 길게 대회를 한다는 계획이었다. 가장 먼저 들어오는 선수단이 1월 8일이었다. 2주간의 시설 격리를 마치고 1월 말부터 1주일의 적응 기간을 거친 후 2월 첫 주부터 3월 말까지 총 7주간의 대장정이 시작되었다.

대회 기간이 늘어나는 만큼 진혁의 회사도 조금씩 매출이 늘어났다. 예전 미국이나 독일 대회만큼의 엄청난 규모는 아니지만 그래도 코로나 팬데믹 상황에 동종 업계가 초토화된 것에 비하면 이 정도의 매출은 너무도 감사한 일이었다. 지난 1년간 매출이 거의 제로에 수렴하였지만 글로벌 대회의 개최로 인해 진혁은 막대한 손실은 간신히 막을 수 있었다. 대회가 2021년 2월부터 시작이기는 하지만 사전에 준비할 것들이 대부분인 관계로 선금으로 70%의 행사 비용을 2020년에 받을 수 있었기 때문이다.

"대표님, 아무리 코로나의 상황이라도 매출이나 손실이 이렇게 심해지면 저희 은행에서도 어쩔 방법이 없습니다. 최대한 대출 상환을 미뤄 보겠지만 영업 순손실만은 절대적으로 막으셔야 해요."

"저라고 그걸 모를 리가 있나요. 저도 최선을 다하고 있고, 손실만은 막아 보도록 하겠습니다. 조금만 기다려 주세요."

아무리 코로나와 같은 최악의 상황이라 할지라도 금융은 언제나 냉정한 법이다. 진혁의 회사는 연 100억 이상의 매출을 올리는 블루칩에서 순식간에 연 10억 미만의 매출로 뚝 떨어졌다. 11월이 지나도록 매출이 0에 수렴하자 은행에서도 은근한 압박이 들어왔다. 진혁도 최선을 다해서 노력하지만 안 되는 걸 되도록 만드는 힘이 없었다. 그러다 12월이 다 되어서야 선금 18억이 들어오면서 재무제표상 순손실이라는 최악의 사태는 막을 수 있었다. 당장의 손실을 다음 해로 넘기는 것에 불과했지만 일단 거기까지는 생각하지 않기로 했다. 그때는 또 그때의 태양이 뜰 테니까….

2020년 12월의 마지막 날. 진혁은 숨 가빴던 지난 1년을 차분히 되돌아보았다. 정체불명의 바이러스가 전 세계를 공포로 몰아넣기까지 오랜 시간이 걸리지 않았다. 전 세계는 매뉴얼도 없이 우왕좌왕했고 그사이 바이러스는 빠르게 인간에게 침투하여 많은 확진자와 사망자를 마구 생산해 냈다. 그것으로 진혁을 포함한 오프라인 행사를 업으로 삼는 회사들의 대부분은 심각한 경영 위기에 빠지게 되었다. 그런 와중에도 정말 기적적으로 한국 정부의 빠르고 강력한 통제와 국민들의 헌신적인 노력 덕분에 진혁은 세상으로부터 이렇게 큰 선물을 받게 된 것이다.

진혁은 또 한 번 가슴을 쓸어내리며 본인의 타고난 운에 감사했다. 2017년, 우연한 기회로 게임사, 방송사와 인연을 맺지 못했다면 지금 진혁의 상황은 어땠을까? 2019년 최고의 매출을 찍던 때, 그 성과에 취해 다음 해에 대한 대비 없이 그저 성공에 취해 흥청망청 자금을 써 버렸다면… 1년간 코로나를 원망만 하고, 자포자기 상태로 아무것도 준비하지 않았다면… 남들처럼 빠르게 휴업에 들어가 장기 휴업으로 인해 직원들의 생계가 어려워져 신뢰 관계가 깨지는 상황이 되었다면… 한국에서도 코로나가 제대로 통제되지 않아 아비규환의 상태가 지속되었다면… 게임사에서 코로나 시국에 무리하지 않고 그냥 대회를 계속해서 연기했다면….

인생에 가정(假定)은 의미가 없다지만 진혁은 저 수많은 가정의 굴레 속에서 기적적으로 탈출한 셈이다. 물론 진혁도 여기저기 큰 상처를 입지 않은 것은 아니지만, 그래도 일단 살아서 탈출했다는 데 큰 의의를 두기로 했다. 코로나의 발생과 함께 시작된 여러 가지 선택과 결정, 거기에 행운이 연속적으로 따라 주면서 진혁은 간신히 이 위기를 버텨 낼 수 있었고, 누가 뭐래도 이건 기적과도 같은 상황이 분명했다. 그것은 여러 가지 악조건 속에서도 서로에게 변함없는 신뢰를 보여 준 회사와 직원의 놀라운 합작품이라고 할 수 있었다.

"내일이면 새로운 희망의 2021년이 시작되고, 전 세계의 선수단이 드디어 한국으로 입국합니다. 지난 1년간 모두들 너무 고생하셨고 회사를 믿고 기다려 주셔서 감사합니다. 오랫동안 준비한 만큼 이번 대회를 그 어느 대회보다 더 완벽하게 잘 만들어 냅시다. 코로나가 때론 원망스럽기도 했지만 우리의 저력을 다시 한번 알게 되는 계기가 되었습니다. 이번 위기를 발판 삼아 더 큰 도약을 할 수 있는 기회로 만들어, 2021년에는 보다 안정적이고 성장 가능성이 높은 회사로 만들어 가겠습니다. 모두 감사합니다."

2020년의 마지막 날, 진혁은 전 직원들에게 감사의 메시지를 보냈다. 2021년에는 또 어떤 일들이 벌어질지 누구도 예측할 수는 없었지만 진혁은 자신이 있었다. 코로나로 인해 더 큰 성장과 기회를 갖게 될 것이고, 앞으로 어떤 팬데믹이나 재난 상황이 와도 단단히 버텨 낼 수 있는 회사로 체질을 개선할 수 있는 절호의 기회라는 확신이 들었기 때문이다.

2021년 1월~3월(창업 54개월~56개월)

　2021년의 새해가 어김없이 밝았다. 2012년부터 2016년까지 매년 새해 맞이 카운트다운 행사를 매년 해 왔던 진혁은 안방에서 따뜻하게 맞이하는 새해가 여전히 어색하기만 했다. 최소 40시간 동안 추운 거리에서 세팅-리허설-행사-철수까지 마쳐야 하는 빡빡한 일정에 초긴장 상태로 새해를 맞이해야만 했다. 더구나 진혁의 생일은 1월 1일이었기에 매년 거리에서 초췌한 모습으로 생일 케이크의 초를 불었다. 그 정신 없는 와중에도 생일 케이크를 챙겨 준 직원들의 마음에 항상 감사함과 미안함을 느끼곤 했다. 이제 앞으로도 연말연시는 집에서 따뜻하게 보낼 수 있다는 사실도 생각해 보면 꽤 감사한 일이었다고 생각했다.

　1년이면 충분히 코로나가 물러나고, 모든 것이 새롭게 시작될 거라는 모두의 기대와는 달리 코로나는 여전히 맹위를 떨치고 있었고, 확진자는 좀처럼 줄어들 기미가 보이지 않았다. 다행히 겨울임에도 불구하고 100~200명대를 오가는 확진자 수치에 대회는 무리 없이 진행되었다. 1월 8일부터 선수단들의 입국이 시작되었고, 도착한 선수들은 간단한 수속을 거친 후 사전에 마련된 격리 시설로 이동을 해서 2주간의 시설 격리를 진행하게 된다. 격리 시설 안에도 연습용 PC를 제공해서 지속적으로 선수들의 컨디션을 유지할 수 있도록 배려했다. 시설 격리를 마치고 숙소에 도착하면 약 1주일간의 적응 기간을 마친 후 7주간의 본격적인 대회에 돌입을 하게 된다.

　이번 대회에서 진혁의 회사는 아쉽게도 무대와 시스템 등의 연출 파트를 맡지 못하게 되었다. 다른 회사와의 경쟁입찰에서 탈락하는 바람에 무대/시스템 파트를 제외한 선수단 운영과 통역인원, 심판진, 식사 등의 업무를 맡게 되었다. 물론 전체를 다 운영했다면 좋았겠지만 이 정도만 해도 결코 작은 규모의 예산은 아니었다. 2019년에 100억 이상 기록했던 매출은 코로나가 시작된 2020년에는 전년 대비 80% 이상 줄어들어 20억의 매출을 간신히 올릴 수 있었고, 1년 전체 운영비가 월 1억 정도가 소요되기에 2020년은 3년 만에 다시 1~2억의 실질적 손실을 입게 되었다. (물론 은행과의 대출 문제로 서류상으로는 약간의 수익으로 조정하였지만…)

아쉽게도 무대를 제외한 운영 파트를 맡게 된 글로벌 대회

진혁은 회사가 3년 만에 손실로 전환이 되기는 했지만 그럼에도 불구하고 정말 감사한 마음을 가졌다. 코로나로 거의 대부분의 회사가 심각한 경영 위기에 빠졌지만 진혁은 그런 와중에도 20억 규모의 매출이 발생했다. 비록 수익은 많지 않아서 결국 3년 만에 다시 적자로 돌아갔지만 결코 슬퍼할 일이 아니었다. 고용을 100% 유지하면서 이 정도의 적자는 예측 가능한 수치였고, 사전에 충분히 대비하여 감당할 준비가 되어 있었

기 때문이다.

"여러분들의 고생과 노력에도 불구하고 회사는 약간의 손실이 발생했습니다. 하지만 저는 코로나에도 이 정도면 굉장히 선방했다고 생각합니다. 하지만 올해는 아쉽게도 작년처럼 대규모 성과급 인센티브를 지급하기는 어려울 것 같습니다. 다만 작년 유급휴직 기간에 드리지 못했던 급여 삭감분과 추가로 급여의 50%에 해당하는 상여금을 지급할 예정입니다. 또한 연봉도 정상적으로 인상하는 것으로 최종 결정하였습니다. 2021년에는 더 많이 성장해서 예전처럼 많은 인센티브를 지급할 수 있도록 다같이 노력해 주시면 감사하겠습니다. 지난 1년간 모두 고생 많으셨습니다."

2개월 동안 진행된 대회는 여러 가지 사소한 사건, 사고가 있었지만, 단 한 명의 코로나 확진자도 없이 완벽하게 잘 마무리되었다. 1명의 확진자만 나와도 모든 대회를 중지하고 전원 코로나 검사를 받아야 했지만, 정말 너무 다행스럽게도 그런 불미스러운 일은 일어나지 않았다. 이스포츠 대회에 목말라 있던 팬들의 열화와 같은 성원으로 대회는 성대하게 잘 마무리되었다. 대회를 마치고 진혁은 몰래 준비하고 있던 서프라이즈 이벤트를 직원들에게 발표했다. 3개월 동안 유급 휴업 기간 동안의 급여 삭감분과 별도로 월급여의 50%를 인센티브로 제공하기로 결정했다. 비록 이전 연도에 비하면 인센티브라고 할 수도 없는 적은 금액이지만, 그래도 회사가 손실을 입은 상태에서 준비한 선물임을 알고 있는 직원들은 깜짝 선물에 다들 즐거워했고, 진혁은 또 그런 직원들의 마음들이 고맙게 느껴졌다.

2021년 3월(창업 56개월)

진혁이 타고 다니던 법인 리스차의 만기일이 다가왔다. 진혁은 현재 상황에 어떤 차로 바꾸는 것이 가장 합리적일까 하는 고민에 빠졌다. 5년 전, 진혁의 첫 법인차는 싼타페였다. 처음 시작하는 스타트업에 수입차는 고사하고 싼타페도 충분히 과분하다고 생각했다. 그렇게 2년이 지나 독일 이스포츠 게임 대회를 마치고 회사의 살림이 좀 나아지자, 진혁은 김 팀장에게 자신이 타던 산타페를 물려주고 자신은 여러 가지 효용성을 생각해 카니발로 차량을 바꿨다.

그러던 어느 날 진혁은 행사장 답사로 인해 신라호텔을 방문하게 되었는데, 시간이 급해 호텔에 발렛 파킹을 맡기기 위해 로비에서 정차하고 대기하였다. 그런데 발렛 파킹 요원들은 진혁의 차를 제외한 다른 차들의 발렛 파킹을 하는 데 매우 분주해 보였고 진혁은 5분이 넘도록 비상 깜빡이를 켠 채 대기하였다.

"저기요, 발렛 파킹 하려고 하는데요."

발렛 파킹 매니저는 순간 당황하는 기색이 역력했다.

"아, 죄송합니다. '타다'인 줄 알았어요. 정말 죄송합니다. 바로 조치해 드리겠습니다."

카니발로 공유 모빌리티 사업을 하던 '타다'가 한창 대중들에게 확산되고 있던 시기였기에 진혁의 차량을 '타다' 호출을 받고 대기 중인 차량으로 오해하는 일이 발생한 것이다. 하지만 진혁은 기분이 상하기보다는 하나의 재미난 에피소드로 생각하고 사람들에게 이 재미난 에피소드를 이야기하고 다녔다.

"그러니까 내가 전부터 너한테 거지 코스프레 그만하고 차 좀 바꾸라고 했잖아."

"집에 숨겨 놓은 세컨카는 벤츠야? BMW야? 포르쉐야? 솔직히 말해 봐."

사실 회사의 형편상 수입차를 타도 무방할 정도로 안정화가 되어 있던 시기였지만 진혁은 긴장의 끈을 놓지 않겠다는 의지로 국산차를 고집했던 것이었다. 친하게 지내는 중소기업 대표들과의 모임에 가면 거의 대부분의 차가 수입차였지만 진혁은 크게 개의치 않았다. 아직 가야 할 길이 멀었고, 공격만큼이나 수비도 중요하다고 끊임없이 되새김질하고 있었기 때문이다.

그렇게 3년의 시간이 흘러 다시 후속 차량을 선택해야 할 시기가 되었다. 3년의 시간 동안 정상의 자리에 올랐다가 코로나로 다시 어려움을 겪는 등 롤러코스터와 같은 회사의 운명을 생각하며 이번에도 수입차는 배제하기로 마음을 먹었다. 사실 진혁도 다른 남자들과 마찬가지로 한 번은 수입차를 타고 싶다는 생각을 했지만 지금은 때가 아니라고 결론을 내렸다.

그래서 후보군으로 올라온 차는 현대 펠리세이드, 제네시스 GV80, 기아 모하비와 더불어 다시 신형 카니발도 선택지에 포함되었다. 여러 날 검색과 고민을 거듭하던 중 우연히 발견한 쉐보레 트래버스가 진혁의 시선을 확 잡아끌었다. 압도적인 크기와 투박한 미국식 디자인, 안정성, 그리고 합리적 가격 등을 고려하여 최종적으로 진혁의 3번째 법인차는 트래버스로 낙점되었다.

그렇게 진혁이 국산차를 고집하는 사이 직원들이 사용하는 법인차는 각자 본인들이 원하는 수입차로 바뀌었다. 전 본부장은 벤츠 GLC AMG, 김 팀장은 BMW X4를 선택했고, 리스 비용의 일부를 회사가 지원해 주는 형태로 법인 차량을 운영하였다. 대표가 국산차를 고집한다고 해서 직원들까지 그렇게 하게 하고 싶지는 않았기 때문이다.

#2021년 9월(창업 62개월)

　유난히 무더웠던 여름이 지나갔다. 상반기에는 코로나가 완벽히 극복될 거라는 전문가들의 전망은 또 한 번 보기 좋게 빗나갔다. 마스크 때문인지 안 그래도 더운 여름이 한층 더 덥게 느껴졌다. 벌써 코로나와 함께하는 두 번째 여름이지만 이 불편함과 답답함은 여전히 익숙해지지 않았다. 9월에 들어서면서 기세가 등등하던 무더위는 조금씩 풀이 꺾이기 시작했고 새벽으로는 오히려 서늘한 한기가 느껴질 정도의 날씨가 되었다.

　반년 동안 진혁의 회사는 정말 무수히 많은 프로젝트를 진행했다. 예전만큼 큰 규모의 행사들은 아니지만 그래도 꾸준히 프로젝트들이 생겨났다. 2020년 상반기에는 다들 무엇을 어떻게 해야 할지 몰라 우왕좌왕하느라 어떤 기업이나 게임사도 선뜻 나서지 못했다면, 그래도 2021년의 상반기는 다들 자신만의 방식으로 무언가를 하려고 노력하는 모습들이 보였다.

　게임사들도 예전과는 달리 온라인을 적극적으로 활용하여 각종 대회를 진행하려고 했고, 진혁의 회사 사옥 지하에 게임사-방송사와 합작해서 전문 게임 스튜디오를 만들었다. 이곳에서 S게임사의 연간 플랫폼 운영 및 대회가 진행이 되었다. 진혁의 입장에서는 크게 수익이 되는 프로젝트는 아니지만 괜찮은 레퍼런스가 될 수 있었기에 기꺼이 참여했다. 이 프로젝트로 인해 회사는 추가로 10명의 직원을 새로 채용했고, 그렇게 진혁의 회사 총 직원 수는 결국 30명을 채우고야 말았다. 남들은 코로나로 채용은커녕 직원을 줄이기 바쁜데, 진혁은 반대로 추가 고용을 하고 있는 행복한 비명을 지르게 되었다.

사옥 지하에 마련된 S사의 연간 게임 스튜디오

#2021년 11월(창업 64개월)

2021년 연말, 또다시 한국에서 글로벌 대회의 개최가 확정되었다. 바쁜 1년을 보낸 진혁과 직원들은 얼마 남지 않은 에너지를 또 전부 쏟아부어야 했다. 2020년에는 정말 한 치 앞도 볼 수 없는 암흑 같은 날들이 계속되었는데, 2021년에는 그런 걱정을 할 틈도 없이 1년 내내 바쁜 일정을 소화해야 했다. 전년도에 입었던 손실을 만회하고 다시 도약할 수 있는 기회임을 직원들에게 지속적으로 설명했고, 각종 인센티브와 복지로 직원들에게 동기 부여를 해 주었다. 직원들 역시 상황을 충분히 이해하고 있었기에 고단한 몸을 이끌고 불철주야 노력해 주었다.

지난 대회에서 다른 회사에 아쉽게 넘겨주었던 무대 제작, 운영과 연출까지 진혁의 회사에서 다시 맡게 되었다. 지금까지는 오프라인 관객 중심의 무대였다면, 코로나 19라는 특수한 상황 때문에 완전 온라인 시청자들을 위한 무대로 꾸며졌다. 그동안 시도해 보지 못했던 AR, XR과 같은 다양한 특수 영상은 물론 선수석 초대형 부스가 실시간으로 이동할 수 있는 특수 레일 장치 등을 설치하여 몰입감을 극대화할 수 있었다. 무대의 규모와 난이도는 이제까지 진행했던 것 중 최고 수준이었고, 무대에 오른 선수들도 최고로 멋진 무대라며 엄지를 들어 주었다.

지난 2019년 최고의 매출을 기록하던 해와 비교하면 70% 수준에 불과했지만 코로나로 2년을 통째로 날린 것을 생각하면 진혁은 이 정도면 매우 훌륭하다고 생각했다. 100억 이상을 달성했던 최고의 순간을 기준으로 삼기에는 전체적인 상황이 매우 좋지 않기에 처음부터 다시 시작한다는 마음을 가지려고 노력했다. 그래도 회사는 다행히 1년 만에 다시 수익으로 전환되었고, 진혁은 올해 초 직원들에게 약속한 대로 예전 수준의 인센티브를 지급하기로 했다. 다시 정상궤도에 오르려면 최소 2~3년의 시간이 필요할 것이라 예상했던 진혁의 생각이 기분 좋게 빗나가 버렸다. 물론 아직 안심할 단계는 아니었으나, 최소한의 운영 자금과 전년도 손실분을 제외한 나머지 금액을 지난 1년간 함께 고생해 준 직원들에게 나누기로 한 것이다. 이렇게 빠르게 회복할 수 있었던 건 모두 직원들이 버텨 주고, 회사와 한마음으로 열심히 뛰어 준 덕분이기 때문이다. 진혁은 그 어느 때보다 즐거운 마음으로 송금 버튼을 눌렀다.

역대 최고라고 찬사를 받은 글로벌 대회의 무대 전경

2022년 1월 (창업 66개월)

2020년에 시작된 코로나 팬데믹은 2년이 지나도록 그 기세가 꺾일 줄을 몰랐다. 다만 코로나 백신 접종 이후로는 서서히 최대한의 방역 조치를 한 상태로 오프라인 행사들이 생겨나기 시작했고, 그 흐름에 편승하여 2022년 이스포츠 대회 역시 글로벌 오프라인 대회를 개최한다는 반가운 소식을 진호가 전해 주었다.

"대표님, 아직 엔데믹이 아니라 좀 걱정을 했는데, 올해는 코로나에 관계없이 예전처럼 연 2회 글로벌 대회 추진에 강한 의지를 가지고 있다고 하네요."

"아… 정말? 2년간의 기다림이 헛되지 않아서 너무 다행이야. 물론 또 무슨 변수가 생길지 모르겠지만 그래도 일단 긍정적인 마음으로 열심히 달려 보자. 너도, 너희 회사도 좀 한시름 놓겠네."

"저야 뭐 월급쟁이라 사실 크게 그런 거 개의치 않는데, 대표님이야말로 이런 상황에 운영비 감당하느라 고생 많으셨네요."

"사실 아니라고는 말 못 하지. 숯검댕이가 된 내 속을 누가 알아주겠어. 근데 이제 바닥은 친 거 같으니 올라갈 일만 남았잖아? 흐흐흐. 다시 한 번 비상해 보자고."

코로나 이전처럼 상반기에는 국가 대항전(네이션스컵)으로, 하반기에는 글로벌 챔피언십 대회로 진행이 될 예정이었다. 진혁은 이 계획대로만 추진이 된다면 운영비 걱정은 한시름 놓을 수 있겠다고 생각했지만 그렇다고 코로나 이전 수준인 100억대 매출 같은 허황된 꿈을 꾸지는 않았다. 작고 소박하게 현재의 위치만 유지할 수 있으면 더할 나위 없이 좋겠다는 꿈을 꾸었다.

당초 진호의 방송사에서는 국가 대항전의 개최국으로 조지아를 제안했다. 지금껏 유럽, 미국, 한국 등에서 진행되었기에 새로운 대륙인 중앙아시아에서 처음 열리는 상징성을 고려하여 제안한 것이다. 실제로 조지아의 왕실 차원에서 적극적인 유치 의사를 밝힌 오피셜 레터까지 받았고, 게임사에서도 적극 환영하여 조지아 개최는 급물살을 타게 되었다.

그런데 이번엔 또 전대미문의 사건이 터지며 조지아 개최 추진에 제동이 걸렸다. 러시아가 우크라이나를 전격 침공함에 따라 모든 계획이 전면 초기화된 것이다. 뉴스에서나 볼 법한 국가 간 전쟁이 실제로 자신의 일에 영향을 미치게 될 줄은 상상조차 못했던 진혁은 또다시 당황하지 않을 수 없었다. 그동안 탄핵과 촛불로 인해 카운트다운이 취소가 될 뻔한 상황, 주최 측에서 일방적으로 취소한 글로벌 게임 페스티벌, 대관 장소 측과의 협상 결렬로 독일 자동차사 페스티벌의 취소 위기 등 수많은 취소 상황을 겪었던 진혁은 하다하다 이제 전쟁까지 자신을 힘들게 만든다는 생각에 참 신기하기도 하면서, 한편으로는 어이가 없다는 생각을 했다.

그렇게 오랜 시간 공들여 준비하던 조지아는 빠르게 손절하고, 대체 장소를 찾다가 태국의 대형 쇼핑몰 내에 있는 대형 공연장으로 대회장을 확정했다. 태국은 동남아 내에서도 게임에 대한 관심이 가장 높은 국가로 대회를 개최할 경우 많은 관람객과 함께 뜨거운 반응이 예상되어 대체 개최지로 결정이 되었다. 진혁은 대회 준비를 위해 태국에 답사를 오게 되자 또 많은 생각이 들었다.

'아무래도 이 글로벌 게임 페스티벌 준비를 잠시 중단해야 할 거 같아요. 게임사 내부에서도 여러 가지 논의 중이긴 하지만 아마 취소 혹은 무기한 연기되는 쪽으로 결정이 나지 싶네요.'

불과 4년 전, 이곳 태국에서 진행될 글로벌 게임 페스티벌을 장장 6개월 동안 준비하면서 미디어발표회까지 마친 상태에서, 행사를 불과 4개월 앞두고 취소 통보를 받았던 기억이 생생했기 때문이다. 물론 그 프로젝트가 적기에 취소가 된 덕분에 바로 얼마 지나지 않아 현재 하고 있는 글로벌 게임 대회에 간신히 탑승할 수 있었으니 한편으론 고마운 취소이긴 했지만 그때를 생각하면 정말 아찔했던 순간이기에 태국에 온 진혁은 여러 가지 감정들이 교차할 수밖에 없었다.

아무튼 새로운 장소로 바뀌자 기존에 준비하던 모든 것들을 다 폐기하고 새롭게 준비하기 시작했다. 남은 기간이 매우 부족했지만 늘 해 오던 일이었고, 또 오랜만에 오프라인에서 관객들과 함께하는 대회이다 보니 묘한 긴장감과 설렘이 흐르는 가운데 태국에서의 대회 준비는 차근차근 진행되고 있었다.

지옥에서 사옥까지

2022년 6월(창업 71개월)

개최지가 태국으로 결정되었을 때부터 이미 엄청난 각오를 했지만 생각보다 더 최악의 컨디션이었다. 한국만큼의 신속성은 기대조차 하지 않았으나, 미국이나 유럽보다도 훨씬 더딘 진행 속도를 견뎌 내야만 했다. 왜냐하면 현장에서 조금만 큰 소리를 내거나 재촉하면 제작 인부들이 말도 없이 사라져 버리기 때문이었다.

실제로 무대 일부 세트를 맡기로 했던 팀이 이틀 전부터 연락이 두절되어, 다른 팀에서 이틀 동안 밤을 새서 그 세트를 제작하여 간신히 시간에 맞추는 아찔한 사건도 있었다. 현지의 사람들은 자주 있는 일이라 대수롭지 않다는 표정이었지만, 진혁과 직원들은 이러지도 저러지도 못하며 그저 가슴이 까맣게 타들어 가고 있었다.

하지만 대회가 시작되자 태국 관람객들의 엄청난 열기를 현장에서 직접 느낄 수 있었다. 우리나라뿐 아니라 태국에서도 코로나 팬데믹 이후 거의 처음으로 열리는 오프라인 대회였기 때문에 발 디딜 틈도 없이 대회장을 꽉 채워 주었다. 대회를 준비하는 사람의 입장에서는 정말로 기분 좋은 일이 아닐 수 없었다. 코로나의 여파로 1200석의 객석 중 1/2에 해당하는 600명만 선착순으로 입장을 시킬 수밖에 없었는데, 대기 인원만 거의 1000명 이상 몰리면서 대회장 외부에 LED를 설치하여 다 같이 경기를 관람할 수 있도록 조치를 취했다. 그럼에도 불구하고 폭발적인 반응을 얻으며 3일간의 대회 기간 동안 총 1만 명 이상이 찾아 주며 성황리에 막을 내릴 수 있게 되었다.

코로나 이후 첫 해외에서 열린 글로벌 대회 in 방콕

　진혁은 성공적인 대회 운영을 통해서 4년 전의 상처를 완벽히 치유할 수 있었다. 당시에 안 그래도 최악의 상태이던 회사에게 6개월간 준비하던 장기 프로젝트의 취소는 거의 사형 선고와도 같은 상황이었다. 하지만 몇 년의 시간이 흘러 다시 이곳 태국에서 온전히 대회를 마칠 수 있게 되었다는 사실에 진혁과 직원들은 많은 위로를 받을 수 있었다. 단지 대회 하나를 잘 치러 낸 것 이상의 의미와 가치가 있는 대회였던 셈이다. 그렇게 아쉬우면서 동시에 후련한 마음으로 태국을 떠날 수 있게 되었다.

　태국을 떠나 한국으로 복귀한 지 얼마 되지 않아서 태국의 대관 담당자로부터 연락을 받은 진혁은 또다시 소름이 돋지 않을 수 없었다. 행사팀들이 떠난 그다음 주에 태국에 기록적 폭우가 쏟아져 도시 전체가 정전이 되어 마비가 되었다는 충격적인 소식이었다. 대회장이었던 방콕의 가장 최신식 쇼핑몰도 당연히 예외는 아니었다. 만약 일주일만 대회가 늦어졌어도 현지에서 엄청난 사건에 휘말릴 뻔했다는 사실에 진혁과 직원들의 등에는 식은땀이 흐를 수밖에 없었다.

2022년 7월(창업 72개월)

　한국으로 복귀하기가 무섭게 회사는 다음 프로젝트의 준비로 정신이 없었다. 한 해 동안의 모든 경기 결과를 결산하면서 최종 챔피언을 가리는 글로벌 챔피언십 대회의 최종 개최지가 중동의 부호 국가인 두바이로 결정되었기 때문이다. 진혁은 이 일을 시작한 지 20년이 넘는 시간 동안 미국, 브라질, 독일, 프랑스, 이탈리아, 스페인, 그리스, 모나코, 일본, 베트남, 태국, 말레이시아, 마카오, 홍콩, 중국 등 참 다양한 대륙과 국가를 방문하였으나, 유독 중동 지역과의 인연은 없었다. 매번 중동에 가야 할 일이 생겼을 때는 다른 프로젝트와 겹쳐서 결국 한 번도 가 보지 못했으나 항상 다행이라고 생각했다.

　진혁의 인생 처음이자 마지막이 될 '중동'은 여러 가지로 두려움의 대상이었다. 그토록 진혁을 두렵게 만들었던 것은 두바이의 찌는 듯한 더위도, 살인적인 물가도 아니고 오직 음식이었다. 진혁은 그렇게 많은 해외 출장을 다니면서도 항상 고통스러웠던 것이 현지의 음식에 적응하는 것이었는데, 그 끝판왕 격인 중동에서 한 달하고도 반이라는 시간을 어떻게 버틸지 걱정이 앞섰다.

　사실 진혁은 수많은 출장의 역사에서 단 한 번도 현지 음식에 적응하지 못했다. 유럽에서도, 동남아에서도, 미주 지역에서도 항상 까다로운 식(食)소수자로서 많은 고생을 했다. 그나마 한국 음식과 비슷한 일본과 베트남 정도는 그런대로 버틸 만은 했지만 나머지 나라들은 거의 라면과 간식으로 연명했다고 해도 과언이 아닐 것이다.

하물며 악명 높은 중동에서의 음식은 더 말할 것도 없었다. 대부분 동남아, 중동 특유의 향을 어떻게 감당해야 할지 도저히 엄두가 나질 않았다. 그렇다고 1.5개월의 시간 동안 내내 라면과 간식으로 때울 수도 없는 노릇이었다. 결국 몰라서 더 두려운 것이리라 스스로 위안하며 비장한 각오로 만반의 준비(라면, 누룽지 등을 비롯한 각종 간편식)를 하고 두바이로 갈 채비를 했다.

#2022년 11월(창업 76개월)

두바이는 아랍에미리트의 수도인 아부다비에 이어 두 번째로 큰 도시이다. 중동과 페르시아만 지역의 무역과 문화의 중심지로 꾸준히 성장해오다 대형 건설 프로젝트와 두바이 엑스포 등의 국제적인 행사들을 개최하면서 경제 중심지로 급부상하고 있다. 두바이 시내를 다녀 보면 중동의 사막 국가라는 생각이 전혀 들지 않을 만큼 화려한 스카이라인을 자랑하고 있다. 셀 수 없이 많은 초고층 호텔과 전 세계에서 가장 큰 아울렛인 두바이몰, 그리고 세계에서 가장 높은 빌딩인 부르즈 할리파, 바다를 메워 만든 인공섬 등 부자 도시로서의 면모를 갖추고 있다.

진혁은 두바이 엑스포나 아시안게임 등의 국제 대회를 많이 치러 본 경험이 있는 나름의 국제 도시였기에 비즈니스를 하는 데에는 전혀 무리가 없을 것으로 예상했었다. 하지만 진혁이 실제 경험한 두바이는 전혀 그렇지 못했다. 까다롭기로는 유럽 저리 가라 할 정도였고, 대응 속도는 동남아가 명함도 못 내밀 정도로 훨씬 느렸다. 상황이 그렇다 보니 같은 업무여도 그 강도는 2~3배를 능가하는 수준이었다. 두바이를 가기 전 사전 준비 단계부터 이미 진땀 나는 상황이 여러 차례 벌어진 상태였다. 진혁과 직원들은 두려운 마음을 안고 두바이행 비행기에 올랐다.

한국에서 두바이로 가는 비행기는 무려 10시간이나 걸렸다. 미국이나 유럽을 가는 데에도 14~15시간이 걸리는데 상대적으로 거리가 가깝게 느껴지는 두바이가 10시간이나 걸린다 하니 심리적인 거리감이 훨씬 크게 느껴졌다. 진혁은 몇 개월 동안 고생하며 대회를 준비한 본부장들에게 두바이 왕복 비즈니스 항공권을 제공했다. 두바이에 가면 또 한 달 반 동안 많은 시련들이 기다리고 있을 것이 분명했기에 조그마한 위로가 되기를 바라는 마음이었다. 하지만 본부장들은 함께 고생한 팀원들이 신경이 쓰여서인지 여러 차례 거절했지만, 진혁은 끝까지 설득하여 결국 비즈니스 좌석을 타고 두바이로 향했다.

그렇게 도착한 두바이에서는 모두의 예상대로 최악의 상황들이 그들을 기다리고 있었다. 그동안 이메일과 컨퍼런스 콜을 통해 수차례 확인했던 내용들이 현장에서는 무용지물이었다. 마치 처음 만난 것처럼 처음부터 모든 것을 다시 체크해야 했다. 불과 1년 전에 두바이 엑스포를 치렀던 바로 그 전시장인데, 그 엄청난 행사를 치러 냈다는 것이 믿기지 않을 정도로 담당자들은 무책임했고, 장소의 시설들은 허름했다. 혹시나 이런 상황을 대비하여 1주일 정도 미리 갔기에 그나마 최악의 상황은 면할 수 있었다. 담당자들과 함께 현장을 돌고, 눈으로 직접 하나씩 체크하면서 리스크들을 지워 나갔다.

그렇게 험난한 2주일 간의 준비를 마치고 3주간의 대회가 시작이 되었다. 두바이 엑스포 전시관은 분명 지하철이나 대중 교통이 잘되어 있는 곳이기는 했지만, 어찌된 게 태국에서 느꼈던 그 열기는 찾아볼 수 없었다. 그도 그럴 것이 아직 중동 지역에서는 이스포츠가 그렇게 활성화된 종목이 아니었다. 사우디나 두바이 등 중동 지역의 왕족들은 석유 자원 이후의 시대를 대비하기 위해 이스포츠를 포함한 미래 산업의 육성에 심혈을 기울이고 있지만, 정작 국민들은 아직까지 게임에 열광적인 관심을 보이지는 않는 게 현실이었다.

그럼에도 불구하고 오랜만에 열린 글로벌 챔피언십에 전 세계 온라인 시청자들의 관심은 폭발적이었다. 태국만큼의 열기는 아니었지만 오프라인 현장에도 많은 수의 관객이 모여 전 세계 선수들의 멋진 플레이에 환호하고 열광했다. 한국 선수단의 성적은 좋지 않았지만 그래도 열악한 환경에 비해 큰 사건, 사고 없이 대회를 잘 마무리하고 서둘러 두바이를 떠나 한국으로 돌아왔다.

결국 마지막 글로벌 대회가 되어 버린 두바이 대회

"내 생애 마지막 중동이 되길…."

진혁은 들릴 듯 말 듯하게 혼자 중얼거리며 빠른 걸음으로 비행기에 올랐다.

지옥에서 사옥까지

2022년 12월 (창업 77개월)

진혁은 두바이에 돌아온 이후 수많은 고민들이 생겼다. 중소기업에서 지속 가능성이란 거의 불가능에 가까운 일이라는 것은 이미 알고 있었지만 막상 현실로 눈앞에 다가오니 막막할 수밖에 없었다. 2016년에 시작한 회사는 2017년까지 끝을 알 수 없는 바닥을 헤매고 있었다. 그러다 2018년부터 이 글로벌 게임 대회를 진행하면서 그 차가운 바닥을 간신히 탈출하며 55억의 매출을 찍고, 2019년에는 다시 119억을 달성하며 수직 상승하였다. 그렇게 사옥을 계약하고 이듬해 바로 코로나로 다시 매출이 급락하면서 위기를 맞았지만, 간신히 그 위기를 버텨 내고 2021년 70억을 지나 2022년 태국과 두바이를 거치며 130억의 매출을 달성하며 다시 그 정점에 이르렀다.

남들이 보기엔 하나 걱정 없을 것 같겠지만 진혁의 마음은 오히려 정반대로 향하고 있었다. 여러 정보들을 조합해 봤을 때, 이 글로벌 게임 대회의 방향이 이상하게 흘러가고 있었기 때문이다. 일단 게임사의 매출이나 인기가 급격히 하강 곡선을 그리고 있고, 더불어 대회의 예산도 급격히 줄어들 것이라고 예측이 되었다. 더구나 다음 해에도 이 프로젝트를 진혁이 하게 될지 보장이 없었다. 수많은 방송사들이 이 대회를 유치하기 위해 치열한 경쟁을 펼치게 될 것이라는 정보들이 시장에 공공연하게 흘러 다녔다. 최악의 경우 다음 프로젝트를 수주하지 못하면 매출이 '130억'에서 '0'원으로 추락할 가능성이 매우 높은 상황이었다.

진혁은 지난 5년간 이 글로벌 이스포츠 대회를 진행하면서 프로젝트의 퀄리티를 높이는 데 집중하기 위해 다른 프로젝트들을 최대한 고사하였다. 여러 가지 프로젝트를 하면서 리스크를 분산하는 것도 좋은 방법이라는 것도 알고 있었고, 많은 사람들이 그렇게 조언을 했다. 하지만, 어설프게 이것저것 기웃대다 원래 가지고 있던 것까지 잃어버릴 수 있겠다는 판단을 내리고 현재의 프로젝트에만 집중하기로 한 것이다. 다행히 5년이라는 시간 동안 이 게임이 계속해서 승승장구하며 진혁의 회사도 더불어 많은 성장을 할 수 있었다.

　하지만 이제 다음 프로젝트의 성사가 불투명해진 상황. 설령 진행하게 된다 해도 예년만큼의 예산이 확보되지 않으면 사실상 회사를 운영하는 데 어려움이 생길 수 있는 상황 등 온통 부정적인 전망이 가득한 상황이기에 진혁은 창사 이래 최고의 매출을 거두고도 웃을 수가 없는 상황이었다. 그 속을 알지 못하는 사람들은 앓는 소리를 한다며 핀잔을 줬지만, 진혁의 마음은 좀처럼 진정이 되지 않았다. 하루가 멀다 하고 방송사의 대표님 및 임원진들과 현재 상황에 대한 대책을 논의해 보았지만, 그들은 이 상황에 대해 그렇게 심각하게 생각하고 있지 않았기에 대화는 항상 같은 자리를 맴돌 뿐이었다.

#2023년 1월(창업 78개월)

영원히 끝날 것 같지 않았던 코로나는 요란한 소리를 내며 올 때와는 달리, 아무 기척도 없이 어느 순간 조용히 사라져 버렸다. 필수품이던 마스크는 집 안 한 구석에 애물단지처럼 방치되어 있었고, 입구마다 설치된 손소독제는 아무도 이용하는 사람이 없어서 대부분 말라붙어 있기 일쑤였다. 진혁은 사옥 엘리베이터 앞에 비치된 세스코 자동 손소독제를 보면서, 계약기간이 아직 1년이나 남았다는 사실을 떠올리며 쓸쓸한 미소를 지었다.

"대표님, 올해 대회 일정이 나왔는데요. 작년과 마찬가지로 7월에 국가 대항전, 11월에 글로벌 챔피언십이 열린다고 하네요. 더구나 이번엔 그냥 저희가 하는 게 아니라 입찰로 나왔어요. 그런 와중에 기준 예산이 작년 1/3 정도 수준으로 나왔어요. 큰일입니다."

"내가 내내 걱정했던 일이 정말 현실이 되었네. 우리도 우리지만 너희 방송사는 어떻게 하기로 했어? 뭔가 결정된 게 있는거야?"

"저희도 일단 고민 중이긴 한데, 그래도 노느니 뭐라도 해야 하지 않을까 하는 의견이 지배적이긴 해요. 아직 정확한 방침은 못 정하고 갑론을박 중이에요."

"그래, 알았어. 우리도 고민해 보겠지만, 너희가 정하는 방향에 맞춰서 우리는 웬만하면 맞춰서 할게. 우리가 뭐 선택권이 있나, 흐흐….."

두바이에서 복귀한 뒤 진혁이 오랜 시간 걱정했던 우려들은 새해가 시작되자마자 바로 현실이 되었다. 방송사에 근무하는 진호가 입찰에 관한 소식을 전해 듣고서 바로 진혁에게 연락을 해 온 것이었다. 매년 입찰 없이 진행하던 프로젝트가 입찰로 전환된 것도 모자라 대회 예산이 대폭 삭감되었다는 소식을 들었지만, 진혁은 어느 정도는 예상했던 일이기에 조금은 덤덤하게 받아들일 수 있었다. 아니, 그보다 오히려 홀가분하다는 마음이 더 컸다. 어차피 한 번 겪어야 할 일이기에 진혁은 머릿속으로 막연하게 준비했던 백업 플랜을 꺼내야 할 시기가 되었다고 생각했다.

일단 최악의 컨디션으로 바뀌긴 했지만 시작도 하지 않고 포기할 수는 없었기에 주어진 입찰에는 충실하게 응했다. 축소된 예산에 맞출 수 있도록 불필요한 항목들을 날리고, 각종 비용들을 최대한 조절해 보았지만 기준 예산에 맞추려면 한참을 더 줄여야 했다. 예산이 줄었다 해도 대회의 퀄리티까지 낮출 수는 없는 노릇이기에 난감하기만 했다. 이렇게 터무니없이 줄여서 퀄리티까지 포기해야 한다면 차라리 하지 않는 게 낫겠다는 생각이 들 정도였다. 그렇게 행사의 퀄리티는 물론 마진까지 포기해 가며 억지 춘향 격으로 간신히 가이드라인에 맞춰 제출을 했다.

경쟁 입찰의 결과는 빠르게 발표되었다. '입찰 실패.' 결국 예산의 문제가 가장 결정적인 이유였다. 그렇게 열심히 줄여 보았지만 다른 경쟁 방송사들이 훨씬 더 낮은 금액으로 입찰을 했기 때문이다. 진혁은 입찰에 실패한 것이 오히려 다행이라고 생각했다. 괜히 어설프게 발을 들여놓아 이러지도 저러지도 못하는 상황에 놓이는 것보다는 깔끔하게 탈락하는 게 더 이득일 수 있겠다고 판단했기 때문이다.

#2023년 6월(창업 83개월) – Part Ⅰ

아무런 성과 없이 벌써 한 해의 절반이라는 시간이 훌쩍 지나가 버렸다. 자잘하게 여러 프로젝트를 진행하기는 했지만 회사의 운영비를 감당하기엔 터무니 없이 부족한 예산이었다. 매년 한 번도 빠지지 않고 진행했던 글로벌 게임 대회는 다른 회사의 몫이 되었고, 진혁은 그것을 씁쓸하게 유튜브로 시청하다가 속상한 마음에 중간에 꺼 버리고 말았다. 물론 너무도 줄어든 예산에 안 하는 것이 오히려 다행스러운 일이긴 했지만 그것을 대체할 만한 다른 프로젝트를 찾지 못해 상반기까지 많은 손실을 감내해야만 했다.

"우리가 그동안 한 프로젝트에 너무 몰입해 있는 동안 다른 프로젝트들은 이미 모두 다른 주인을 찾아서 떠났나 봅니다. 지난 5년 동안 다같이 열심히 노력한 결과로 승승장구하면서 열심히 잘 성장해 왔는데, 너무 갑작스럽게 막다른 길에 몰렸네요. 아무리 찾아봐도 도저히 돌파구가 보이지를 않네요. 참 여러분들 볼 면목이 없네요."

진혁은 회사의 임원들과 조촐하게 삼겹살을 구우며 현재의 상황에 대해 이런저런 이야기를 나누었다. 그동안 하나의 프로젝트를 거의 쉬지 않고 5년간 진행하다 보니, 자연스럽게 다른 프로젝트들에 대한 기회가 멀어질 수밖에 없었고, 반 년 동안 진혁과 임직원들은 새로운 프로젝트를 찾기 위해 부단히 노력했지만 단기간에 쉽게 찾아질 리가 없었다. 어느 정도 각오는 했던 일이지만 막상 상황이 이렇게 되니 시간은 속절없이 빠르게 흘렀다.

"6개월 동안 이런저런 노력들을 하면서 작년에 벌어 놓은 돈으로 꾸역꾸역 운영하고 있지만 이제는 정말 한계에 다다른 것 같습니다. 코로나 때도 이렇게까지 막막하지는 않았는데, 지금이 오히려 더 힘든 거 같아요. 정말 부끄러운 이야기지만 더 버티는 건 무리가 있다고 생각됩니다."

진혁은 문득 이 식사가 마지막이 될지도 모른다는 생각이 들었다. 그만큼 상황은 절박했고, 이미 상반기에 6억이라는 돈을 써 버린 상황에서 하반기마저 별다른 반전을 만들어 내지 못한다면 지금까지 몇 년 동안 노력해서 모은 성과가 다 날아가 버릴 지경에까지 이르게 된 것이다. 역시 돈을 버는 것은 참 어렵고 험난하지만 쓰는 것은 너무나 쉽고 빠르다고 생각했다.

직원들에게는 너무 미안하고 힘든 이야기였지만, 솔직하게 현재의 상황을 솔직하게 털어놓았다. 물론 임원들도 세상 물정을 모르는 바 아니기에 현재 회사가 어떤 상황인지 충분히 인지하고 있었고, 모두 덤덤하게 현실을 받아들일 준비를 하고 있었다.

#2023년 6월 (창업 83개월) - Part II

임원들과의 식사 자리가 있은 후 며칠이 지나 진혁은 뜻밖의 연락을 받게 되었다. 지난 10여 년 동안 글로벌에서 가장 사랑받고 있는 L게임의 글로벌 챔피언십(일명 'L드컵')이 2018년 이후 5년 만에 한국에서 개최되는데, 그 대회의 운영 대행사를 선발하는 입찰에 참여하게 된 것이다. 진혁의 회사가 지난 5년 동안 글로벌 게임 대회를 안정적으로 운영해 온 경력을 인정받아 입찰의 기회가 주어졌다.

"우리가 그동안 너무도 해 보고 싶었던 원픽 프로젝트였는데, 하필 이렇게 힘든 시기에 우리에게 기회가 주어지다니 믿겨지지가 않네요. 물론 우리가 지난 5년간 해 왔던 배틀로얄 장르와는 전혀 다른 게임인 데다가, 'L드컵'이 한국에서 열릴 때마다 늘 진행했던 경쟁회사의 노하우를 우리가 이겨 낼 수 있을지는 미지수입니다. 하지만 우리에게 주어진 마지막 기회라고 생각하고 후회 없이 준비해 봅시다. 목표는 압도적인 승리입니다."

6월 말을 기점으로 회사의 길고 긴 여정에 마침표를 찍을 각오까지 했던 진혁에게 아주 희박한 확률이긴 하지만 또 한 번의 기회가 주어졌다. 그것도 하필 직원들이 가장 좋아하고 너무 해 보고 싶어했던 'L드컵' 행사의 운영 대행이라니…. '이게 무슨 운명의 장난인가' 하는 생각이 들었다. 오랫동안 그 프로젝트를 담당해 왔던 경쟁사의 벽이 매우 높아 보였으나, 확률이 0%가 아닌 이상 불가능한 일은 아니었기에 마지막 투혼을 불사르리라 직원들과 함께 전의를 불태웠다.

그렇게 시간은 흘러 제안서 제출 마감날에 맞춰 제안서를 제출하였다. 진혁과 직원들은 더 이상의 후회나 미련이 남지 않을 만큼 며칠 밤을 꼬박 새면서 최선을 다해 준비했다. 모든 직원들은 실낱 같은 희망을 붙잡고 기도하는 심정으로 결과를 기다렸지만 진혁은 사실 큰 기대를 하지 않았다. 엄청난 행운이 따라 주는 것도 한두 번이지 클리셰 가득한 드라마도 아니고 위기 때마다 기적 같은 일이 벌어진다는 게 말이 안 된다고 생각했기 때문이다.

입찰 결과는 바로 발표될 것이라고 생각했는데, 예상 외로 발표가 차일 피일 지연되었다. 그렇다는 것은 무언가 내부적으로 많은 논의가 있다는 것을 반증하는 것이었고, 아주 약간이긴 했지만 자연스럽게 기대감이 높아질 수밖에 없었다. 기다릴수록 괜한 기대감과 조바심이 오르락내리락 진혁의 마음을 흔들어 댔고, 그로부터 약 1주일의 시간이 더 흐른 뒤에 한 통의 이메일을 받았다.

"Hi, CONEXT Team! I'm happy to let you know that CONEXT has been shortlisted for this project. I'd love to set up a brief call with you next week to chat and review the proposal together."

이번 프로젝트의 '우선협상대상' 회사로 선정되었다는 소식에 진혁을 비롯한 모든 직원들은 흥분을 감출 수가 없었다. 단지 프로젝트 하나를 수주했다는 것 이상의 의미가 있는 대단한 사건이 아닐 수 없었다. 자칫 7년간 열심히 달려온 열차가 멈출 수도 있는 절체절명의 순간에 또다시 천금 같은 기회가 찾아온 것이다. 회사를 시작한 지 정확히 7년 동안 벌써 몇 번째인지 모를 기적에 진혁은 이제 좀 무덤덤해질 법도 했지만 매번 더 아찔한 롤러코스터를 타는 것처럼 소름의 강도는 점점 커져만 갔다.

사업 초기부터 행사 직전에 취소되었다가 극적으로 부활했던 경험들, 6개월 동안 준비한 대형 게임 프로젝트가 최종 취소되어 나락으로 갈 일만 남은 상황에서 일주일 만에 그보다 더 큰 글로벌 게임 대회 운영을 맡게 되어 간신히 살아났던 경험, 코로나의 위기 속에 1년 가까이 매출 '0'을 기록했다가 극적으로 글로벌 오프라인 대회가 열려 다시 정상궤도에 진입하게 되었던 경험들까지 남들은 한두 가지도 겪을까 말까 한 경험을 진혁은 매년, 매순간 정말 쉬지도 않고 경험하고 있었다. 그런데 지금까지 경험한 것들보다 훨씬 더 극적인 상황이 연출이 되자 진혁은 자신도 모르게 눈가가 촉촉해졌다.

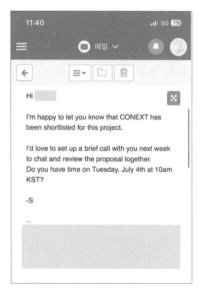

ㄴ드컵의 본사로부터 받은 우선협상자 선정 메일

#2023년 8월 (창업 85개월)

　본격적인 'L드컵'의 준비가 시작이 되었다. 진혁의 회사 직원들은 대부분 이스포츠와 게임을 좋아하는 편이었기에 기존에도 항상 즐기는 마음으로 대회를 진행해 왔지만, 이번만큼은 본인들이 가장 좋아하고 꼭 해보고 싶었던 워너비 프로젝트였기에 임하는 마음가짐 자체가 더 비장할 수밖에 없었다. 분명 기존 프로젝트에 비해 훨씬 어렵고 험난한 길이 예상되었지만 그들의 파이팅 넘치는 투지를 꺾을 수는 없었다.

　이번 프로젝트는 글로벌 본사 담당자들이 모두 미국인이었기에 모든 커뮤니케이션은 영어로 진행되었다. 한국에 지사가 있기는 했지만 모든 보고와 결정은 미국 본사 담당자들과 직접 정리해야만 했다. 진혁의 회사는 다년간의 글로벌 프로젝트를 진행하면서 다수의 영어 능통자들이 함께하고 있었기에 소통에 전혀 어려움이 없었다. 특히 메인 커뮤니케이션을 담당하는 여직원의 경우 거의 외국인이나 다름 없는 네이티브 스피커이지만 오직 이스포츠에 대한 팬심으로 5년째 근무하고 있는 능력자였다. 매년 'L드컵'이 열리는 나라에 사비를 들여 직접 관람하고 올 정도로 이 게임에 진심인 팬이었던 것이다. 모두들 들뜬 마음을 차분히 가라앉히며 차분히 대회를 준비해 나갔다.

2023년 11월 (창업 88개월)

드디어 결전의 날이 다가왔다. 벌써 3개월 동안 불철주야 많은 고생 끝에 행사장 세팅이 시작되었다. 진혁이 지금까지 해 왔던 게임 대회와는 비교도 안 될 정도로 어마어마한 규모였다. 미국에 있는 담당자들과 소통하기 위해서는 미국의 시간에 최대한 맞춰야 했고, 그것을 한국에 있는 협력사들과 소통하기 위해서는 한국의 시간도 맞춰야 했다. 미국에 있던 팀들이 한국에 도착하면서는 더 정신없는 시간이 계속되었다. 그렇게 잠 잘 시간까지 줄여 가며 열심히 준비를 했고, 그 결과물들이 현실로 드러나는 순간이 되었다.

물론 대회의 엄청난 규모에 비해 대부분의 물량을 게임사에서 직접 혹은 자회사를 통해 집행하고, 진혁의 회사에서는 렌탈, 제작물, 인력, 경호, 베뉴 등 운영에 관한 부분을 담당하기 때문에 매출이 그다지 높은 편은 아니었다. 하지만 매출이나 이익에 대한 부분보다는 드라마틱한 순간에 찾아온 최고의 레퍼런스였기에 약간의 금전적 불충분은 기쁘게 감당할 수 있었다. 진혁은 그동안 이와 유사한 수많은 경험들이 있었고 그때마다 약간의 손해를 보더라도 장기적인 이익을 선택하곤 했다. 물론 모든 선택이 항상 옳았던 것은 아니지만, 소신과 원칙을 지켰던 결과로 지금까지 우상향 그래프를 꾸준하게 그릴 수 있었다.

무려 2주간의 세팅 기간을 거쳐 단 하루뿐인 결승전이 열렸고, 한국에서 5년 만에 열린 대회에 참가하기 위해 전국, 아니 세계 각지에서 관객이 몰려들었다. 대회장인 고척돔 주변은 사람으로 가득 찼고 대부분의 관객은 홈팀인 T1의 우승을 기원하며 빨간 유니폼과 각종 응원도구를 지참했다. 준결승에서 T1은 이미 우승 후보로 꼽히던 팀을 이기고 올라왔기 때문에 대부분의 사람들은 이번 페스티벌의 주인공을 이미 T1으로 생각하고 있었다.

많은 사람들이 일시에 몰리면서 각 출입구에서는 입장하려는 사람들의 줄이 끝도 없이 이어졌지만 모두 일사불란하게 통제에 따르며 큰 사건, 사고 없이 무사히 입장을 완료하였다. 역대 최고 규모의 오프닝 퍼포먼스가 시작되었고, 곧 선수 소개와 함께 경기는 시작되었다. 한국 관중들의 일방적인 응원에 힘입어 결국 T1이 중국 팀을 3:0으로 이기며 결국 3년 만에 우승 트로피를 다시 찾아오게 되면서 현장은 그야말로 축제 분위기에 휩싸였다.

현장 못지않게 온라인에서의 열기도 뜨거웠으며, 결국 역대 최대 시청률을 기록하면서 길고 긴 대회가 성황리에 마무리될 수 있었다. 진혁은 비록 운영 파트를 맡기는 했지만 이런 엄청난 프로젝트의 일원으로 현장에 함께 있었다는 것만으로도 매우 큰 자부심을 가지게 되었다.

한국 고척돔에서 열린 ㄴ드컵의 결승전 현장

2023년 12월 초(창업 89개월)

대회는 성대하게 막을 내렸지만, 진혁의 마음은 그리 편치 못했다. 모든 미디어들도 대회의 성공적 개최를 보도했지만, 정작 내외부적으로 평가가 조금 엇갈렸다. 대회를 준비하는 내내 회사 직원들 간에 다양한 파열음이 발생했다. 그 삐걱거림은 내부의 문제를 넘어서 클라이언트와의 관계에까지 영향을 미쳤다. 제안 당시에는 분명 원팀으로 최고의 퀄리티와 서비스를 하겠다고 약속했지만, 정작 현장에서는 최고는커녕 최악의 퀄리티와 서비스를 제공하게 되었으니 결국 거짓말을 하게 된 셈이다.

진혁이 가장 속상했던 부분은 내부적인 불화를 사전에 인지하여 막지 못한 것이었다. 어느 회사에서나 개인 간, 조직 간 갈등이 없을 수는 없다. 이전에도 이와 비슷한 상황들이 있었지만, 진혁이 사전에 조짐들을 감지하여 갈등이 심화되지 않도록 여러 가지로 손을 쓴 덕에 큰 위기 없이 잘 넘어갈 수 있었다. 하지만 이번에는 손을 쓸 새도 없이 삽시간에 커져 버렸고, 그것이 결국 프로젝트의 퀄리티에도 영향을 미쳐 클라이언트로부터 많은 컴플레인을 받는 지경에 이른 것이다.

회사를 처음 만들 때부터 소통을 가장 강조했던 진혁으로서는 지난 7년을 몽땅 부정당하는 것 같은 좌절감이 들었다. 이 갈등과 분열이 어디서부터 시작됐고, 어떻게 발전되었는지 대략적인 스토리가 그려지면서 많은 후회감이 들었다. 조금 더 적극적으로, 조금 더 세심하게, 조금 더 빠르게 챙기지 못한 스스로에 대한 자책감으로 몇 날 며칠을 끙끙 앓기까지 했다.

대회가 끝나고 2주일 뒤, 2팀의 팀장인 남 부장이 진혁에게 면담 요청을 해 왔다. 진혁은 남 부장이 어떤 이야기를 할지 짐작할 수 있었다. 이미 충분히 마음의 준비를 하고 있었지만 그 시기가 이렇게 빠르고 강력하게 올 줄은 몰랐다. 진혁은 며칠 후 남 부장을 만났고 역시나 반전 없이 2팀 전원 퇴사라는 충격적인 소식을 전해 들었다. 그동안 회사를 거쳐 간 수많은 직원들이 있었지만, 팀 전원이 한 번에 퇴사를 한 건 처음 겪는 일이었기에 그 충격이 더 클 수밖에 없었다.

　진혁은 아무렇지도 않은 척하면서 오히려 퇴사를 결정한 직원들에게 미안한 마음과 위로의 말을 전했다. 마지막 갑작스런 헤어짐이 기왕 헤어짐을 피할 수 없는 상황이라면 최대한 좋은 관계를 유지한 채로 언제든 다시 만날 날을 기약하기 위해서 였다. 너무 아쉽고, 서운한 마음이 들긴 했지만 그래도 함께 있는 동안 서로에게 많은 도움을 주었고, 서로를 성장시킬 수 있었음에 감사한 마음을 가졌다.

2023년 12월 31일 (창업 89개월)

진혁이 회사를 시작하고 7번째 맞는 연말이었다. 7년 전 진혁을 지독히도 괴롭혔던 카운트다운 행사를 이제는 안방에서 TV로 편하게 시청하게 되었다. 그 차가운 거리에서 발에서 땀이 날 만큼 뛰어다니며 40시간이 넘는 시간 동안 뜬눈으로 보냈던 순간을 생각하니 등골이 오싹한 마음이 들었다. 진혁은 행사가 끝나고 집에 돌아와 벗은 양말이 딱딱하게 굳어 있던 기억에 쓸쓸한 미소를 지었다.

지난달 2팀 전원의 동반 퇴사 이후 회사는 약 한 달여간 뒤숭숭한 분위기로 연말을 맞이하게 되었다. 한때 30명까지 늘어났던 직원이 7명까지 줄어 있었다. 대규모 글로벌 이스포츠 대회를 더 이상 유치할 수 없는 상황에서 오히려 잘된 일일 수도 있겠으나 직원 관리에 늘 진심이었던 진혁에게는 매우 큰 충격적인 일이 아닐 수 없다. 하지만 언제까지나 후회만 하고 있을 수는 없었기에 남은 직원들과 어떤 새로운 일들을 해 나가야 할지를 열심히 고민했다.

이스포츠 시장은 더 이상 큰 비전을 바라보기 어려운 상황이었다. 그렇다고 기존에 했던 마케팅 프로모션의 길로 돌아가기엔 이미 너무 오래되어 대부분의 네트워크가 끊어져 있었고, 이스포츠 업무에 익숙해진 직원들도 결코 원하지 않았다. 이러지도 저러지도 못한 채 시간은 야속하게 흘러가고 있었다. 진혁에게 남은 선택지는 많지 않고 빠른 결단이 필요한 상황이었다.

함께 회사를 창업했던 전 본부장은 이미 1년 전 진혁과 원만한 합의를 통해 회사를 독립한 상태였고, 실무의 한 축을 담당했던 남 부장은 최근 자신의 팀원들과 함께 동반 퇴사를 했으니, 이제 남은 사람은 김 부장(창업 당시 김 팀장)뿐이었다. 진혁과 김 부장은 오랜 시간 여러 가지 방안에 대해 논의하였으나 뾰족한 수가 보이지 않는 상황이었다.

"부장님, 지금까지는 우리가 엄청난 행운으로 좋은 사람과 좋은 프로젝트로 잘 버텨 왔는데, 잘 아시겠지만 지금은 정말 버티는 것조차 어려운 상황이네요. 저는 더 이상 회사를 유지하기가 어렵다고 판단이 되는데, 혹시 부장님이 원하신다면 처음 우리가 시작했을 때처럼 최소 인원으로 부장님이 독립을 하고 제가 영업, 자금 등을 서포트하는 방법은 어떨지 한번 고민해 보길 바랍니다."

진혁은 불과 1년 전까지 직원 20명에 130억의 매출을 기록하며 승승장구했던 그때의 자존심 같은 것은 이미 던져 버렸다. 지금은 오직 어떻게 살아남을 수 있을까, 남은 인원들과 어떻게 지속 가능성을 만들 수 있을까 하는 생각뿐이었다.

진혁의 제안을 들은 김 부장은 심각한 고민에 빠졌다. 실무에 대한 자신감은 늘 충만했으나 회사를 운영한다는 것은 또 다른 차원의 이야기였다. 마침 얼마 전 아이가 태어나 새로운 도전을 하기에 여러 가지로 부담이 큰 상황이었다. 무엇보다도 사업 초기에 진혁이 얼마나 힘들었는지 옆에서 모든 것을 지켜본 김 부장으로서는 창업에 대한 의지가 전혀 없는 것이 솔직한 심정이었다.

2024년 1월 18일 (창업 90개월)

며칠 후 진혁은 충격적인 소식을 전해 들었다. 오랜 시간 비즈니스 파트너로 호흡을 맞춰 왔던 방송사가 김 부장과 팀원들에게 스카우트 제의를 했고, 김 부장이 고민 끝에 이직을 결심했다는 것이었다. 진혁의 독립 제안에 대해 한참을 고민하던 중에 마침 방송사에서 온 스카우트 제안에 흔들리지 않을 수 없었다고 김 부장은 진혁에게 솔직하게 고백했다.

진혁이 어느 정도 예상했던 시나리오 중 하나이긴 했지만 막상 그런 일이 현실로 벌어지자 서운한 감정과 미안한 감정이 뒤섞여 좀처럼 감정이 추슬러지지 않았다. 6년 전 갑작스럽게 잠적하여 2주 만에 복귀했던 때와 오버랩되면서 이번 진혁의 제안이 김 부장에게 얼마나 큰 부담이 되었을지 조금은 짐작할 수 있었다. 다만 진혁은 김 부장이 자신을 오해하지 않기를 바라는 마음뿐이었고, 조금 갑작스러운 점은 있지만 어차피 언젠가 헤어질 때가 온다면 지금 이런 방식도 나쁘지 않겠다는 생각을 했다.

그렇게 창업을 시작한 지 정확히 7년 6개월 만에 결국 진혁은 혼자 남게 되었다. 업계의 다른 어떤 회사와 비교해도 정말 굵고 짧게 그 생명을 다한 것이다. 보통 중소기업의 위기가 3년, 5년, 7년 단위로 온다는 속설이 있는데 진혁은 3년과 5년은 비교적 순탄하게 넘겼으나 마(魔)의 7년의 벽에 막혀 주저앉고 말았다.

하지만 진혁은 아쉬워할 새도 없이 남겨진 숙제들을 해결해야만 했다. 모든 직원들이 떠나가고 남겨진 텅 빈 사옥을 채우는 것이 무엇보다 중요했다. 돈을 버는 동안에는 대출이자를 크게 고려하지 않았으나 현재는 처음보다 2배 가까이 상승한 금리를 감당하기엔 매우 큰 부담이었다.

진혁은 빠르게 1층 카페와 협의를 통해 1달의 여유기간을 두고 정리하는 것으로 원만하게 합의했다. 또 2층과 3층에 입주해 있던 지인들은 빠른 시간 안에 다른 곳으로 옮기는 것으로 정리되자 전체 임대와 사옥 매매 문의가 폭주했다. 주변에도 통임대 물건이 많았지만 다행히 진혁의 사옥에 많은 문의가 이어졌다. 그렇게 여러 부동산의 제안을 검토한 결과 유명 방송 프로덕션 회사와 빠르게 통임대 계약을 체결하게 되었다. 그렇게 대출 이자의 압박을 빠르게 해결한 진혁은 크게 한숨을 돌릴 수 있었다.

2024년 2월(창업 91개월)

사업을 하기 이전에도 언제나 그의 인생이 그러했듯, 항상 힘들고 괴로운 일 뒤에는 항상 더 좋은 기회가 따라왔다. 고사성어 속 새옹지마(塞翁之馬)가 곧 진혁의 삶 그 자체였던 것이다. 그 힘듦을 견디지 못하고 쉽게 포기했다면 절대 잡을 수 없었던 수많은 기회들이 있었다. 그런 긍정적 마인드를 가졌기에 좋은 기회가 따라온 건지, 좋은 기회가 따라오니까 긍정적인 마인드가 된 것인지는 알 수 없었다.

하지만 하나 분명한 사실은 스쳐 가는 사람들과의 수많은 '인연'과 '연결'들 속에서 어떤 인연이 도움이 될지 어떤 인연이 나에게 해를 끼칠지 그 당시에는 알 수가 없다는 것이다. 때로는 10년 전의 인연이, 때로는 5년 전의 인연이, 때로는 어제 만난 인연이 나에게 엄청난 행운을 가져다줄 수도 있고, 나락으로 인도할 수도 있다. 기회라는 녀석이 후줄근한 노인의 모습일지, 멀끔하게 차려 입은 청년의 모습일지 우리는 결코 미리 알 수가 없다. 후배이건, 하청업체 직원이건, 경쟁자이건, 그런 세상이 정한 질서는 언제고 뒤집어질 수 있는 관계이다. 세상에 영원한 것은 없다. 진혁은 오늘 우리에게 찾아온 인연을, 그 소중한 연결을 항상 감사한 마음으로 최선을 다하고 나서 혹시 모를 행운을 기다려야 한다고 다시 한번 다짐했다.

Epilogue(2024년 3월 1일)

 2016년부터 2024년까지. 우리는 지옥(地獄)으로 시작해서 사옥(社屋)에까지 간신히 이르렀다. 숱한 위기를 버텨 내고 간신히 오른 곳인데 마냥 기뻐할 수만은 없는 상황이다. 7년이 넘는 시간 동안 우리는 너무 강도 높은 롤러코스터를 경험했다. 더 이상 물러날 곳이 없어 좌절하고 있을 때, 한 줄기 희망의 빛이 내려왔고, 이제는 마음을 놓아도 되나 싶었을 때, 최악의 상황이 우리 앞에 펼쳐졌다. 본문에서도 몇 번이나 표현했지만 드라마를 이렇게 쓴다면 너무 뻔한 클리셰라고 욕을 먹었을 것이다. 그만큼 우리는 용광로와 북극 빙하를 수십 번 오갔고, 그럴수록 우리는 그 담금질을 통해 더 단단해졌다.

 처음 이 글을 브런치에 연재한 것이 2021년이다. 그 당시만 해도 우리는 코로나 위기를 견디고 있는 중이었고, 연재를 거듭하면서 회사는 다시금 안정을 찾아 나가던 시기였다. 그래서 당연히 이 글의 마지막은 해피 엔딩 혹은 해피 엔딩으로 가는 길 어디쯤일 거라고 굳게 믿고 있었다. 그렇게 브런치 연재를 끝내고 한참이 지나서도 그 믿음에는 변함이 없었다.

 그렇게 연내 출간을 목표로 열심히 글을 다듬어 나가던 중 2023년 말부터 2024년 초까지 폭풍 같은 롤러코스터와 함께 회사는 다시 나락으로 떨어지고 말았다. 전혀 예상하지 못했던 결말이었다. 그러는 사이 직원들도 모두 떠나가고 혼자 남게 되었다. (사실은 경리 직원이 한 명 남아 있지만, 극적 효과를 위해 혼자라고 표현한 것임) 물론 그 전에 모아 놓은 자금을 잘 운용한 덕에 당장 먹고살 걱정은 하지 않아도 될 형편이긴 하지만 신

바람 나게 승승장구하던 시절은 이제 더 이상 찾을 수 없게 되었다.

인생에 언제나 꽃길만 걸은 건 아니었다. 창업부터 현재에 이르기까지 수많은 갈림길(crisis)에서 항상 남들과는 다른 힘든 길을 선택했고, 다행히도 항상 그것은 나를 성장시켜 주는 계기가 되었다. 모든 기회에서 중심이었던 것은 항상 '사람'이었다. 그 '사람'을 통해 '연결'이 되고, 그 '연결'을 통해 '미래'로 나아갈 수 있었던 것이다.

그런 나의 노력에도 불구하고, 나를 떠나가는 '인연'은 늘 생겨났다. 그럴 때마다 '회자정리 거자필반(會者定離 去者必返)'의 마음으로 아름다운 이별을 하기 위해 애썼다. 비록 지금은 나를 떠나가는 '인연'이지만 언제, 어디서 어떤 모습으로 다시 만날지 아무도 모르기 때문이다. 꼭 그런 의미가 아니더라도 오랜 시간 나와 함께 인연을 맺어 왔던 사람들에 대한 최소한의 예의이기도 하다.

지금부터 다시 시작될 나의 인생 2막에서는 지금까지와는 전혀 다른 국면이 펼쳐질 것으로 예상된다. 현재 나의 상황에 맞게 빠르게 계획을 수정하여 한 걸음씩 또 나갈 예정이다. "누구나 그럴싸한 계획을 가지고 있다. 나한테 쳐 맞기 전까지는…"이라는 마이크 타이슨의 명언처럼 나는 또 죽도록 쳐 맞으면서 세상을 배워 나갈 것이다. 한 대도 맞지 않고 앞으로 나갈 수는 없다. 2대 맞고 3대 때리면 그게 이기는 것이고, 그게 나의 방식이다.

아쉽게도 이 소설은 열린 결말로 마무리할 수밖에 없다. 혹시 또 3~4년 뒤에 개정판이 나온다면 그때는 또 다른 제목의 소설로 바뀌어 있을 수도 있다.(예컨대, '지옥에서 사옥 찍고, 다시 지옥까지'라거나…) 그 결과와 관계없이 나는 언제나처럼 최선을 다하며, 좁디좁은 틈새를 비집고 기필 코 다시 올라갈 것이다. 새로운 롤러코스터로 갈아타고, 새로운 스릴을 만나기 위해 다시 출발선으로 이동하고 있다. 기대하시라, 개봉박두!

Part II

중소기업 극한 생존기
- 중소기업 대표의 흔한 착각

how factory

'중소기업이니까 이 정도는 괜찮을 거야.'
'중소기업이니까 이런 건 어차피 불가능해.'
'중소기업이니까 직원들도 이해해 주겠지.'

　많은 중소기업 대표들에게서 흔히 들을 수 있는 말인데, 그것은 그들의 비겁한 변명이고 아주 큰 착각이다. 나중에 회사가 더 크게 성장하면 잘해 줄 거라는 그 뻔한 거짓말을 믿는 직원은 없을 것이다. 중소기업 창업 후 5년 동안 살아남을 확률은 고작 26%. 이 챕터에서는 이 전쟁터 같은 사회에서 살아남기 위한, 아주 기본적인 상식과 철학에 대해 이야기해 보려고 한다.

　'대한민국의 수없이 많은 중소기업 중 내 회사가 살아남기 위해서는 무엇이 가장 중요할까?'라는 질문에 나는 주저 없이 '직원'이라고 답할 수 있다. 물론 '영업'도 중요하고, '관리'도 중요하지만 무엇보다 '믿을 만한 직원'이 없다면 비즈니스는 영속하기 어렵거나 아주 작은 규모에 머물 수밖에 없다. '그럼 믿을 만한 직원은 어떻게 만드는 것인가?' 이 질문에 대한 대답을 나의 경험담을 중심으로 적어 볼까 한다. 물론 여기 나열하려는 사례들은 나에게 국한되는 케이스일 수도 있고, 자칫 역효과가 날 수도 있으므로 무조건 따라 해서는 안 된다. 이런 사례를 바탕으로 내가 처한 상황과 환경에 맞도록 잘 다듬어 자신만의 철학과 중심을 세우는 소재가 되기를 바라는 마음으로 글을 적어 본다.

* P.S : 2024년 이전 회사가 한창 정상적으로 운영 중이던 시기에 쓴 글이 다수 포함되어 있어 시점이나 표현 등을 감안하여 읽어 주기를 바라는 바이다.

지옥에서 사옥까지

EP-01 : 시스템, 도대체 뭐시 중헌디?

2002년부터 시작된 나의 첫 사회생활은 13인의 중소기업이었다. 여느 중소기업이 그러했듯 회사는 직원에게 아무것도 설명해 주지 않았다. 회사의 철학이나 비전은 차치하고, 업무의 프로세스나 기본적인 규칙조차 알려 주지 않았다. 정확히 말하면 알려 주지 '않은 것'이 아니라, '못한 것'이 맞는 표현이다. 왜냐하면 그런 것이 존재하지 않았으니까.

신입사원이었던 나와 동기들에게 새로운 업무를 부여하면서, 기존에 했던 행사 운영 매뉴얼과 인터넷 서칭을 통해 '자기주도업무(?)'를 하도록 방관하는 식이었다. 사실 그 당시 우리는 그것이 잘못되었다고 생각하지 않았다. 비교할 회사가 없었고, 주변을 물어봐도 대부분 그런 식이었기 때문에 당연하게 받아들였다. 당시 회사의 여자 대표님은 좀 깐깐한 편이었지만 그렇게 나쁜 사람은 아니었다. 자기 일에 대한 욕심이 많고, 자기애가 높다는 점 정도가 단점이라면 단점이랄까. 직원들의 업무 환경이나 복지에 대해서는 그다지 관심이 없는 편이었다.

1년 후 들어간 두 번째 회사도 역시 14~15인의 중소기업이었고, 상황은 크게 다르지 않았다. 아는 선배님이 다니던 회사였기에 적응하는 데는 어렵지 않았으나, 회사의 시스템은 그야말로 낡고 부실하기 짝이 없었다. 일명 '두꺼비'라 불리던 회사의 대표님은 S전자 홍보팀 출신으로 회사는 주로 S전자의 일을 많이 했다. 직원들은 그저 주어진 업무를 묵묵히 수행했으나 회사가 아무리 돈을 벌어도 직원들에게 돌아오는 것은 항상 '두꺼비'의 앓는 소리뿐이었다.

잠깐의 자영업을 경험한 후, 세 번째로 들어간 회사는 그래도 좀 규모가 있는 80~100명의 중소기업이었다. 이 회사는 이벤트/프로모션이라는 업종을 최초로 만든 곳으로 큰 규모에 맞게 대우도 나쁘지 않았고, 대형 프로젝트에 대한 경험을 많이 할 수 있는 장점이 있었다. 기존 소규모 회사와는 달리 5~7명의 경영지원부가 회사의 규칙과 시스템을 만들어 운영하면서, 나름 체계적으로 운영되었다. 하지만 그 체계적이라고 하는 것이 대부분 회사의 입장에서 직원들의 행위를 규제하는 것들이 많았고, 정작 직원들의 편의와 복지에 대한 부분은 생색내기용으로 아주 조금 포함되어 있을 뿐이었다.

실제로 업무적인 부분을 보자면 여전히 매뉴얼은 존재하지 않았고, 많은 사람들이 있는 만큼 개성이 강한 고참들이 많았다. 요즘 말로 하면, '꼰대'를 넘어 '빌런' 수준의 고참들이 참 많았던 것으로 기억한다. 고성과 폭언, 잦은 회식, 습관성 야근, 각종 희롱, 협력사 갑질 등 나쁜 일들을 잘 해야 오히려 위에서 인정을 받는 폐습이 만연했다. 소수의 정상적인 고참들도 있었지만, 결국 후배들 역시 다수의 '빌런'들에게 배운 행동을 그대로 실천해 나갔다.

그러다 회사 내 한 개 본부가 자회사의 개념으로 독립을 했다. 인원은 20명. 대표님의 성향이 앞서 얘기한 '빌런' 쪽이 아니었기에 나와 직원들은 기꺼이 합류했다. 회사 분위기가 기존의 회사와는 다르게 화기애애하다 보니, 회사는 시작부터 좋은 실적을 거두면서 창립 첫해부터 소프트 랜딩에 성공했다. 하지만 나의 기대와는 달리 좋은 사람들만 가득할 뿐, 시스템과 체계를 확립하려는 의지가 없었다. 심지어 내가 자발적으로 그 시스템의 틀을 마련하겠다고 나섰음에도 회사에서는 쓸데없는 짓 하지

지옥에서 사옥까지

말라며 나를 적극적으로 만류했다.

대부분 즉흥적인 감정에 따라 특정인들에게 편중된 복지와 혜택이 결정되고, 연봉협상에는 정확한 기준이 없었다. 회사가 이익을 내도 결국 직원들에게 돌아오는 인센티브는 없거나 미약한 수준에 불과했다. 회사의 남모를 속사정이 있었겠지만 대부분의 살림을 도맡아 했던 내가 모르는 속사정이라는 게 과연 무엇이었는지 궁금한 채로 회사 생활을 마감해야 했다. (현재도 이 회사와는 여러 가지로 연이 닿아 있기에 더 이상의 설명은 생략한다.)

13명부터 100명까지 다양한 규모의 중소기업을 4군데를 경험한 결과 각 회사별로 장단점이 명확하지만 공통적인 부분이 바로 체계가 없다는 것이다. 시스템이 있다고 해도 매우 형식적이거나, 앞서 말한 대로 회사의 입장을 대변한 것에 불과했다. 취업 포털 사이트 '잡플래닛'에서 중소기업들의 리뷰를 보면 '체계가 없다', '주먹구구식이다', '한두 명의 기분에 따라 분위기가 좌지우지된다'라는 평가가 거의 대부분이다. 심지어는 '잡플래닛'을 검색해도 역시나 비슷한 내용의 평가가 올라와 있는 아이러니를 발견할 수 있다.

중소기업이니까, 대기업이 아니라서 그냥 그런 체계를 구축하지 않아도 괜찮은 것일까? 그것이 면죄부가 될 수 있을까? 일단 나의 답은 '아니오'이다. 하지만 현실적인 부분을 생각하지 않을 수가 없다. 자본과 시간과 인력이 충분치 않으므로 어떠한 체계를 잡는다는 것이 사실상 어려울 수 있다는 생각을 먼저 하게 된다. 그런데 체계를 만든다는 것을 상당히 어렵고 복잡하게 생각하고 애초에 포기해 버리는 경우가 많다. '중소기업인데, 뭘 바라? 어쩔 수 없는 거잖아. 싫으면 대기업 가면 되지' 하고 대표자가 스스로를 납득시켜 버린다.

처음 3명으로 회사를 시작했을 때, 가장 먼저 한 것이 우리만의 연봉계약서를 만드는 일이었다. 인터넷에서 흔하게 다운로드 받을 수 있는 그런 계약서 말고, 우리의 비전과 약속이 포함된 그런 계약서. 언제 실현될지는 모르지만 그런 날이 온다면 정확한 계산을 통해 인센티브와 복지와 이익 배당을 할 수 있도록 약속하는 내용을 포함했다. 물론 직원들의 의무와 할 일에 대해서도 함께 포함을 했다.

이후 직원이 7명을 거쳐 12명이 되었을 때, ⟨rule book v. 1.0⟩을 만들어 회사의 철학과 비전, 세부적인 운영 방침에 대해서 매우 디테일하게 정리해서 직원들에게 브리핑하고 공유했다. 직급 체계, 조직 체계, 인센티브 제도, 근태 및 연차 제도, 복리후생 제도, 업무 환경 관리, 복지 제도, 기타 각종 관리 체계 등으로 구성된 20페이지짜리 규정집으로, 2023년까지 이 ⟨rule book⟩은 v. 5.0까지 업데이트되었다.

이것은 회사가 직원들에게 하는 자세한 설명이기도 하지만 반드시 약속을 지키겠다는 다짐이기도 하다. 회사의 경영상태가 최악의 상황으로 가지 않는 한, 꼭 지켜 내겠다는 의지를 담아 한 글자, 한 글자 신중하게 작성을 했다. 나중에 쉽게 변경하거나 철회하는 일이 없도록 말이다. 대부분의 직원들은 이 ⟨rule book⟩을 버전별로 다운을 받아 어떤 것들이 변했는지 매번 비교하면서 공부한다. 그중에 자신들이 실제로 활용하거나 받을 수 있는 혜택들을 체크하여 유용하게 써먹는다.

또한 업무 외적인 스트레스를 최소화하기 위해 보고 및 결재도 최소화하였고, 모든 결재를 전자로 할 수 있는 그룹웨어를 통해 진행했다. 직원들의 원활한 업무 진행을 위해 협력사 결재나 물자 구매 등은 까다로운 절차를 생략하고 최대한 빠르게 지원할 수 있도록 경영지원부가 최대한 팔로업했다.(다수의 중소기업 평가에서 이 '경영지원부'가 직원들의 업무 수행에 제동을 거는 이른바 '경영참견부'라는 오명을 얻고 있는 게 대다수 중소기업의 현실이다.)

물론 이렇게 나름 빈틈없이 준비를 한다 해도 대기업의 시스템에는 한참 모자랄 수밖에 없다. 대기업을 다녀 보지 못했으므로 그들의 시스템을 완벽히 이해할 수 없으나, 최소한 직원으로 살아온 15년의 경험을 바탕으로 직원들이 진짜 원하는 것을 선별하여 회사의 재력이 허락하는 한 최대한 지원하기 위해 매일매일 고민하고 수정했다. 대표자의 기분에 따라 혜택이나 복지가 바뀌는 것이 아니라 항상 일정한 기준을 만들기 위해 최선을 다하는 것이다. 왜 이렇게까지 하느냐고, 왜 그렇게 피곤하게 사냐고 간혹 주변에서 핀잔을 듣기도 하지만 회사의 가장 중요한 직원들이 중소기업인 우리 회사를 선택한 것에 대해 확실하게 답을 주고 싶어서였다.

카페 하나를 운영하더라도 손님이 그 수많은 카페를 두고서 하필 왜 우리 카페에 와야 하는지 그 답을 줘야 하는데, 회사는 더욱 그래야 한다고 생각했다. 물론 우리도 직원들에게 100점짜리 정답을 제시했다고 생각하지는 않는다. 다만 남들이 50점 미만이니, 우리는 70점 정도만 하고 있어도 잘하는 거 아니냐며 안주하고 싶은 생각은 추호도 없다. 사회적 분위기, 회사의 상황 등에 맞춰 지속적으로 업그레이드해 나가며 100점을 향해 끊임없이 노력해야 이 정글 같은 중소기업 바닥에서 간신히 살아남을 수 있을 것이다.

EP-02 : 중소기업 복지, 어디까지 해 봤니?

중소기업이 대기업과 가장 다른 것을 꼽아 보라면 바로 시스템, 임금, 복지가 아닐까 싶다. 중소기업은 애초에 보유하고 있는 재원이 대기업과 비교도 할 수 없을 정도로 열악하기 때문에 여러 가지 격차를 극복하기가 어려운 것이 사실이다. 그래서 대부분의 중소기업 대표님들은 "우리는 중소기업이니까 대기업처럼은 못 해"라고 스스로 포기해 버리는 경향이 있다.

하지만 천신만고 끝에 회사가 높은 매출을 기록하며 승승장구를 해도 그 마음이 변할 가능성이 매우 희박하다. "중소기업의 영업 환경이 얼마나 열악한 줄 알아? 돈 벌었을 때 열심히 아껴 놔야 위기가 오면 버틸 수 있는 거야"라며 비겁한 변명을 한다. 누가 그 말에 반기를 들 수 있을 것인가. 정확히 얼마를 벌고, 얼마가 남고, 얼마를 비축하겠다는 건지 직원에게 알려 줄 의무는 없다.

그런 대표들의 말이 전혀 틀린 말은 아니다. 중소기업의 영업 상황은 항상 외부 요인에 쉽게 흔들리기 쉽기 때문에 불필요한 지출은 줄여 가면서 잘 핸들링하는 것이 중요한 것은 사실이다. 하지만 그 '불필요한 지출'이라는 것에 어떤 것들이 포함되는지는 전적으로 대표님들의 마인드와 철학에 달려 있는 것이다.

예를 들면 안전이나 복지, 처우, 성과급, 근무 환경 개선 등이 '불필요한 비용'인지, 대표자의 외제차와 골프채, 자녀의 노트북, 유학비가 '불필요한 비용'인지 그 기준을 정하는 것은 전적으로 대표자의 몫이다. 정말 회사가 어려울 때는 대부분의 직원들도 피부로 느낀다. 그런데 입으로만 하소연하며 뒤로는 개인과 가정의 복지에만 열을 올리고 있다면 어지간히 눈치 없는 사람이라도 바로 알 수 있다.(대표자 스스로만 그 사실을 모를 뿐)

앞서 말했듯이 나는 우리 회사만의 〈rule book〉을 창업 초기부터 만들어서 직원들에게 공유했다. 이것은 회사 생활의 일정한 규칙을 만들기 위해서 만들어진 것이기는 하나, 직원의 의무보다는 직원의 혜택(=회사의 의무)을 중심으로 작성이 되었다. 물론 우리도 처음에는 중식을 제공하는 것 정도 외에는 복지라고 할 만한 것이 없었다. 하지만, 그 당시에도 회사의 매출 성장세에 따라 복지와 혜택을 업그레이드하겠다고 '문서'로 약속을 한 셈이다.

2018년에 회사가 처음으로 큰 프로젝트를 성공적으로 수행을 하여 안정적인 궤도에 올라서자 가장 먼저 했던 일이 근무 환경 개선과 복지 제도 업데이트였다. 가장 먼저 좁디좁은 첫 사무실을 떠나 2배 이상의 면적을 가진 사무실로 이전을 하였고, 더불어 각종 업무 환경을 개선했다. 안마 의자, 스타일러, 휴게 공간, 방음이 되는 회의실 등 직원들이 필요로 하거나 원하는 것들을 중심으로 개선을 했다. 그와 더불어 직원들에게 실질적인 혜택이 될 만한 복지 및 인센티브 제도를 개선했다. 그중 일부 제도를 소개해 볼까 한다.

인센티브

당기 순이익의 15%를 모든 직원에게 인센티브로 제공했다. 연봉에 따라 비례하긴 하나 지급 퍼센트는 전 직원 동일하게 지급된다. 2020년처럼 코로나로 인해 회사가 적자를 기록하여, 부득이하게 직원들에게 양해를 구하고 약간의 특별 보너스 개념으로 지급하기는 했으나 그전까지는 약속한 비율 이상으로 철저히 이행하였다. 또한 영업 인센티브, 전 직원 평가로 선발하는 우수 사원 인센티브 등 다양한 인센티브를 제공했다.

또한 2021년 이후 2023년까지 회사가 다시 정상궤도에 올라서자 다시 200~400%까지 인센티브를 지급하며 직원들의 노고에 조금이나마 보답을 했다.

중식대 제공

이걸 복지라고 하기엔 조금 민망한 감이 있으나 직급 관계없이 밥 한 끼 눈치 보지 말고 먹자는 취지로 창업 첫해부터 도입한 제도다. 직원이 많아짐에 따라 한때 다소 부담스러운 금액에 이르기는 했지만 그래도 씩씩하게 지급했고, 2021년부터는 연봉 외에 중식대를 별도로 급여에 포함하여 지급했다.

경조사/기념일 지원금

이것은 누구가 다 하는 것일 테지만 경사(결혼, 출산, 칠순)와 조사에 조금이나마 보탬이 되도록 50만원~100만원을 지급했다. 또한 생일과 명절 상품권 지급과 더불어 우리 회사의 자랑거리 '어버이날 효도 지원금'을 부모님 통장에 직접 송금하여 부모님들의 열렬한 지지를 받았었다.

청년 내일 채움 공제

아는 사람은 다 안다는 '청년 내일 채움 공제' 가입. 이것은 딱히 우리 회사만의 혜택은 아니지만, 한 달에 회사 부담금 20만원은 적지 않아 다수의 중소기업에서 시행하지 못하는 것으로 알고 있다. 이 '청년 내일 채움 공제'는 개인이 매달 12만원을 내면, 회사가 20만원, 정부가 30만원을 지원하여 월 62만원을 5년간 불입하여 만기까지 근무 시, 직원은 3천만원 이상을 받을 수 있게 된다. 이 제도를 적극 활용하여 훌륭한 인재들의 근속 기간을 늘리는 데 많은 도움을 받았다.

자기 계발 지원금

월 5만원 한도로 업무 연관성과 상관없이 자기 계발에 소요되는 비용을 지원해 주었다. 초기에는 야근이 많아 많이 이용하지 못했으나 코로나 이후 야근하는 일이 대폭 줄어들어 많은 직원들이 기타 레슨, 댄스 레슨, 영어 강의, 골프 레슨 등 다양한 장르의 자기 계발 프로그램을 이용했다.

장기근속 포상

중소기업 특성상 오랜 시간 머물기가 쉽지 않다. 그래서 3년 이상, 5년 이상, 10년 이상 근속자들에게 다양한 포상을 제공했다. 3년의 경우 순금 3돈, 5년의 경우 유급 휴가 + 휴가비 100만원 등 근속을 유도하기 위해 이 제도를 시행했다. 한때 내가 예상했던 것보다 근속자가 많아지고, 금값도 미친 듯이 올라 즐거운 비명을 지르기도 했다.

넥스트 펀딩

차량 구입, 월세 보증금, 전세 보증금, 결혼 자금, 주택 매입 등 생활에 꼭 필요한 항목에 한하여 약간의 자금을 1%대 저렴한 이자로 대출해 주

고 원리금 분할 상환으로 부담 없이 갚을 수 있는 제도이다. 무제한 대출
이 아니고 최대한도를 정해 놓았기 때문에 아주 큰 금액은 아니지만 은행
에서 빌릴 수 없거나 부담되는 이자비용을 절감할 수 있는 제도로 적지
않은 직원이 이용했던 제도다.

물론 이 밖에도 많은 복지 혜택이 있었지만 굵직한 것들만 간단히 소
개해 보았다. 중소기업에 입사를 하면서 대기업의 처우를 바라는 사람은
드물 것이다. 불가능한 것은 아니지만 현실적인 어려움이 있다는 것 정
도는 다들 잘 알고 있기 때문이다. 하지만 대표자들이 중소기업이니까
안 된다는 편견을 스스로에게 씌울 것이 아니라 중소기업이니까 어떤 것
을 할 수 있는지, 각자 회사의 사정에 맞게 적은 비용이지만 직원들에게
는 큰 감동을 줄 수 있는 다양한 자신들만의 아이디어를 실현한다면 대기
업 못지않은 만족도를 얻어 낼 수 있을 것이라 확신한다.

EP-03 : 지랄한다고 달라지지 않아

2023년 기준 직장생활을 시작한 지 벌써 20년이 넘었다. 그중 40%는 사원-대리 실무자로, 35%는 차장-부장 관리자급으로, 25%는 CEO로 활동을 했다. 그 20년이 넘는 사회생활을 하면서 눈에 띄게 일을 잘한 것은 아니지만, 단언컨대 회사에서 큰소리를 낸 것은 세 손가락 안에 꼽을 수 있다. 후배 직원이나 협력사를 모두 포함해서이다. 기억에 남는 '빡침' 포인트가 명확하게 기억이 난다. 협력사에게 1번, 직원에게 2번.

대리, 차장으로 활동했던 시기 100명 규모의 나름 이름 있는 중소기업에 다닐 때에 참으로 요상한 고참들이 많았다. '지금까지 이런 회사는 없었다. 이곳은 군대인가, 회사인가.' 여기저기서 고성이 오가고, 살벌한 말들이 귓가를 어지럽혔다. 다행히 내가 속한 본부는 그나마 상대적으로 평화적인 본부여서 욕을 덜 먹기는 했다. 우리 본부에도 한 명의 '빌런'이 있었으나 소수인 관계로 제대로 기를 펴지 못했다.

주정뱅이 아버지에 주정뱅이 자식들이 나온다고, 그렇게 치를 떨던 후배들은 관리자급으로 올라가기가 무섭게 배웠던 스킬들을 시전한다. 이른바 '완장질'은 처음이 어렵지 한번 하고 나면 그 효능감에 자연스레 빠지게 된다. 좋은 말로 설득하는 데 걸리는 시간이 1시간이면, 큰소리로 윽박지르면 10분도 안 걸려 금방 해결이 되기 때문이다.

'똥이 무서워서 피하냐, 더러워서 피하지.'

그런데, 과연 진짜 해결이 된 걸까? 나는 절대로 아니라고 생각했다. 그 앞에서는 빠르게 상황을 모면하기 위해 다 이해한 것처럼, 진짜 잘못한 것처럼 행동하겠지만 당사자는 99%의 확률로 억울하다는 생각을 가질 것이고, 뒤에 가서 엄청난 뒷담화의 향연이 벌어질 것이다. '꼰대'라는 말이 고상하게 들릴 정도로 악질 '빌런'들이 참 많았다.

애초에 그들은 존경받고 싶은 마음이 전혀 없겠지만, 어찌 되었건 저런 상사를 존경할 사람은 없을 것이다. 자기에게 더 좋은 기회가 주어진다면 언제든 탈출할 궁리만 하게 되고, 자연히 회사 업무에 소홀해질 수밖에 없다. 그러다 정말 좋은 자리가 나면 미련 없이 털고 떠난다. 그렇게 회사는 또 좋은 인재를 잃고 후회하게 되는 악순환에 빠진다.

그렇게 지랄해서 얻은 결과는 겨우 후배들의 탈출 본능을 북돋아 주는 것이다. 일 잘하는 동료가 떠나가고 나면 남은 자들의 힘겨움은 이루 말할 수 없다. 반성을 하기는커녕 더 악랄하게 업그레이드되는 것이 빌런의 기본 속성이므로…. 그저 탈출한 자를 보며 부러움과 원망의 세월을 보낼 것이다.

이솝우화 〈해님과 구름〉의 이야기는 현실에도 마찬가지로 적용된다. 지랄을 퍼붓고 나면 금방 고쳐지는 것 같겠지만 마음의 문을 점점 더 굳게 닫아 버린다. 욕먹을 것이 두려워 사소한 실수를 감추게 된다. 그러한 사소한 것들이 모여 결국 큰 화가 되기도 한다. 그렇게 누적된 스트레스는 언젠가 터지게 마련이다. 그게 탈출이든, 반항이든, 밀고든….

내 경우에는 아예 접근 방식을 달리했다. 일단 실수가 발생하지 않도록 초기단계에서부터 충분히 시뮬레이션을 하는 것이다. 그리고 설령 실수가 있다 하더라도 빠른 수습을 최우선적으로 한다. 돈과 시간이 얼마나 들어가건 간에 잘잘못을 따지기에 앞서 더 돌이킬 수 없이 되기 전에 선수습 후분석이 원칙이다. 수습을 한 이후에는 원인을 분석한다. 이때도 당연히 원인 분석이 우선이지, 누가 잘못했는지 책임 소재를 가리기 위함이 아니다. 회사를 움직이는 건 조직이고, 그 조직이 잘 굴러갈 수 있도록 회사가 시스템을 만들어야 하는 것이다.

따라서 개인이 실수를 했다는 것은 조직의 잘못이고, 그것은 곧 회사의 책임이 되는 것이다. 개개인들이 그 실수를 통해서 회사에 얼마나 손해를 입혔는지보다는 얼마나 더 성장할 수 있는지를 보는 안목이 필요하다. 다만 같은 실수가 반복이 되거나, 상식적인 수준에서 이해가 되지 않는 실수라면 따져 물을 수 있다. 개인이 아닌 조직에게 묻는 것이다.

서두에 내가 20년 동안 화를 낸 적이 3번이 있다고 했다. 그중 한 번이 협력사 대표였는데, 그 협력사는 우리가 원래 일하던 회사가 아니라 광고주가 찍어 준 소위 '낙하산' 협력사였다. 인력수급을 담당하는 회사인데 자꾸 상식에 어긋나는 이야기를 했다. 그래도 광고주 입장을 고려하여, 적당히 조율하며 가려고 했지만 그럴수록 더 막장으로 가는 것은 물론이거니와 직접적으로 우리 직원들에게 역갑질을 하는 모습을 보고는 도저히 참을 수가 없어서 전화로 심하게 언성을 높여 이야기했다. 이런 '앵그리 진절'을 처음 본 직원들은 당황할 수밖에 없었지만 사이다라며 통쾌해했다.

다 큰 성인들에게 지랄한다고 달라지지 않는다. 반발심과 적개심만 유발할 뿐 아무것도 나아지지 않는다. 끊임없이 설명하고 설득하며 방법을 찾아 나가는 게 어른스러운 방법이다. 그러다 한계점에 도달했을 때 조용히 연을 끊으면 그만인 것이다. 이제 시대가 바뀌었다. 피붙이도 아니고 지랄까지 해 가며 사람 만들어 보겠다는 알량한 꼰대질과 오지랖은 부디 이제 그만.

EP-04 : 사람 잘 뽑는 비결

"아니, 그 회사는 도대체 그런 사람들을 어디서 잘 뽑는 건가요?"

일전에 모 클라이언트로부터 실제로 들은 말이다. 우리 회사는 총 3개의 실무팀이 있었는데 프로젝트에 따라 어느 팀, 어떤 담당자와 일을 해도 소위 구멍이 없다는 의미였다. 물론 대표인 나에게 듣기 좋은 소리를 했을 수도 있겠지만 어찌 되었건 아예 없는 말은 아닐 것이고, 나로서는 최고의 칭찬을 들은 셈이다. 그 말을 들은 나는 직원들을 한 명씩 돌아보았다. 그의 말처럼 한 명, 한 명이 전부 믿음직한 직원들뿐이었다. 직급과 성향에 따라 업무의 역량은 차이가 있지만 모두 직급 이상의 퍼포먼스를 내주는 직원들이다.

사실 사람을 잘 뽑는 특별한 비법이란 것은 없다. 우리 회사를 찾아온 다양한 사람들 중에서 빠른 시간 안에 정확한 판단을 하여 잘 걸러 냈기 때문에 그나마 좋아 보이는 인재들만 있는 것 같은 일종의 착시 현상일 수도 있다. 그럼에도 불구하고 몇 가지 이유를 적어 보자면,

첫째, 우리 회사의 업종과 연관이 되어 있다. 우리는 처음 이벤트/마케팅 기획사로 시작을 하였으나, 2018년부터 이스포츠 대행 업무를 주로 하였다. 국내에서 가장 큰 규모의 이스포츠 행사를 전담하다 보니, 이스포츠에 관심이 많은 청년들이 지원을 하는 경우가 대부분이다. 실제로 자신들이 좋아하고 관심이 있는 업무를 직접 하게 되니, 업무에 대한 만족도가 타 회사에 비해 상대적으로 높을 수밖에 없는 것이다.

둘째, 약 7년여의 시간 동안 우리 회사를 거쳐 간 사람이 족히 50명이

넘는다. 사람을 채용할 때 최대한 면접 단계에서 좋은 인재를 택하기 위해 노력하지만, 사람의 일이라는 게 내 맘대로 잘 안 될 때도 많다. 막상 함께 일을 시작하고서 면접 때와는 달리 본모습을 드러내는 경우에 최대한 교육과 설득으로 다시 기회를 제공하지만 잘못된 습관을 포기하지 못하면 결국 단호하게 이별을 고한다. 고약한 바이러스는 쉽게 전파되기 때문에 빠르게 정리하지 못하면 큰 낭패를 볼 수 있기 때문이다. 그러니 남들이 보기엔 좋은 인재들만 있는 것처럼 오해하기 쉬운 것이다.

셋째, 직원들을 존중하는 마음이다. 우연히 좋은 인재를 만났다 하더라도 회사가 그 인재를 그저 고용주와 피고용주의 관계로만 대하거나 혹은 회사가 돈을 주고 부리는 사람 정도로 치부한다면 좋은 인재들을 놓치고 후회하게 될 가능성이 높아지는 것이다. 회사는 직원에게 좋은 이미지를 주기 위해 끝없는 '밀당'을 해야 한다. 그래야 직원들도 회사의 배려에 화답하며, 실력 이상의 퍼포먼스를 낼 수 있는 것이다. 회사는 성과에 따른 명확한 보상과 직원의 인격을 존중하는 자세가 직원들의 자발적 노력을 이끌어 낼 수 있는 유일한 방법이라고 할 수 있다.

그러다 그 '밀당'의 균형이 무너질 경우 회사를 떠나거나, 혹은 반대로 눈물을 머금고 회사는 직원을 떠나보내야만 한다. 물론 최종 결정이 나기 전까지는 그저 최선을 다해서 노력해야 하지만 아니다 싶을 때는 과감하게 놓아주는 게 서로를 위한 마지막 배려인 것이다. 고용인과 피고용인 이전에 우리는 모두 대등한 사람이기에 기본적으로 상대를 존중하는 마음이 기본이 되어야 한다.

우리 회사의 〈rule book〉에 이런 내용이 포함되어 있다.

선배라고 후배들에게 막말을 하거나, 부당한 지시를 하거나, 사적인 심부름을 시키는 등의 행위는 절대 있어서는 안 된다. 옛날식으로 일명 '까라면 까는 식'의 상명하복 문화는 최소한 우리 회사 내에서는 존재하지 않았다. 팀과 조직으로 움직여야 하는 일의 생리상 지시를 내리거나 질책을 하는 경우는 있을 수 있다. 그것이 업무적인 정당성을 가졌을 경우에만 해당된다. 호칭만 조심해도 말하는 톤&매너가 달라짐을 알 수 있다.

그리고 우리 협력 회사들에 대한 갑질 또한 절대 금지 항목 중의 하나이다. 설령 그 협력회사가 잘못을 하거나 부당하게 업무를 이행하지 않을 경우에도 화를 내거나 짜증을 내는 일은 절대 없어야 한다. 간혹 직원들의 불만이 발생하기도 했다.

"저쪽 회사에서 잘못한 게 분명한데도 아무 말도 못 하는 건 좀 억울한 거 아닙니까?"

"네, 억울해도 그렇게 하면 안 돼요. 우리가 아무리 정당한 항의를 해도 받아들이는 사람의 입장에선 우리가 부당하게 트집 잡아 갑질하는 것으로 해석할 수 있기 때문에 아무리 억울해도 절대 그러면 안 됩니다. 문제가 있으면 저나 본부장이 직접 전화해서 해결해 보겠습니다. 그럼에도 불구하고 개선의 여지가 없으면 업체를 바꾸면 됩니다. 굳이 그들과 불필요한 언쟁을 힘들게 할 필요가 없어요."

직원과 마찬가지로 협력사와 우리가 '갑을관계'가 아니라는 사실을 받아들이면 아무런 어려움이 없다. 우리는 비용을 제공하고 그들은 전문가로서의 솔루션을 제공하는 거래 대상일 뿐이고, 그 거래가 제대로 이루어지지 않으면 거래를 중단하면 될 뿐이지 우리가 그들에게 명령을 하고 화를 낼 권리가 있지는 않다. 다른 회사에서 근무를 하다가 우리 회사에 온 경력직들의 대부분이 그 부분에 대해 좀처럼 적응을 하지 못했다. 이전 회사에서는 오히려 은근히 갑질을 권장했을 테니까.

"야, 왜 니가 걔네한테 사정을 하고 있냐? 힘들게 설득하지 말고 그냥 하라고 해! 앞으로 우리랑 거래하기 싫대? 하기 싫음 그냥 꺼지라고 해! 우리랑 일하고 싶은 회사 줄 섰어!!"

만약 우리 회사에서 저런 말이 내 귀에 들어왔다간 그냥 그 자리에서 원아웃 퇴출감이다. 어떤 불이익을 받더라도 그런 사람과는 절대 함께할 수 없다. 처음엔 적응하기 어려웠던 직원들도 금방 적응한다. 좋게 이야기하고, 우리가 먼저 전문가로서 대접해 드리면 그 회사들이 훨씬 더 자기 일처럼 적극적으로 잘해 준다는 것을 경험하면 말이다.

우리 회사가 돈을 벌고 성장하는 데는 정확하게 우릴 믿고 일을 의뢰해 주는 클라이언트가 30%, 한 명의 구멍도 없이 자기 일처럼 열심히 일해 주는 직원이 30%, 전문가로서 저렴한 비용으로 최선을 다해 주시는 협력

회사가 30%이다. (나머지 10%가 '나'인 건 특급 비밀) 그런 균형이 조화롭게 잘 유지가 되어야 회사가 안정적으로 성장할 수 있다. 최소한 우리 회사의 경우에는 절대적으로 그렇다.

2002년 월드컵 당시, 히딩크 감독의 국가대표 선발 방식은 많은 논란이 있었다. 스타플레이어보다는 실력과 가능성을 보고 선수들을 선발했다. 무명의 선수가 대거 발탁이 되었다. 외부 유력인사들의 선수 추천 압력은 철저히 배제한 채 객관적인 시각으로 선수를 평가했다. 그리고 모든 선수들 간에 위계질서를 없애고, 수평적인 커뮤니케이션을 할 수 있도록 이끌었다. 그리고 기술보다는 체력을 키우는 데 집중했다. 결론적으로 그 모든 것이 잘 조합되어, 월드컵 4강 신화를 이끌었던 것이다. (내가 히딩크랑 동급이라는 이야기는 절대 아니다. 오해 마시길.)

수평적 커뮤니케이션에서 나오는 창의력이 조직에는 엄청난 도움이 된다. 시대가 많이 변했다. 고참이 후임에게 절대적으로 군림하던 시절은 끝이 났다는 것을 히딩크는 증명해 낸 것이다. 능력 있는 친구들을 어딘가에서 데려온 것이 아니라 우리 안에서 그 능력치가 잘 발휘되었다고 보는 것이 맞다. 우리가 잘나서라기보다는 정말 그런 조직에 잘 어울리는 직원들이 우리를 잘 찾아 주었고, 우리가 그들을 잘 알아본 것. 그렇지 못한 직원들은 자의든 타의든 간에 조직을 떠났다는 것.

그게 우리가 좋은 직원들을 많이 뽑은 것처럼 보이는 이유의 전부이다. 우리가 영원히 함께할 수는 없다. 하지만 함께하는 순간만큼은 서로에게 최선을 다하고 헤어질 때는 좋은 모습으로 서로의 발전을 기도하며 쿨하게 헤어지면 된다. 인생은 會者定離 去者必返(회자정리 거자필반)이므로….

EP-05 : 예측이 가능한 회사&사람

'잡플래닛'이라는 구인/구직 사이트가 있다. 그 사이트에 가면 각 회사에 대한 여러 가지 정보를 볼 수 있는데, 그중에서도 전/현직원들이 올리는 리얼한 리뷰가 가장 꿀잼이다. 내가 알고 있는 회사들 몇 개를 검색해서 회사 리뷰를 보다 보면 정말 시간 가는 줄 모를 정도이다.

회사를 시작한 지 벌써 7년이 훌쩍 지나 버렸다. 그동안 참 많은 일들이 있었고, 많은 사람들이 이곳을 거쳐 갔다. 그런데, 아직 우리 회사의 리뷰에는 올라온 리뷰가 7개 정도 있고, 평점은 무려 3.9점이다. 이곳을 거쳐 간 직원들이 50~60명 정도인 데 비해 리뷰의 수가 많지 않은 것은 아쉽지만 그래도 동종 업계 타 회사들 대비 높은 평점을 유지했다는 사실에 감사하고 있다. 이 업계 유명한 회사들의 평점은 대부분 3점을 넘지 못하는 편인데, 우리의 평점이 3.9점이라는 점은 매우 다행스럽고 자랑스러운 일이다.

이벤트업이라는 업종의 특성상 일이 엄청 고된 것은 사실이다. 남들 놀 때 일해야 하고, 남들 일할 때 우리는 준비를 해야 하니 야간 근무도 잦고, 주말의 여유를 누리는 일도 쉽지만은 않다. 그러다 보니 이 업에 종사하는 직원들은 쉽게 지치고 보람을 느낄 수 없는 것은 사실 당연하다고 할 수 있다.

하지만 직원을 지치게 하는 것이 단지 야근이나 주말 근무에 국한된 것은 아닐 것이다. 아니, 오히려 그보다 더 큰 스트레스의 원인들이 따로 있다. '잡플래닛' 회사 리뷰를 보면 그 스트레스의 원인들이 아주 적나라하게 올라와 있다. 오히려 이벤트 업의 특성상 야근이나 주말 근무는 불가피하다고 나름 인정(혹은 체념)하는 글이 많다. 그들이 전 직장을 격렬하게 비난하는 원인 중 가장 많은 것이 바로 회사가 체계적이지 못하고, 상사의 감정에 따라 회사의 분위기나 복지, 급여, 상여금 등이 좌지우지된다는 점이다.

잡플래닛의 한 이벤트/마케팅 회사 리뷰

A. 회사가 체계적이지 못하다.

B. 상사의 기분에 따라 회사의 모든 것이 좌우된다.(연봉, 복지, 상여, 결재 등)

C. 직원들을 인격체가 아니라 기계 부품 정도로 취급한다.

D. 감당하기 어려울 정도의 업무가 주어지지만, 회사가 성장을 해도 보상은 없거나 적다.

대다수의 중소기업 리뷰를 보면 대부분 이 4가지 의견으로 압축할 수 있다. 내가 예전 회사에서 가졌던 불만들과 크게 다르지 않았다. 어떤 회사는 평점이 너무 낮은 것을 의식해 일부러 평점을 조작한 것으로 의심되는 글을 다수 올리기도 한다. 물론 나의 합리적 의심이긴 하지만, 그 회사를 다녔다는 증명이 없어도 리뷰 작성이 되기에 충분히 가능한 일이다. 더 최악인 것은 작성자의 리뷰에 폭언이나 협박, 고발 등의 대댓글로 대응하는 경우도 심심치 않게 볼 수 있다는 것이다.

회사별로 리뷰의 내용이 조금씩 다른 부분도 있지만, 대부분 저런 내용들이 공통적으로 포함되어 있다. 저 말들을 한 마디로 요약하자면 바로 '예측이 가능하지 못한 회사와 사람들'이라고 할 수 있다. 모든 직원들이 예측 가능한 일관된 규칙 혹은 철학이 있고, 그 원칙에 따라 일관되게 회사를 운영한다면 저런 식의 말을 듣지는 않을 것이다. 대부분 아주 형식적인 취업 규칙을 보유하고 있을 뿐 자신들만의 철학이 담긴 규칙 같은 것이 없다. 설령 드물게 그런 게 있다고 하더라도 그것을 철저하게 지키려는 노력을 하지 않는 것이 일반적이다. 내가 오랜 시간 몸담았던 국내 최초이자 최고의 이벤트 기획사였던 Y사의 경우에도 직원이 100명에 가까운 회사였지만 모든 규정이 매우 주먹구구식이었을 정도이니 그보다 적은 규모의 회사들은 말할 것도 없다.

> **사례 1** 품의서 결재를 하나 받는데 '결재권자의 컨디션이 어떤지'를 살피다가 기분이 좋지 못한 것을 확인하고 급하긴 하지만 결재 품의와 보고를 다음으로 미루고, 팀원들에게 그분의 상태를 공유
>
> **사례 2** A대리는 자기에게 주어진 일도 제대로 못하면서 상사들 앞에

서만 열심히 하는 척하며 잘 보이려고 노력하더니 결국 혼자서만 고과
를 A등급 받고 월급도 대폭 인상

사례 3 1년 내내 엄청난 업무량으로 최고의 매출과 수익을 찍었지만
항상 경영진은 회사가 어렵다며, 인센티브를 주지 않으면서 어째서인
지 매년 대표들은 더 좋은 차로 바꿈

내 기분이 좋고 나쁜 것과 관계없이 직원들에게는 늘 같은 아웃풋을 주
어야 하고, 회사의 매출이나 수익에 따라 최대한 투명하게 공개하여 직원
들이 납득할 만한 보상을 주어야 한다. 직원들이 일 외에 동료나 상사들
의 감정을 살피다가 정작 중요한 일들을 놓칠 빌미를 제공해서는 안 되는
것이다. 또한 일한 만큼, 성과를 낸 만큼 일정 수준의 보상이 따라오지 않
아 회사와의 신뢰 관계를 깨트려서도 안 된다. 직원들이 지켜야 하는 일,
회사가 지켜야 하는 약속들을 문서로 남겨 놓음으로써 자신들의 행동에
따른 상과 벌을 명확하게 인지할 수 있도록 하는 게 가장 중요한 포인트
이다. 또한 쓸데없는 감정 소비에 에너지를 낭비하지 않고 일에만 집중
할 수 있는 분위기를 만들어 주려는 목적도 있다.

대표자의 입장으로 약 7년이 넘는 시간을 지내 보니 가장 갖춰야 할 덕
목이 바로 '가슴은 뜨겁게, 머리는 차갑게'인 것 같다. 모든 직원들의 불
만, 스트레스, 고민을 가슴으로 뜨겁게 공감해 주어야 하지만 그럴 때마
다 안타까운 마음에 규정에 없는 특혜를 주거나 예외 규정을 적용하면 결
국 나머지 사람들의 비난을 감수해야만 하기에 모든 결정에는 항상 신중
을 기해야만 한다.

회사를 시작하기 전 그 누구로부터 이런 경영의 규칙을 배우거나 한 적

이 없지만 이상하리만큼 규칙과 철학을 세우는 데에 집착을 했다. 또한 다른 회사들에 달린 나쁜 리뷰는 또 우리에게 반면교사의 기회가 된다. 그리고 결과적으로 많은 시간이 흐른 지금, 지나간 과정을 돌이켜보면 큰 흔들림 없이 여기까지 온 것에 아주 크게 기여를 한 것만은 분명한 것 같다.

EP-06 : 철학의 부재(不在) – 개똥철학도 철학이다

철학이란 무엇인가? 철학은 매우 어려우면서도 매우 쉽고, 아주 멀리 있지만 아주 가까운 곳에 있다. 하루하루 먹고 살기 힘든 중소기업에게 뜬금없이 '철학의 부재'를 이야기하니 다소 의아할 것이다. 철학? 그런 거 없이도 잘 먹고 잘 사는 회사들이 많다. 나는 대기업을 다녀 본 적도 없고, 체계적인 시스템이 완비된 회사를 다녀 본 적도 없어 사실 이론적인 근거는 없다. 다만 내재되어 있는 본성과 다양한 경험이 만나 자신만의 철학을 만들어 나갔다.

중소기업이 이 치열한 전쟁터에서 5년간 살아남을 확률은 26%에 불과하다고 한다. 나는 운 좋게도 그 26% 안에 간신히 포함되어 살아남았다. 그 수많은 원인 중에서 가장 중요한 원인을 꼽아 보라면 단연코 '우리만의 철학'이라고 할 수 있다. 그 철학이라는 것은 아주 거창한 것이 아니라 오히려 사소한 문제를 보는 관점을 바꿔 주는 중요한 역할을 한다고 생각한다.

'너 자신을 알라.'

우리가 철학이라는 단어를 들으면 가장 먼저 떠오르는 생각이 바로 이 문장일 것이다. 복잡하게 설명할 것도 없이 말 그대로 스스로를 객관적인 시각으로 바라보고, 크고 작은 문제점을 파악하여, 개선하거나 유지할 수 있는 방법을 찾아가면 되는 것이다. 중소기업의 철학이란 것도 비슷한 맥락이다. 자신들의 상황을 조금만 객관적으로 바라보고, 그 상황에 맞게 룰을 세팅하여 직원들과의 적절한 관계를 유지하는 것이다.

회사는 회사의 입장이라는 게 있고, 직원은 직원의 입장이라는 게 있다. 흔히 말하는 동상이몽(同床異夢). 이런 입장의 차이는 생각한 것보다 항상 클 수밖에 없지만, 그건 결코 나쁜 것이 아니고 너무 당연한 현상이다. 각자의 입장을 잘 조율하여 그 차이를 줄여 나가고, 제도화해야 각자의 동상이몽을 미연에 방지할 수 있다.

쉽게 예를 들면, "매일 점심에 직원들에게 밥을 한 끼 제공하겠소." 이런 것도 철학이 될 수 있는 것이다. 직원들이 비용을 아끼기 위해 혹은 다른 여러 가지 이유로 식사 시간에 함께하지 못하는 일이 없이, 마음 편하게 식사할 수 있도록 비용을 제공하는 것. 하루에 한 번 정도는 직원들끼리 얼굴 보면서 이런저런 사는 이야기하며 교류할 수 있는 시간을 제공하는 것도 하나의 대단한 철학이 될 수 있는 것이다.

다른 예로, 연봉의 인상과 인센티브 등과 관련해서 미리 테이블을 정해 놓고, 그 테이블에 따라 인상률을 정한다면, 서로 '밀당'하느라 시간과 에너지의 낭비를 줄일 수 있다. 대신 회사의 수익과 개인의 실적에 따라 정해진 기준에 맞는 인센티브를 제공하여, 직원들의 동기부여를 제공하는 것도 하나의 철학이 될 수 있다. 일정한 기준도 없이 주먹구구식으로 그때 기분에 따라, 상황에 따라 들쑥날쑥한 기준을 제시하는 것은 직원들과의 신뢰감을 무너트리는 행위이다.

이와 같이 회사의 여러 가지 사정과 직원들의 니즈를 고려하여 적절한 원칙을 만들고, 그 원칙을 무슨 일이 있어도 지켜 나가는 것이 가장 중요하다. 그것만 잘 지켜진다면 직원들과 특별히 마음 상할 일도 없고, 서로

지옥에서 사옥까지

배려하는 좋은 관계로 오랫동안 유지할 수 있다.

만약 우리 회사만의 철학을 한마디로 정의해 보라고 하면, "마음을 훔치자"이다. 회사가 처한 현실을 솔직하게 이야기하고 좋을 때는 좋은 대로, 힘들 때는 힘든 대로 그 상황에 맞게 제공할 수 있는 혜택들을 제도화하고, 그것을 문서와 기록으로 남겨 놓는다. 가장 중요한 포인트는 '회사가 해 주는 것이니 너희는 그냥 받기나 해'라는 마인드로 접근하면 오히려 주고도 욕먹는 역효과가 나기 쉽다.

직원들에게 '내가 이 회사에 왜 있어야 하는지'를 끊임없이 증명해야 하는 것이 회사의 숙명이다. 그러기 위해서 직원들의 마음속으로 들어가 디테일한 감정을 건드려 줘야 한다. 모두가 그러하듯 모든 것을 완벽하게 할 수는 없다. 직원들을 위해서 만든 제도가 오히려 불편하게 만드는 경우도 종종 있다. 그럴 땐 빠르게 인정하고 다른 방법을 강구해야만 한다. 행여나 '해 줘도 지X이야'라는 갑의 마인드로 접근하면 필패하고 말 것이다.

"아니, 회사가 그런 거까지 고민해야 돼?"
"응, 그 이상으로 더 고민해야 해."

주변에 많은 중소기업 대표님들께 우리 회사의 개똥철학에 대해서 이야기하면, 반응이 대부분 이런 식이다. '그렇게 해 주면 뭐 하냐. 다 뒤통수 치고 나가는데…' 그렇게 이야기하면 나도 사실 할 말은 없다. 내가 그들의 대변인이 아니므로…. 그렇지만 뒤통수를 치는 것도 나름의 이유가 있지 않을까 생각한다. 그 사람 자체가 또라이일 확률도 배제할 수 없지만 그런 일이 자주 반복된다면 회사 자체의 시스템 문제도 한번 심각하게 검토해 봐야 할 것이다. (하지만 나는 지인들께 차마 그 말을 건넬 수는 없었다.)

나는 워낙 알 만한 사람은 다 아는 유명한 'Too-Much-Talker'이자 'Too-Much-Thinker'라 정도가 심할 정도로 상대의 입장에 빙의하는 편이다. 내가 좋아서 하는 일이고, 가끔 그 '투머치'로 인해 낭패를 겪은 적도 여러 차례 있으나 그것이 나의 즐거움이기에 굴하지 않고 계속한다.

어찌 보면 이 '회사의 철학'이라는 주제는 몇 줄의 글로 설명하기 참 어려운 이야기이다. 나의 경우에는 잘 맞았던 방법이지만 또 어떤 사람에게는 잘 맞지 않는 방법일 수도 있기에 모두에게 정답처럼 강요할 수는 없다. 하지만 자신만의 색깔로 자신만의 철학을 정립하고, 묵묵히 지켜 나간다면 조금 더 성공에 가까워지고 확률을 올릴 수 있을 것이라 생각한다.

EP-07 : 동네 축구는 그만!

축구 경기를 보다 보면 "공을 쫓아다니지 말고, 사람을 보라고 사람을!!"라고 외치는 감독을 종종 볼 수 있다. 보통 학교에서 취미로 축구를 할 때나 학교에서 축구를 할 때 저렇게 공을 중심으로 우르르 쫓아다니는 장면을 자주 볼 수 있다. 소위 '개 떼 축구'라고 하는 것이다. 전략이고 전술이고 그런 것 따위는 모르는 동네 축구에서는 그저 공을 따라 선수들이 우왕좌왕한다. 그러다 보면 골은커녕 골대 근처에도 못 가는 경우가 허다하다. (상대도 같은 레벨이라면 모르겠지만…)

회사를 처음 만들었던 그 당시, 뭔가 이론적으로 잘 알지는 못했지만 그렇게 공만 쫓아다니는 동네 축구를 하면 안 된다고 믿었다. 먹고사는 문제도 급했지만 그렇게 공만 따라다니다 보면 빠르게 지치기만 하고 아

무런 성과도 얻지 못할 것이라는 막연한 판단에서였다. 딱히 근거는 없었다.

프로젝트를 하다 보면 수익률이라는 게 있다. 예전에는 1억의 매출을 올리면 수익금을 30%씩 남기던 꿀 같은 시절이 있었고, 30%에 못 미치면 담당자 '쪼인트'를 실제로 까던 시절이 있었다. 호랑이 담배 피우던 시절 얘기가 아니다. 불과 10년 전? 지금은 인터넷의 발달과 과도한 정보 공개로 인해 그 정도 수준의 수익을 남기는 것은 거의 불가능하다. 15%에서 많아야 25% 정도 수익이 나면 그 비용으로 회사 운영비를 쓴다. 일단 프로젝트를 수주하는 것도 매우 어려운 일이지만 수익률을 높여야 하는 일도 못지않게 중요한 일이다.

수익률을 높일 수 있는 방법은 간단하다. 매출 대비 매입을 줄이면 되는 것인데, 필연적으로 퀄리티의 저하를 동반하게 마련이다. 당장의 수익률을 올리는 데는 도움이 되겠지만, 다음 기회를 보장받을 확률이 낮아진다. 하지만 확률의 문제이기 때문에 누구나 그 달콤한 유혹에 빠지게 된다.

"이 정도 차이는 아무도 알아채지 못할 거 같은데, 수익률을 높이기 위해 퀄리티를 조금만 포기할까? 퀄리티를 위해 수익까지 포기했는데 정작 아무도 알아주지 않으면 '말짱 도루묵'이잖아."

이런 달콤한 유혹은 모든 사업가들의 숙명일 것이다. '당장의 수익 보장'이냐, '미래를 위한 투자'냐. 이 뫼비우스 같은 무한의 딜레마에서 헤어 나오기란 여간 어려운 일이 아니다. 남들이 어떻게 평가할지는 모르겠지만, 나는 언제나 후자를 택했다. 기회가 주어진 것 자체에 감사하며 최선을 다했고, 수익률을 조금 낮추더라도, 행사의 퀄리티와 고객의 만족도를 높이는 데 방점을 찍었다. 그렇게 꾸준히 노력하다 보면 분명 알아주는 사람들이 생길 것이라는 믿음으로….

정말 다행스럽게도 우리의 메인 클라이언트였던 B사에서는 그런 우리의 스탠스를 항상 좋게 봐주어 오랜 기간 파트너십을 유지할 수 있었다. 특히 현장에서는 온갖 종류의 변수가 발생하기 마련인데, 그것을 신속하게 해결할 수 있는 방법은 결국 비용이다. 추가되는 비용을 일일이 따지면서 재는 동안 골든 타임을 놓칠 수 있기 때문에 일단 문제를 해결하는 게 최우선이므로 '선해결 후보고'를 원칙으로 했다.

'공을 쫓지 말고, 사람을 보라'는 동네 축구의 교훈처럼, 우리는 매번 돈에 연연하기보다는 사람의 신뢰를 얻는 데 더 큰 공을 들였다. 만약 자잘한 수익을 높이기 위해 퀄리티를 조금씩 양보했더라면 현재의 나는 없었을 것이라 확신한다. (아, 물론 그렇다고 늘 완벽했다는 의미는 아니다.)

정말 아이러니한 것은 초창기 아무것도 모르고 수익과 돈을 열심히 쫓아다녔을 때에는 그렇게 돈이 우리를 피해 도망 다니곤 했는데, 수익을 조금 포기하고 신뢰에 투자하기 시작하면서 거짓말처럼 돈이 우리를 따라다니기 시작했다는 것이다. 너무 뻔하디뻔한 공자님 같은 이야기일 수도 있겠지만 '돈보다는 사람', '수익보다는 기회'에 더 집중하는 그런 회사가 되기 위해 노력하길 바란다.

EP-08 : Do worry, No happy

80년대 유명한 레게 가수인 바비 맥퍼린의 〈Don't worry, Be happy〉를 모르는 사람은 아마 없을 것이다. 전 세계적으로 엄청나게 유행했던 이 노래는 빌보드 탑100 1위까지 오를 정도로 유명한 곡이다. 노래의 내용은 제목에서 알 수 있듯이 '세상을 살다 보면 항상 여러 가지 문제에 부딪히게 마련인데 매번 찌푸리고 고민하면 다른 사람도 덩달아 우울해지고, 문제는 점점 커지게 되니, 걱정하지 말고 항상 웃자'는 것이다.

법인회사는 말 그대로 법적인 인격체로서 눈에 보이지는 않지만 분명 살아 숨 쉬는 생명체이다. 오르막이 있으면 반드시 내리막이 있고, 곡선인가 싶다 가도 어느새 직선이 되어 있으며, 안정적인 상황에서 순식간에 위험한 상황으로 바뀌는 심술 맞은 변덕쟁이 인격체다. 그런 어려운 상황에 직면했을 때 바비 맥퍼린의 노래처럼 'Don't worry, Be happy' 하며 순진하게 마음먹었다가는 거지꼴을 면치 못하게 될 것이다.

회사가 어느 정도 자리를 잡기까지는 상당히 오랜 시간과 노력이 필요하다. 심지어 자리를 잡기도 전에 끝이 나 버리는 안타까운 경우가 훨씬 더 많다. 그렇게 각고의 노력 끝에 자리를 잡는다 해도 끊임없이 막다른 길에 직면하게 된다. 우리의 경우에도 이제는 좀 마음 놓고 살 수 있게 되었나 싶을 때 코로나가 찾아왔고, 이제 다시 안정기에 접어들었을 때 회사의 영업 상황에 빨간 불이 들어왔다.

이 법칙은 사업의 규모와 관계없이 모든 법인회사와 대표들의 숙명이자 숙제이다. 아무런 시련도 없이 항상 승승장구만 하는 사람을 만나는

지옥에서 사옥까지

것은 거의 불가능에 가깝다. 그 이유는 그 성공이라는 이름이 사람을 필연적으로 느슨하게 만들어 주기 때문이다. '절대적'이라고는 할 수 없지만 '절대다수'임은 확실하다.

"성공하는 것만큼 어려운 게 그 성공을 유지하는 일이다."

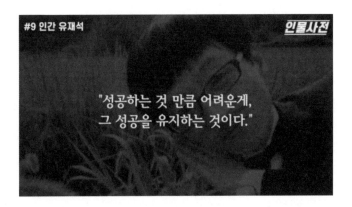

개그맨 유재석은 내가 세상에서 가장 존경하는 인물이자, 인생의 롤모델이다. 그는 젊은 시절 특별히 착하게 살지 않았고 적당한 노력과 적당한 유희를 즐기며 살았었다. 하지만 타고난 재능보다는 노력형 천재인 그는 단 한 번의 기회가 찾아왔을 때, 그 기회를 놓치지 않고 꼭 붙들었다. 그리고는 완전 다른 사람이 되어 철저한 자기 관리와 업그레이드를 통해 20년이 넘도록 절대 강자의 자리를 놓치지 않고 그 자리를 지켜 내고 있다.

내가 본 유재석의 성공 비결은 바로 끊임없는 걱정과 자기 관리, 주변을 돌아보는 마음이라고 생각한다. 유재석의 패밀리가 되면, 항상 유재석의 엄청난 말 고문에 고통을 호소한다. 자신의 자리를 언제나 내어줄 준비를 하면서 주변 사람들에 대한 관심과 배려, 걱정을 항상 표현한다. 그의 패밀리들은 예능에 나와서 유재석의 '말 괴롭힘'을 폭로하지만 결국 그마저도 미담의 다른 표현인 경우가 대부분이다.

회사가 어느 정도 성공의 자리에 안착을 하게 되면, 많은 대표님들이 회사 내부보다는 외부로 눈을 돌리는 경우가 많다. 때로는 요상한 취미에 빠지기도 하고, 남들에게 보이는 것들에 대한 소비가 늘어나기도 하며, 외부 일정이 많아지며, 무리한 사업 확장으로 회사를 다시 위기에 빠트리기도 한다.

사실상 더 문제가 되는 곳은 내부일 확률이 높다. 회사의 성장에 따른 내부적인 진통이 성공이라는 이름에 가려져 있지만 그곳에 엄청난 리스크가 도사리고 있다는 사실을 잘 알지 못하는 경우가 많다. 외부의 리스크와 영업처 관리도 중요하지만 내부 직원과 시스템도 끊임없이 걱정하고 점검해야 한다. 절대 행복해하고, 안주할 틈이 없다.

하지만 이 얘기가 직원들을 의심하라는 의미는 절대 아니다. 단지 직원들의 마음은 액체 괴물 같아서 수시로 그 마음이 변하기 때문에 항상 관심을 가지고 지켜보면서 필요한 게 뭔지, 불편한 게 뭔지 끊임없이 고민해야 한다는 것이다. 매번 물어볼 필요는 없다. 오히려 그것은 부담스럽거나 귀찮아할 가능성이 높기 때문이다.

회사의 규모에 맞는 적정한 프로세스를 통해 관리체계를 구축해야 한다. 관리자(팀장)와의 지속적인 소통을 통해 실무자(팀원)들의 니즈를 명확하고, 구체적으로 파악할 필요가 있다. 또한 전체 업무 스케줄링을 항상 정확하게 파악하여 어느 팀, 어느 직원에 쏠림 현상이 있는 것은 아닌지, 그렇다면 그것을 해결할 방안은 무언지를 늘 고민해야 한다.

하지만 가장 결정적으로 중요한 포인트는 바로 그런 문제가 터지기 전에 먼저 분석하고, 예측하고, 다가가서 물어보고 해결하는 것이다. 일이 터져서 대표자한테 올 정도라면 이미 한계점을 넘었거나 해결책이 없을 가능성이 높다. 먼저 물어봐서 아무 일도 아닌 쓸데없는 기우였다면 오히려 다행이고, 실제로 문제가 있었던 것이라면 더 일이 커지기 전에 문제를 해결할 수 있어 좋은 것이다. 즉, 먼저 물어봐서 손해 볼 것이 별로 없다는 것이다.

'괜찮겠지… 괜한 걱정이겠지…'
'알아서 잘되겠지… 아무 일 없겠지…'
'이 정도 잘해 주는데 설마 무슨 불만이 있겠어?'

설마설마하는 마음이 자연스레 들게 마련인데 너무 위험한 착각이고, 안일한 생각이다. 시계를 한 5년에서 10년 전으로 돌려서 본인이 직원이었던 시절을 떠올려 보길 바란다. 그 회사의 대표님 역시도 아마 최선을 다해서 직원들에게 해 주고 있다고 생각했을 가능성이 높다. 생각의 차이란 항상 있는 법이고, 그 차이를 최소한으로 줄여 가는 과정이 절대적으로 필요한 것이다.

비즈니스 관계에서 영원한 것은 없다. 어제의 적이 동지가 되고, 어제의 친구가 라이벌이 되는 것이 일상이다. 내 밑에서 영원히 함께할 거라 진심으로 장담할 수 있는 직원이 있다? 그 달콤한 거짓말에 속지 말고, 빨리 그 꿈에서 깨길 바란다. 영원한 것은 없고, 헤어질 땐 후회 없이…. 함께 있는 동안 그저 서로를 위해 최선을 다하면 되는 것이다.

대표자들이여!

Please Do worry, No happy

EP-09 : 우아한 어른(Are you ggondae?)

지난 7년 반 동안 우리 회사를 거쳐 간 직원은 어림잡아 50명이 넘는다. 22살에 회사에 들어온 직원부터 40대 직원까지 다양한 연령대가 존재한다. 물론 대다수의 직원이 20대와 30대로 구성되어 있고, 우리가 흔히 'MZ세대'라고 부르는 직원들이 주를 이루고 있다. 현재 나와 가장 많은 차이가 나는 직원은 무려 26년의 세월을 가운데 두고 있다.

나이를 먹으면 가장 좋은 점은 많은 경험을 바탕으로 여러 가지 상황을 고려한 판단을 할 수 있다는 것이다.(아, 물론 나이를 먹는다고 누구나 이성적이고 합리적인 판단을 하는 것은 아니지만…) 그 경험이라는 것이 주는 안정감은 책이나 인터넷에서 얻을 수 있는 것과는 차원이 다른 값진 자산이라고 할 수 있다. 하지만 그건 온전히 본인에게만 값진 자산일 뿐이라는 것을 알고 있는 사람은 많지 않은 듯하다.

나이가 어린 혹은 경험이 많지 않은 요즘 시대의 젊은 친구들은 예전의 우리와는 달리 다양한 방법으로 간접 경험할 수 있는 기회가 많다. 데이터와 정보화 시대에 검색하지 못할 것이 없는 젊은 세대들에게 기성 세대의 멘토링은 크게 도움이 되지 않을 가능성이 높다. 만약 멘토링이 필요하다 해도 자신들이 직접 멘토를 찾고 필요한 정보만 취득하는 게 그들의 방식인 것이다.

기성세대(기존의 방식으로 살아온 세대)가 자신의 경험을 믿고, 확신하는 것 자체는 전혀 나쁜 것이 아니다. 그런데 그 확고한 신념과 경험과 방식을 다른 사람, 특히 자신보다 어리거나 경험이 적은 후배들에게 자신의 경험과 신념을 강요하는 사람을 우리는 이른바 '꼰대'라고 부르는 것이다.

우리가 자라 왔던 시절에는 선배의 경험과 가르침이 세상을 간접 경험할 수 있는 전부였고, 인터넷 세상에서도 극히 제한된 정보만이 제공되었기에 우리 선배들의 경험은 절대적인 것과 마찬가지였다. 물론 '라떼' 이야기이다. 그때는 정말 여기가 군대인가 싶을 정도로 소리 지르고, 조인트(?) 까고, 집어 던지는 일이 일상다반사였고, 그런 거 잘하는 사람은 오히려 회사에서 인정해 주는 분위기였다. 또 저녁이 되면 기분 풀어 준다고 또 회식하고… 무한의 네거티브 사슬….

하지만 지금은 세상이 완전히 바뀌어 버렸다. 그런 것들이 전혀 먹히지 않는 시대가 된 것이다. '보스'보다는 '리더'를, "가라!"보다는 "가자!"를 외치는 사람을 필요로 하는 세상이다. 지금까지 내가 그렇게 살아온 게 억울해서 후배들에게 배운 대로 하는 사람들을 많이 보아 왔다. 하지만 조금만 시간이 지나면 그런 사람 주변에는 사람이 없다는 것을 알 수 있다.

1. 묻기 전에 먼저 알려 주지 마라

궁금한 것도 많고 모르는 것도 많을 것이다. 보고 있자면 답답하기도 할 것이고, 당장이라도 뛰어가서 해결해 주고 싶은 마음이 들겠지만 끝까지 지켜보는 것이 필요하다. 자신만의 방식대로 해결하는 모습을 지켜보자. 그러다 방법이 없을 때, 혹은 벽에 막혔을 때 물어오면 그때 알려 줘도 늦지 않다. 그리고 그게 훨씬 더 효과가 좋을 것이다. '꼰대'가 '멘토'가 되는 순간이다.

지옥에서 사옥까지

2. 판단할 수 있는 기회를 제공하라

질문에서부터 답까지 모든 것을 알려 주기보다는 마지막 판단과 결정할 수 있는 여지를 남겨야 한다. 우리는 과외 선생님이 아니라 멘토라는 본분에 충실해야 한다. 정답까지 물어본다면 책임을 본인이 진다는 전제하에 답을 이야기해 줄 수는 있지만 전적으로 본인이 결정하고 책임져야 하는 것이다. (마치 주식처럼)

3. 자신의 경험이 정답이 아닐 수 있음을 늘 인정하라

누군가가 조언을 요청했을 때, 마침 나의 경험에 비추어 이야기할 수 있는 것은 매우 즐거운 일일 것이다. 그것은 조언을 듣는 사람에게 참고가 될 뿐, 절대적인 정답이 될 수 없음을 늘 인정해야 한다. 결국 조언을 받은 사람이 전혀 다른 결정을 내리더라도 절대 상처 받지 않는 것도 필요하다. (하지만 나는 매일 상처 받는다.)

4. 새로운 것에 대한 공부를 멈추지 마라

오늘 내가 알고 있는 지식은 하루가 지나면 바로 어제의 지식이 된다. 시간이 지남에 따라 문화도 바뀌고, 트렌드도 바뀌고, 유행도 바뀐다. 시간이 지날수록 변화의 주기가 훨씬 더 짧아지고 있다. 소위 '틀딱' 취급을 받지 않으려면 많이 알아야 하고, 최소한 노력이라도 해야 조금이라도 인정받고 자연스럽게 그들과 어울리고 소통할 수 있을 것이다. 사람은 죽을 때까지 배워야 한다.

5. 나이가 벼슬은 아니다

나이로, 지위로, 권한으로 상대의 인격을 무시하는 것이 바로 '꼰대'가 되는 지름길이다. 나이 어린 직원들에게 존칭을 해 주고, 의견에 대해 존중을 해 주면 내가 오히려 더 대접을 받을 수 있게 된다. 이게 참 쉽지 않은 일인데 습관이 되면 직원에게 반말로 얘기하는 것이 더 어색해지는 날이 온다.

사실 이 내용 중 나 역시도 제대로 지키지 못하는 것들이 많다. 알면서도 못 지키는 것이 더 나쁜 일일 수도 있지만, 최소한 무엇을 잘못하고 있는지는 아주 정확하게 알고 있고 또 하나씩 하나씩 고쳐 나가는 중이다. 다른 후배들로부터 존경받는 멋진 위인은 어렵겠지만 최소한 '라떼는 말이야…'를 시전하는 '꼰대'보다는 '우아한 어른'이 되기 위해 오늘도 노력하고 또 노력하고 있다.

EP-10 : 중소기업에 사람이 없다!

중소기업에는 늘 사람이 부족하다. 대한민국 전체 근로자 중, 무려 83~86%에 달하는 사람이 중소기업에 근무한다는데, 왜 중소기업의 대표자들은 왜 늘 사람이 없다고 하는 걸까? 그 이유를 제대로 낱낱이 분석해 보려고 한다. 물론 어디까지나 중소기업을 운영하는 한 사람의 뇌피셜일 뿐이다.

중소기업의 대표자는 항상 인력 수급에 어려움을 겪는다. 우리의 경우에는 회사 이름이 전혀 알려지지 않았던 초창기에 면접을 보기로 약속한 10명 중 면접장에 9명이 연락도 없이 오지 않았던 적이 있었다. 무려 90%의 인원이 면접장에 나타나지 않은 것이다. 약속까지 하고 면접에 나타나지 않은 것은 매우 무례한 일이지만, 입장 바꿔 생각해 보면 너무 이해가 되는 상황이다. 홈페이지나 페이스북 페이지에 변변한 이력도 없는 회사의 무엇을 믿고 자신의 미래를 흔쾌히 맡길 수 있겠는가.

요즘 청년 세대는 너무 대기업과 공기업만 찾는다며 혀를 차는 중소기업 대표자들을 우리는 주변에서 흔히 만날 수 있다. 기왕이면 좋은 대학 가고, 기왕이면 좋은 회사 들어가고 싶은 게 뭐가 그리 잘못된 것인가. 대기업만큼 좋은 환경의 중소기업이라면 너도 나도 가고 싶어서 줄을 선다. 중소기업에 가면 고생하고, 몸 상하고, 제대로 된 대우를 못 받는 게 뻔하기 때문에 선호하지 않는 것이다. 자신들 스스로는 좋은 인재를 맞이할 준비를 전혀 하지 않으면서 그저 '청년들의 대기업 바라기'만 비난하는 건 옳지 않은 행동이다.

과연 어디서부터 잘못된 것일까. 청년들은 대기업과 공무원 준비에 목을 메고, 중소기업 대표자들은 인재가 없다고 투덜대는 일은 과연 지금 세대만의 문제였을까? 내가 대학을 다니던 20여 년 전으로 거슬러 올라가 봐도 동기들 중에 대기업을 목표로 준비하는 친구들이 대다수였다. 그때나 지금이나 전혀 분위기는 다르지 않다. 그때 대기업 준비에 올인하던 친구들이 이제는 기성세대가 되어, 이러한 맹목적 대기업 쏠림 현상을 마치 MZ세대만의 특징인 것처럼 어쭙잖은 훈계를 하고 있다.

1. 중소기업 사례 A

30~40명 규모로 연 매출 150억 내외를 유지하는 중소기업 A사는 대표자를 포함하여 핵심 임원진 3명이 모든 영업을 총괄하고, 나머지 실무자들이 그 일들을 공장처럼 찍어 낸다. 야근은 당연한 것이고 주말에도 출근하는 경우가 빈번하다. 회사는 매년 폭풍 성장했고, 강남에 노른자 땅에 번듯한 사옥을 지어 새로 입주했다. 역대 최고의 매출을 기록하자 직원들은 내심 기대하고 있었다. 고생한 만큼 적절한 보상이 따르리라고.

지난 몇 년간 지속적으로 막대한 이익을 내면서도 A사의 앓는 소리는 계속되어 왔다. 원래 회사 빚이 많아서 갚았다, 사람을 많이 충원해서 운영비가 늘어났다, 생각지도 못한 영업비가 많이 들었다 등등. 그러다 역대 최고의 매출을 찍고 사옥까지 올렸던 그해 변명이 압권이었다. 새 사옥 때문에 돈이 많이 들어 인센티브를 주지 못한다는 어이없는 이유였다. 그해 많은 직원들이 그 회사를 떠났다. 하지만 그 회사는 업계에서 나름 큰 회사에 속해서 많은 사람들이 들어오고, 많은 사람들이 그만둔다.

본인들은 왜 직원들이 자꾸 그만두는지 알지 못하는 눈치였다. 아니, 별로 알고 싶지 않은 게 맞는 것 같다.

'절이 싫으면 중이 떠나든가.'

2. 중소기업 사례 B

20명 규모에 매출 60~100억을 오르내리는 중소기업이 있다. 직원들 구성만 놓고 보면 괜찮은 인재들이 많이 모여 있었다. 창업하던 첫해부터 안정적인 매출을 기록했고, 인원에 비하면 매출이나 수익도 제법 나는 회사이다. 대표자는 인정도 많고, 호인으로 소문이 난 사람이다. 그런데 잡플래닛 회사 평가에 들어가 보면 평가가 아주 가관이다. 대략의 내용은 이렇다.

대표자가 좋은 사람임에는 틀림이 없지만, 자기 기분에 따라 회사를 운영한다. 회사가 높은 이익을 기록해도 규정이 없으니 주고 싶으면 주고, 말고 싶으면 마는 것이다. 또한 특정 직원들을 매우 편애하는 편이고, 그 그룹의 직원들에게는 연봉을 팍팍 올려 준다. 그중 한 여직원이 회사를 그만둔다고 하자 좀 쉬었다가 다시 오라며 그때까지 몇 달간 월급을 지원했다. 또 한 여직원이 결혼해서 출산을 하고 복귀하니 엄마가 다니기 좋은 회사를 만들겠다며 갑자기 이상한 보직을 만들었다. 단순 자료 조사와 직원 복지 프로그램을 만드는 아주 편한 업무를 제공하며 그녀의 칼퇴근을 보장했다.

그런 어이없는 보상이 특정 직원들에게만 편중되자 나머지 직원들은 당연히 분노할 수밖에 없었다. 그렇게 또 많은 사람들이 회사를 떠났다. 어차피 자신이 바꿀 수 있는 회사가 아니었고, 다니면 다닐수록 자기만 바보가 되는 상황을 견디기 어려웠기 때문이다. 그 대표자는 몇 년이 지난 지금도 그런 생활을 유지하고 있다. 회사의 매출은 바닥을 치고, 인재들은 많이 떠났지만 여전히 변함이 없다.

'그럼 너도 나한테 잘 보이든가.'

사람을 중요시하지 않는 중소기업의 대표적이고 흔한 사례이다. 아마 대다수의 중소기업은 크게 이 범주에서 벗어나지 않을 것이다. 내가 다녔던 많은 중소기업도 이와 다르지 않았다. 그럼에도 불구하고 회사가 승승장구할 수도 있고, 반대로 바닥으로 추락할 수도 있다. 중소기업에 사람이 없다고 한탄하는 대표자들은 부디 가장 먼저 스스로를 돌아보기를 권한다.

- 자신의 회사는 인재를 맞이할 충분한 준비가 되었는가.
- 대기업을 포기하고 올 만큼의 매력 있는 중소기업인가.
- 새로운 인재를 찾기 전에 지금 함께하는 직원에게 최선을 다하고 있는가.

우리 회사에 근무했던 핵심 인력들은 내부 직원의 소개로 온 경우가 많다. 일단 자신이 다니는 회사를 지인에게 추천한다는 것이 매우 어렵고 불편한 일임을 잘 알고 있다. 잘돼야 본전이고 아니면 뺨이 석 대다. 그래서 어지간하면 추천하지 않을 텐데 전에 같이 일하던 동료와 후배들을 데리고 와 주었다. 너무 고마운 일이다.

우리 회사는 대기업이나 웬만한 중견기업에 비하면 보잘것없는 연봉

지옥에서 사옥까지

이다. 하지만 최소한 직원들이 보기에 납득이 되는 보상과 환경을 만들기 위해 노력하고 있다. 모두가 100% 만족할 수는 없겠지만 그래도 누구하나 서운하거나 소외되는 일 없도록 밸런스를 맞추는 일에 진심을 다하고 있다. 성과가 잘 나오면 적절하게 보상하고, 일하기 편한 환경을 만들어 주고, 작은 부분까지 디테일하게 챙겨 주니 직원들은 그 어느 대기업 직원 부럽지 않은 퍼포먼스로 회사에 보답했다.

중소기업은 언제나 위기이다. 하지만 그 회사의 조직원들이 회사를 신뢰하지 못하고 회사에 실망할 때, 진짜 위기는 그때 찾아올 것이다. 영업도 중요하고, 매출도 중요하지만 직원들이 진짜 원하는 것이 무엇인지 조금만 더 집중하길 바란다. 멀리서 훌륭한 인재를 찾기 전에 내 옆에 있는 인재를 찾아 만들어 내는 일이 훨씬 더 쉬운 일이다.

EP-11 : 인센티브의 비밀

회사는 창업자와 구성원 모두 이익을 위해 모인 사회적 집단이다. 일을 했으면 상응하는 급여를 지급하는 게 당연하고, 급여를 받았으면 그에 맞는 일을 하는 게 당연하다. 그러다 간혹 회사가 어느 정도 이상의 성과가 나왔을 때 우리는 인센티브라는 제도를 통해 급여 이외의 비용으로 직원들의 성과에 보답한다. 하지만 그 '인센티브'라는 녀석을 실제로 만나 본 경험이 있는 사람을 좀처럼 찾아보기가 어렵다. 마치 상상 속의 동물 유니콘처럼.

나 역시도 회사를 창업하기 전 15년 가까이 직장 생활을 하면서 단 한 번도 인센티브를 받아 본 적이 없다. 명절이나 휴가에 받는 소소한 보너스 말고 진짜 인센티브다운 인센티브 말이다. 어느 정도 규모가 있는 회사가 아니라면, 사실 중소기업 규모에서 인센티브를 제공하는 일은 찾아보기 어려운 게 사실이다. 내가 다녔던 회사뿐만 아니라 주변에 수많은 지인들에게 물어도 마찬가지다.

"너희들이 모르는 게 많아. 생각보다 남는 게 없어."

무슨 중소기업 대표들을 위한 별도의 과외 선생님이 있는지, 대표님들은 늘 연말&연초가 되면 이런 말을 입에 달고 산다. 인센티브를 주지 않기 위한 것은 물론 다음 연봉 협상을 위한 밑밥에 불과하다. 허구한 날 똔똔. 내가 다녔던 회사들은 늘 돈을 잘 벌었다. 숫자에 빠른 나는 얼마를 벌었고, 얼마를 썼는지 금방 계산을 할 수 있었기 때문에 그게 얼마나 황당하고 어이없는 변명인지 충분히 알고 있었다. 정말 회사가 인센티브를 주지 못할 정도로 어렵다면 일단 자신의 외제차를 팔아야 하는 게 우선이고, 해외여행과 골프 약속부터 줄이는 게 맞을 것이다.

회사를 처음 시작하면서 이 더러운 관행을 깨부수고 싶었다. 회사가 돈을 벌기 시작하면 최우선적으로 그 혜택은 직원들에게 가야 한다고 생각했다. 1년 동안 고생해서 돈을 벌 수 있었던 것은 바로 직원들이 그 자리에 존재하며 열심히 일해 주었기 때문이라는 사실을 절대 잊어서는 안 된다고 다짐했다. 혹여 기적적으로 회사가 생존을 하고, 수익을 창출하게 되면 반드시 직원들에게 적절한 규모의 인센티브를 지급하겠노라고 몇 번을 되새겼다. 그리고 그것을 근로계약서에 구체적으로 명기해 놓았다. 나중에 내가 딴소리하지 않도록….

처음 2년간은 회사가 전혀 수익을 내지 못했다. 마이너스가 너무 깊어져 이대로 속절없이 무너지는 것은 아닐까 하는 생각이 들 정도로 손실이 심각했지만 그렇다고 또 일이 없는 것은 아니었다. 직원들이 매일 지쳐 있을 정도로 일이 많았지만, 수익성이 매우 떨어지는 일들뿐이었다. 나는 초기 손실 기간일 때에도 연말이면 적게나마 상여금을 지급했다. 많은 금액은 아니었지만 그래도 기대하지 않았던 상여금을 받게 된 직원들은 조금이나마 힘을 낼 수 있었고 회사에 대한 신뢰감이 생겼던 것 같다.

3년째 되던 해부터 회사에 큰일들이 들어오기 시작했다. 물론 내 영업라인을 통해서 들어온 일이었지만 그래도 일할 수 있는 직원들이 없었다면 애초에 우리에게 올 수 없을 정도의 엄청나게 큰 일이었다. 모두가 합심하여 일을 한 결과 창업 이래 처음으로 큰 규모의 수익을 낼 수 있었다.

드디어 내가 약속을 지킬 수 있는 기회가 찾아온 것이다. 나는 주저 없이 회사 수익금의 1/3을 전 직원에게 인센티브로 제공하였다. 개인별로 나눠 보면 월급의 300% 정도의 인센티브가 지급되었다. 다들 고생한 것에 비하면 턱없이 부족한 금액이었지만 그래도 직원들에게는 기분 좋은 연말 선물이 되었다. 그렇게 나는 첫 약속을 지키게 되었다.

다음 해 우리는 더 큰 성장을 하게 되었다. 50억이던 매출은 110억으로 2배 이상 증가하게 되었고, 수익도 덩달아 늘어나게 되었다. 회사의 규모가 커짐에 따라 정규 직원들도 함께 늘어나 연간 운영 비용도 증가했지만 수익의 증가에 비할 바가 못되었다. 전년도 300%에 이어 이번에는 소폭 증가한 350%의 인센티브를 지급했다. 2년 연속 인센티브를 받은 직원들의 사기는 한없이 올라갔다. 특히 다른 회사를 다녔던 경험이 있는 경력직의 경우 그 놀라움이 더 컸을 것이다.

하지만 다음 해 우리는 2020년 코로나라는 최악의 폭탄을 맞게 되었다. 전 세계가 팬데믹에 빠진 마당에 우리가 해 오던 글로벌 이스포츠 대회 역시 당연히 모두 취소되었다. 1년간 별다른 일도 없이 무작정 버텨야만 했다. 그때도 역시 일이 없었던 것은 아니다. 하지만 준비하는 족족 취소가 되었으니, 고생은 고생대로 했으나 별다른 성과 없이 1년이 훌쩍 지나갔다. 회사는 자금 압박에 빠지게 되었고, 전년에 벌어 놓은 돈을 대부분 날릴 처지에 직면했다. 하지만 천신만고 끝에 연말, 연초 대폭 축소된 규모의 대회가 개최되었고, 회사는 간신히 1년 운영비의 70% 정도를 해결할 수 있게 되었다. 다시 말하면 30% 정도 마이너스라는 의미이기도 하다.

그래도 1년간 직원들이 회사를 믿고 열심히 버티면서 노력해 준 덕에 그 정도의 성과를 거둔 것이라 생각하고 직원들에게 예년만큼은 아니지만 작은 격려금을 지급했다. 인센티브라는 말이 어울리지 않을 정도로 작은 규모여서 격려금이라는 명목으로 급여의 50%를 지급했다. 어차피 결손을 면치 못할 상황이었기에 격려금 3천만원 추가한다고 크게 달라질 것은 없었다. 회사도 아프고 힘들지만 더 힘들고 불안한 건 직원들의 마음이라고 생각하고 정말 좋은 마음으로 지급했다. 예상치도 못했던 격려금을 받은 직원들은 예전 300%를 받았을 때보다 더 밝은 표정으로 화답해 주었다.

그 후 2021년에도 여전히 코로나 팬데믹은 계속되었지만, 2건의 글로벌 프로젝트를 진행하며 코로나 이전 매출의 70%까지 매출이 회복되었다. 당연히 회사도 다시 수익으로 전환되어 다시 정상적인 인센티브를 지급할 수 있게 되었다. 최악의 상황에서도 모두 흔들리지 않고 잘 버텨 주었기에 가능한 결과였다고 단언할 수 있다.

회사가 있어서 직원이 존재하는 것이냐
직원이 있어서 회사가 존재하는 것이냐

많은 사람들은 이 질문에 대해 선뜻 답하지 못할 것이다. 각자가 처한 입장에 따라 정답이 다르기 때문에. 하지만 정답은 이런 질문 자체가 어리석은 질문이라는 것이다. 회사와 직원은 분리된 개체가 아니고 하나의 몸이다. 최소한 함께하는 동안만큼은 누가 누구를 위해 존재하는 것이 아니라는 것이다. 때문에 서로에게 최선을 다해야 하고 서로의 입장을 이해할 수 있어야 한다. 그런 믿음이 깨지거나, 더 좋은 조건의 상대를 만나면 그냥 서로 쿨하게 헤어지면 그만인 것이다.

다시 한번 강조하자면, 인센티브는 돈을 많이 벌어야만 줄 수 있는 것이 아니다. 수익이 없으면 없는 대로 있으면 있는 대로 서로가 납득하고 이해할 수 있을 정도로 준비하면 되는 것이다. 회사가 어마어마한 손실이 났는데 인센티브를 기대하는 직원은 없다. 반대로 회사가 엄청나게 수익이 났을 때 쥐꼬리만 한 인센티브를 기대하는 직원도 없을 것이다. 그 적정한 선을 찾는 것이 대표자의 가장 중요한 역할이다. 가장 어려울 때 아주 적은 돈이 직원들에게는 큰 믿음과 비전을 줄 수도 있고, 아주 실적이 좋을 때 많은 돈을 쓰고서도 직원들에게 신뢰를 잃을 수도 있다. 즉 100만원 기대할 때 150만원 주면서 감동을 줄 수도 있고, 500만원 기대할 때 450만원 주면서 분노를 일으킬 수 있다는 것이다. 그 경계를 아슬아슬하게 타는 것이 기술이다. 항상 그 살얼음판 위를 걷는 심정으로 직원들의 마음을 세심하게 살펴보는 것이 가장 중요하다고 할 수 있겠다.

인센티브라는 것이 한번 지급하게 되면 나중에 돌이키기가 어렵다는 단점이 있기는 하다. 어떨 땐 정말 너무 어려워서 지급하지 못하게 돼도 서운해 하는 사람들이 생기기도 한다. 이는 인센티브뿐 아니라 삶의 모든 영역에서 동일하게 나타나는 현상이다. 받는 사람은 받는 습관에 젖어 안 받으면 서운해지는 게 당연하고, 주는 사람은 못 주면 미안해지는 단점이 있지만 그것 심리조차도 사전에 치밀하게 컨트롤하면 어느 정도는 해결이 가능한 부분이라 그것을 핑계 삼아 인센티브를 미루는 우를 범하지는 말아야 한다.

EP-12 : 중소기업의 인력 유출

2022년 새해 벽두부터 회사를 든든히 지켜 오던 2명의 직원이 동시에 떠난다는 충격적인 소식을 듣게 되었다. 사람이 만나고 헤어지는 일은 병가지상사라 크게 놀랍지는 않았다. 예상하지 못했던 일도 아니고, 언젠가 헤어질 운명이었는데 그게 조금 빠르고 동시에 와서 단지 안타까울 뿐이었다. 하지만 그들이 회사를 동시에 떠나게 되는 과정에 여러 가지 불편한 이슈가 있어 그 이야기를 간단히 소개해 보고자 한다.

3인의 스타트업으로 시작하여, 20명~30명 내외의 건실한 중소기업으로 성장하기까지 많은 우여곡절이 있었음은 말하지 않아도 모두 짐작할 수 있을 것이다. 한창 뜨거운 여름에 시작한 우리의 첫해 성적표는 매출 5억에 순손실이 1.2억이었다. 자본금 1억인 회사가 6개월 만에 자본잠식이라는 믿기 힘든 결과를 마주하게 된 것이다. 나를 믿고 멀쩡히 다니던 회사를 나온 동지들에게 정말 면목이 없었다.

돈은 안 되지만, 할 일은 많은 중소기업의 특성상 사람이 많이 필요했다. 하지만 구인 사이트에 채용 공고를 올려도 그 흔한 '묻지 마' 지원자도 없을 때가 태반이었다. 주변 지인들을 통해 소개를 받아 겨우 신입급 직원들 2~3명을 채용하였지만 그들을 교육하면서 실무 업무를 병행해 나가야 한다는 게 여간 버거운 일이 아니었다.

그래도 2년간의 고생 끝에 좋은 기회가 찾아와 회사가 어느 정도 자리를 잡고 좋은 레퍼런스들이 쌓이자 예전보다는 훨씬 높은 숫자의 지원서

가 들어왔다. 또한 내부 직원들의 지인 추천도 많아진다는 것은 매우 좋은 시그널이라고 볼 수 있었다. 그렇게 2016년 7월 3명으로 단출하게 시작한 회사는 2017년 7명, 2018년 12명, 2019년 24명까지 초고속 성장을 했다.

회사가 성장하는 과정에서 초기에 신입급으로 입사했던 직원들은 어느덧 중간 관리자급으로 성장했다. 정말 경험이 적은 친구들, 다른 회사의 나쁜 습관이 덜 묻은 친구들 위주로 채용을 해서 우리 회사만의 스타일로 교육하며 함께 성장하는 이상적인 모델을 실천하기 위해 노력했다. 대다수의 직원들은 회사의 방침을 잘 따라 주어 이제는 각자 자신만의 능력도 갖추고 클라이언트들과 직접 소통하며 인정을 받는 직원들로 무럭무럭 성장해 주었다. 그러는 동안 회사도 함께 성장하였기에 성과(인센티브)와 복지 등 함께 나누며 찰떡 같은 호흡을 맞춰 왔다고 자부했다.

하지만 직원과 회사는 언제나 영원할 수 없기 때문에 자신의 꿈을 찾아 떠나거나, 더 좋은 조건의 회사로 이직하거나, 혹은 회사가 싫어서 떠나는 일은 어쩔 수 없다. 최대한 떠나지 않도록 지속적으로 노력은 하겠지만 물리적으로 모든 인원이 떠나지 못하도록 막는 것은 불가능함을 잘 알고 있다. 만약 직원 개인에게 좋은 기회가 생긴다면 진심으로 기쁜 마음으로 떠나 보낼 마음의 준비도 항상 하고 있었다. 내가 더 좋은 조건을 맞춰 주지 못하는 미안함과 더 큰 회사가 되어 이름을 알리지 못한 나 자신을 탓해야 했다.

하지만 핵심 인력 2명이 동시에 회사를 떠난다는 것, 하필 이직하는 곳이 같은 회사라는 것, 이직을 주선한 사람이 우리와 함께 일하던 클라이언트였다는 것이 굉장히 특이한 케이스라고 할 수 있었다. 이후 그 클라이언트와 함께 술자리를 하며 그 복잡한 상황에 대한 모든 오해를 풀고, 이직을 결심한 직원들과도 개별적으로 긴 시간 이야기를 나누며 서로의 앞길을 응원하며 마무리했으나 당시에는 너무도 당황스러운 나머지 순간적으로 매우 서운한 감정을 가지기도 했다.

직원들의 성장은 회사와 직원이 서로 노력해서 얻어 낸 결과이다. 오랜 시간 공을 들여 교육을 했어도 이곳에서 쌓은 경험과 레퍼런스는 온전히 개인의 것이기에 그들이 더 크고, 좋은 조건의 회사로 '점프업' 하는 것은 그들의 당연한 권리이다. 일로 만난 사이기에 영원할 수 없다는 것을 알고는 있지만 막상 헤어짐의 순간에서는 어떤 이유로든 서운하고 안타까운 감정을 숨기기 힘들다.

그때의 그 경험을 계기로 더 단단하고, 매력적인 회사가 되겠다고 생각했다. 연봉, 근무 시간, 복지, 배려 등 우리 회사만의 장점을 더 공고히 하여 회사와 직원 모두 성장할 수 있는 회사로 업그레이드되어야 한다. 그동안 잘해 왔다는 것에 안주하여 정체된다면 자신도 모르게 서서히 익어 가는 냄비 속 개구리 신세를 면치 못할 것이 분명하기 때문이다.

#EP-13 : 함부로 고개 쳐들지 마라

우리 주변에는 일찌감치 잘된 사람들을 종종 볼 수 있다. 유명인이 되기도 하고, 가게가 대박이 나기도 하고, 사업이 번창하기도 하고, 로또를 맞는 사람도 있다. 그렇게 바닥에서 시작해서 나름의 위치에 오르는 것은 정말 엄청나게 어려운 일이다. 하지만 그보다 더 힘든 것은 자신의 자리를 꾸준히 유지하는 일이다. 굉장히 쉬운 일처럼 보이지만 정상의 자리에서 쉽게 나락으로 떨어지는 경우는 주변에서 어렵지 않게 만날 수 있다.

앞에서도 소개했던 국민 MC 유재석에 관한 이야기가 있다. 유재석은 오랜 무명의 시절 동안에 밤이면 항상 이런 기도를 했다고 한다. "방송이 안 되고, 하는 일마다 어긋날 때, 잠들기 전 참 많이 기도를 했습니다. 한 번만 기회를 주시면, 단 한 번만 제발 개그맨으로서의 기회를 주신다면, 제 소원이 이루어졌을 때 제가 만약 초심을 잃고, 만약에 이 모든 것이 나 혼자 얻은 것이라고, 단 한 번이라도 그렇게 제가 생각을 한다면, 그때는 이 세상에서 그 누구보다 제가 큰 아픔을 받더라도, 저한테 왜 이렇게 가혹하게 하시냐고 원망하지 않겠습니다." 항상 이런 간절한 마음 자세로 항상 임하다 보니 최정상의 자리에 올라서도 항상 상대를 배려하는 것이 습관이 되어 버렸고, 모든 동료들은 물론 팬들로부터 꾸준한 사랑을 받고 있다. 아마도 지난 20여 년의 치열한 예능판에서 단 한 번의 논란도 없이 정상의 자리를 지켜 온 것은 유재석이 유일할 것이다.

처음 스타트업을 시작해서 5년간 생존할 확률은 26%라고 한다. 우리 회사는 그 어려운 경쟁의 틈을 뚫고 운과 노력과 실력으로 지금의 자리에까지 왔다. 2016년부터 2017년까지는 더 나빠질 수도 없을 만큼 최악의 시작이었지만, 2018~2019년에는 최고의 매출을 찍고, 사옥까지 마련하게 되는 기적과 같은 일이 일어났다. 하지만 나는 이상하리만치 그 상황이 전혀 기쁘지 않았다. 오히려 불안한 마음에 더 계산기를 두들겨 보고, 불확실한 미래를 준비했다. 직원들에게는 최대한의 복지와 인센티브를 제공하면서도 나 스스로는 들뜨지 않으려고 부단히 노력했다. 내가 조금이라도 빈틈을 보이는 순간 나를 노리고 있던 수많은 불행의 화살이 날아올 것만 같았다.

섣불리 고개 쳐들면 죽는다
끝날 때까지 절대 끝난 게 아니다

국민 MC 유재석의 말처럼 초심을 잃고, 이 모든 것이 나 혼자 얻은 것이라며 자만에 빠지는 순간 모든 것을 빼앗기고 나락으로 갈 수 있다는 심정으로 묵묵히 고개 숙이고 항상 최선을 다해야만 했다. 어설픈 자만심이 어떤 결과를 보여 주는지 주변에서 수없이 많이 보고, 듣고, 경험했다. 위로 올라가는 건 힘들지만, 밑으로 내려가는 건 순식간이다. 그리고 다시 회복하려면 처음보다 몇 배의 노력과 노력과 노력과 행운과 행운과 행운과 행운이 필요하다. 직접 경험해 보기 전까진 절대로 알 수 없을 것이다.

큰 액수의 로또에 당첨된 사람이 불행해질 확률은 무려 90%에 달한다는 놀라운 통계가 있다. 누구나 로또에 당첨이 되기만 한다면 절대로 불행해지지 않을 자신이 있다며 다짐하겠지만 현실은 절대 그렇지 않다. 돈이란 놈은 항상 멀쩡하던 사람도 고개를 빳빳하게 쳐들게 만들고, 결국 그 자만심이 스스로를 갉아먹는지 모른 채로 방황하다 어느새 눈떠 보면 로또에 당첨되기 전보다 더 불행한 상태가 되어 있기 마련이다.

세상 모든 일이 그러하듯이 올해의 성공이 내년의 성공을 보장해 주지 않는다. 모든 직원들이 열심히 노력한 덕에 그래도 해마다 나쁘지 않은 성적을 거두었다. 코로나와 불경기 등 온갖 악재 속에서도 회사는 꾸준히 성장했고 자리를 잘 지켜 왔다. 성과는 충분히 직원들에게 나누고, 나머지는 다음을 위한 군자금으로 잘 모셔 놔야 한다. 또 언제 어느 순간 위기가 닥칠지 모르는 일이기에 항상 자만하지 말고, 경거망동하지 말고, 고개 빳빳이 쳐들지 말고, 오직 겸손한 마음으로 내일을 준비해야 한다.

EP-14 : 현실판 '오징어 게임'

얼마 전 지인과 이런저런 대화를 하다 우리 중소기업의 삶이 마치 〈오징어 게임〉의 '징검다리 건너기 게임'와 비슷한 것 같다는 이야기를 나눴다. 창업을 결심하던 순간부터 현재에 이르기까지 매일매일이 선택의 연속이고, 한 번의 잘못된 선택으로 지금껏 해 온 모든 것들이 일순간 무너지며 끝없는 낭떠러지로 떨어질 수 있기 때문에 늘 정신 똑바로 차리고, 두 눈 부릅뜨고 세상을 직시하며 살아야 한다는 것에 격한 공감이 되었다.

대한민국에서 가게든 사업이든 내 이름을 걸고 무언가를 시작하면 일단 목숨을 걸고 해야만 한다. 한번 실수하여 사업이나 가게를 접게 된다면 막대한 손해와 함께 회복할 수 없는 사회적 실패자로 낙인찍히게 된다. 대출은 물론이거니와 사회적인 관계들마저 자연스레 끊기게 된다. 2번의 찬스를 잡기란 정말 하늘의 별 따기다. 간혹 운 좋게 여러 번의 실패를 딛고 성공한 역전의 용사에 관한 사례를 접하긴 하지만 우리 주변에 흔히 볼 수 있는 이야기는 아니다.

단순히 오른쪽이냐, 왼쪽이냐를 선택하는 '징검다리' 미션조차도 단순해 보이지만 횟수를 거듭할수록 극악의 확률이 된다. 1번일 때는 50%이지만, 2번이면 25%, 3번이면 12.5%… 10번째 징검다리에서는 1/1024로 0.097%. 10,000명이 도전하면 9명이 살아남는 확률이 된다. 더 잔인하게 말하자면 1만 명 중, 무려 9,991명이 목숨을 잃게 되는 것이다. 하지만 사업이라는 녀석은 오른쪽 vs 왼쪽, 홀 vs 짝, 앞면 vs 뒷면과 같이 2지선다 문제가 아니라 수십, 수백 가지의 선택지 중에서 가장 훌륭한 다리를 선택해야 하는 그야말로 극한의 미션이다.

대학을 졸업하고 사회에 나와서 했던 수많은 선택들이 주마등처럼 지나간다.(설마 죽을 때가 되었나?) 그때 그런 선택을 하지 않았더라면 지금의 나는 어떻게 되었을까 하는 흔하디흔한 타임슬립 드라마 주인공의 마음으로 결정적인 선택의 순간들을 돌이켜보고 있다. 2024년은 나의 또다른 선택의 중대한 선택의 순간이다. 지금 이 순간 (마법처럼…) 내가한 선택에 따라 나의 미래가 결정될 것이라 생각하니 몸속 모든 세포가초긴장 상태에 돌입했다. 나는 언제나처럼 좋은 결정을 하겠지만 쉬운결정을 하지는 않을 것이다.

첫 번째 징검다리 : 홍익대학교 불어불문과

대학 입시에 한 번 실패하고, 재수생의 신분으로 본 두 번째 수능시험에서도 굉장히 어중간한 점수가 나왔다. 마지막 보험으로 지원한 홍익대학교 불어불문과에서도 정원 33명에 예비합격 66번을 받았다. 3수를 준비해야 하나, 전문대를 가야 하나 고민하던 중 극적으로 막차를 타고 입학하게 되었다. 얼떨결에 들어간 학교에서 나는 운명의 귀인을 만나게되었다. 20여 년간 나의 정신적인 지주로 활동하신 A선배님. 졸업 후에도 그분을 따라 이쪽 업계로 취업을 하여 현재 20년 동안 이 일을 하고 있으니 현재의 내가 있도록 만들어 준 결정적인 은인이라 할 수 있겠다.

두 번째 징검다리 : 만화방 창업

무슨 바람이 불어, 다니던 회사를 갑자기 그만두고 라면가게를 준비하고 있었다. 내가 다니던 학교 근처를 알아보았으나 너무 비싼 보증금과 권리금, 임대료로 결국 홍대 라면 가게를 포기하고 대신 홍제에서 만화가게를 시작했다. 영업시간이 길다 보니 출퇴근에 부담이 되어 가게 인근으로 이사를 하였다. 하지만 집주인 할머니와 여러 가지 문제로 대판 싸우게 되면서 결국 3개월 만에 그 집을 나와서 홧김에 거금 5천만원의 대출을 받아 21평 창동 주공아파트를 매입하게 되었고, 만화가게는 곧 폐업에 들어가갔다. 투자금액이 워낙 적어 크게 손해를 보지는 않았고, 바로 회사에 재취업을 했다. 10년 후 그 주공아파트를 매도하고 현재의 30평 아파트를 구입하게 되었고, 그 30평 아파트를 담보로 대출을 받아 사업을 시작하게 되었으니 만화방은 나에게 약간의 경제적, 시간적 손실을 주었으나 엄청난 기회의 시작이 꿈틀댔던 곳이기도 했다.

세 번째 징검다리 : 연○○○ 기획

만화가게를 정리하고 입사한 곳은 바로 이벤트 업계의 전설 '연○○○ 기획'이다. 나의 정신적 지주인 A선배님이 이 회사로 스카우트가 되면서, 만화방 폐업 후 방황하는 나를 '끼워 팔기'로 데려간 것이다. 업계 1위 기업이었기 때문에 들어오기 대단히 어려운 회사였지만, 정말 운과 타이밍으로 손쉽게 무혈입성하게 되었다. 난생처음 다녀 보는 큰 회사에서 정말 많은 좌절과 번민을 경험했지만, 그보다 훨씬 더 큰 기회와 경험의 시간을 가질 수 있었다. 무엇보다도 이 회사에서 만났던 많은 인연들과 현재까지도 함께 즐겁게 일하고 있으니 아주 훌륭한 선택이었다고 자부할 수 있다.

네 번째 징검다리 : 지○컴

연○○○기획에서 1개 본부 20명이 자회사 개념으로 분리 독립하였다. 나는 주저 없이 창단 멤버로 합류하였다. 기존에 해 오던 업무를 유지하면서 우리만의 스타일로 새롭게 도전해 볼 수 있는 좋은 기회라고 생각했다. 안정과 변화를 동시에 추구할 수 있는 기회가 쉽게 오는 게 아니기 때문에 두근거리는 마음으로 합류했고, 결과적으로 매우 성공적인 런칭과 함께 처음 2년은 많은 기회와 훌륭한 성과를 내면서 승승장구했다. 즐겁게 일하면서 놀라운 성장까지 한다는 일이 얼마나 즐거운 일인지 경험한 순간이었다.

다섯 번째 징검다리 : Connect to the NEXT 커넥스트

시간이 지나면서 그 즐거웠던 회사의 모습은 조금씩 사라져 갔다. 눈에 띄는 성과가 있었지만 그 성과가 직원들까지 나눠지지 않았다. 특정인들의 급여와 혜택은 높아졌지만, 다수의 직원들에게는 큰 베네핏이 없었다. 기존 회사들이 늘 반복해 오던 악습의 답습이었다. 의견은 좀처럼 받아들여지지 않으며, 회사는 주먹구구식으로 운영이 되었다. 나는 그곳에서 급여를 많이 받는 사람 중의 한 명이었지만 어쩐지 그 생활이 만족스럽지 않았다.

그런 생각을 가지고 살던 중 BR 친구 녀석의 사업 제의가 있었고, 나는 이번에도 망설임 없이 내 회사를 운영해 보는 쪽을 선택했다. 함께 일하던 후배들 중 마음이 맞는 직원 2명과 함께 모든 세팅을 마친 후에서야 BR 친구 녀석의 투자 계획 철회 소식을 듣게 되었다. 일단 시작 버튼을 눌려졌고, 돌아갈 수 있는 다리를 다 폭파한 뒤였기에 되돌릴 수가 없는 상황이었다. 그래서 일단 대출 한도가 1억밖에 남지 않은 아파트를 담보로 하여 불안한 출발을 시작하였다.

여섯 번째 징검다리 : 이스포츠의 시작

누구의 처음이 다 그렇듯 우리의 처음은 불안함의 연속이었다. 일은 많았지만 가난했고, 바빴지만 손에 잡히는 것이 없었다. 국민 MC 유재석의 기도처럼 매일 밤 '단 한 번의 기회만 주신다면 절대로 이 기회가 내가 잘나서 된 것이 아니라 모두의 도움을 잘된 것이라고 가슴에 새기며, 단 한 번이라도 교만한 마음을 가진다면 모든 것을 가져가도 절대 원망하지 않겠다'고 기도를 했다. 그 기도가 이루어지기까지는 꽤 오랜 시간이 걸렸다. 우리는 수많은 사건, 사고를 겪으면서 상처뿐인 도전을 게을리하지 않았다.

그렇게 2년을 굶주리며 기회를 기다려 오던 우리는 B社를 만났다. 전연○○○ 기획에서 함께 근무하던 후배 C가 근무하고 있는 회사였고, 처음에는 우리에게 아주 작은 기회를 제공했다. 이번에도 망설임 없이 기회일지, 계륵일지 모르는 그 일을 덥석 물었다. 큰 일, 작은 일 가릴 처지가 아니었던 우리는 바쁜 와중에서도 그 일을 성실하게 완수하였고 서로에 대한 작은 신뢰를 쌓게 되었다.

그 일을 계기로 우리는 기존에 해 오던 일을 다 포기해도 될 만큼 많은 물량의 일을 B社로부터 수주할 수 있었다. 덕분에 회사는 성장하고 직원들의 업무 만족도도 높았다. 갑을 관계라는 말이 무색할 정도로 친절한 사람들과 엄청난 규모의 프로젝트를 통해 회사는 단번에 초고속 성장하며, 홍대에 조그만 사옥까지 마련하는 단계에까지 이르게 되었다. 더 이상 행복할 수 없을 정도로 탄탄한 회사가 되었다.

일곱 번째 징검다리 : 코로나 19

끝을 모르고 성장하던 회사는 코로나 19 한 방에 와르르 무너질 위기에 처했다. 평소 돈을 허투루 쓰지 않는 성격 탓에 그동안 벌었던 수익들을 직원들 인센티브와 복지에 투자하고 남은 비용들로 사옥을 마련한 터였다. 그렇게 은행과의 신뢰를 잘 쌓아 놓은 덕에 코로나 시국에도 사옥을 담보로 추가 대출을 받을 수 있었고, 8개월 넘게 일이 없었음에도 꿋꿋하게 버틸 수 있었다. 그렇게 열심히 버티다 보니 연말에 B社와 함께 또 대규모 프로젝트를 진행하며 간신히 위기를 넘길 수 있게 되었다. 예전만큼은 아니더라도 적은 금액이나마 고생한 직원들에게 격려금도 지급하는 등 함께 위기를 극복해 준 직원들에게 항상 감사한 마음을 '말' 대신 '돈'으로 표현했다.

여덟 번째 징검다리 : 다른 이스포츠로 환승

길고 긴 코로나가 끝이 나자 이스포츠는 본격적으로 더 규모를 키워 갔다. 2021년까지 코로나 영향으로 인해 한국에서 진행했지만, 2022년부터 다시 해외 투어를 시작했다. 여름 국가대항전을 태국에서, 겨울 챔피언십을 두바이에서 진행하며 덩달아 회사의 매출은 코로나 이전으로 회복했다. 직원들에 대한 보상도 코로나 이전 수준으로 복귀하며 한시름을 놓았다.

하지만 기쁜 마음도 잠시, 2023년의 이스포츠 시장 전망이 매우 어두웠다. 예전만큼 예산을 쓰지 않을 거라는 소식도 있었고, 경쟁사들의 도전도 만만치 않은 상황이었다. 우리는 이러한 부정적인 전망을 미리 파악하고 대비했어야 했다. B社와 함께 많은 이야기를 나누고 상황의 심각성에 대해 열변을 토했지만 대부분 나의 이야기에 동감해 주지 않았다. 2023년을 그저 낙관적으로 바라보면서 아무 대비를 하지 않았고, 나 혼자만 발을 동동 굴렀다.

2023년이 시작되자마자 비보가 전해졌다. 기존에 진행해 오던 배틀로얄 이스포츠 대회가 경쟁 입찰로 바뀌었고, 예산도 예년 대비 1/3 규모로 대폭 축소되었다. 이겨도 지고, 져도 지는 사면초가의 상황이 되었다. 결국 다른 경쟁사의 엄청난 비용 삭감으로 인해 최종 경쟁 입찰에서 탈락하게 되었다. 사실 어느 정도는 예견되었던 일이기에 덤덤하게 받아들일 수 있었지만, 당장 먹고사는 문제가 걸려 있어 해결책이 쉽게 떠오르지는 않았다.

그러던 중, 글로벌에서 가장 인기 있는 게임인 'League of Legend'의 글로벌 챔피언십이 한국에서 열린다는 소식을 들려왔고, 정말 운이 좋게 연이 닿아 경쟁 입찰에 참여할 수 있게 되었다. 사실 아주 어렵게 얻은 기회였지만 최종 선발 가능성은 매우 희박하다고 생각하여 참가하는 데 의의를 두고 있었다. 그런데 기적 같은 확률을 뚫고 최종 운영 대행사로 선정이 되었다. 직원들 모두 가장 좋아하는 게임의 월드 챔피언십 운영 대행사로 선정된 사실에 직원들은 잔뜩 고무되었다.

아홉 번째 징검다리 : 직원들의 연이은 퇴사

이스포츠를 시작한 후로 코로나 때를 제외하면 1년에 크고 작은 대회들이 계속해서 열렸고, 더불어 직원들은 쉴 틈 없이 바쁜 나날을 보내야 했다. 그러다 2022년을 끝으로 고정된 이스포츠 행사가 사라졌고, 2023년에는 운 좋게 'League of Legend' 월드 챔피언십을 하게 되었으나 결과는 매우 좋지 않았다. 일단 이런 초대형 프로젝트를 진행할 준비가 되어 있지 않았고, 예산적으로도 회사 운영에 크게 도움이 되는 수준이 아니었다. 팀 간의 불화가 끊이지 않았고, 결국 클라이언트의 다양한 컴플레인과 그에 따른 퀄리티 저하, 예산 삭감 등 다양한 악재가 계속되었다. 다행히도 대회는 무사히 마쳤지만 그야말로 상처뿐인 영광이었다.

대회를 마치고 이주일 뒤, 한 팀 전원이 회사를 그만두겠다는 의사를 밝혀 왔다. 너무 갑작스러웠지만 이미 설득할 단계를 넘어선 것으로 보여 좋은 마음으로 그들의 선택을 응원해 주었고, 회사가 해 줄 수 있는 최대한의 지원을 아끼지 않았다. 그렇게 한때 30명이 넘었던 직원은 어느새 7명까지 줄어 있었다. 남은 직원들과 앞으로의 비전과 운영 방침에 대해 오랜 시간 고민하면서 비장한 각오로 2024년을 열었다.

2024년 새해가 밝은 지 보름 정도 되었을 즈음, 남은 한 팀의 주축 인원들이 우리의 클라이언트였던 B社로 이직하기로 했다는 충격적인 소식을 전해 들었다. 그렇게 또 남은 한 팀마저 떠나 버리자 핵심 인력이 모두 다 떠나고 남은 인원들로는 더 이상 아무것도 할 수가 없는 상황이 되었다. 사람과 일 모두 나를 떠나 버렸고, 그렇게 7년 반 만에 나는 혼자가 되었다. 물론 경영지원팀 1명이 있긴 하지만 현업을 운영할 사람은 전무한 셈이다.

열 번째 징검다리 : 2024, 빛이 나는 솔로

2016년 7월, 3명으로 시작한 회사는 한때 30명이 넘기도 했으나, 결국 다시 혼자가 되었다. 지난 7년 반의 시간 동안 많은 우여곡절을 겪으며 많은 장애물들을 슬기롭게 잘 헤쳐 왔는데 마지막 순간에 위기를 극복해 내지 못했다. 마치 16부작 주말 드라마에서 15화까지 흥미진진하게 이야기를 이어 오다 마지막화에서 모든 주인공들이 도미노처럼 다 죽어 버린 허무맹랑한 결말의 드라마 같은 느낌이랄까.

처음 내 이야기를 쓰기 시작했을 때만 해도 회사의 성장은 진행 중이었고, 한창 꿈과 기대가 충만한 때였다. 결론도 모르는 상태로 이야기를 쓰기 시작했으나 이렇게 허무하게 마무리될 줄은 꿈에도 몰랐다. 나는 워낙 쓸데없는 걱정의 대가였기에 회사가 잘나가고 있을 때에도 항상 걱정과 불안이 몸에 습관처럼 배어 있었다. 그래서 불안한 미래를 대비하기 위해 지옥을 탈출하자마자 사옥을 계약했고, 그 이후에도 쓸데없는 비용을 최대한 줄여 가며 차곡차곡 미래를 준비해 왔다. 그 수많은 걱정들이 하나도 일어나지 않으면 너무 좋고, 만약 현실로 일어난다 해도 이미 나름의 준비를 했으니 그것대로 또 문제가 없을 테니 말이다.

9개의 징검다리를 기적적으로 무사히 넘어왔지만 마지막 징검다리에서 최종 실패에 이르렀다. '실패'라고 단정 짓기엔 아직 많은 시간과 기회가 남아 있겠지만, 난 이번을 반드시 '실패'라고 규정하고 싶다. 회사를 시작하면서부터 지금까지 수많은 고난과 역경을 극복해 왔고 큰 실패 없이 지금까지 잘 버텨 온 건 사실이다. 그것이 다 내가 잘해 온 덕이라고 늘 자부하고 있었고, 이렇게만 해 나간다면 앞으로도 큰 문제 없을 것이라 자신했다. 하지만 한순간에 그 노력의 결과물이 온데간데없이 물거품처럼 깨끗하게 사라져 버렸다. 하지만 그것은 온전히 나의 실패일 뿐, 나를 떠나 간 직원들에게 그 책임을 돌릴 수는 없다.

"그러게… 기껏 그동안 잘해 줘도 결국엔 회사 어려워지니까 다들 자기 살 길 찾아 떠나가잖아. 굳이 그렇게 잘해 줄 필요 없다니까…. 그동안 헛수고한 거야."

나에게 이런 결과가 주어지자 사람들은 너 나 할 거 없이 이런 잔소리를 많이 한다. 하지만, 다시 그때로 돌아가서 나에게 또다시 선택의 순간이 찾아온다 해도 나는 같은 선택을 할 것이다. 내가 그들의 인생을 영원히 책임질 수 없듯, 그들도 우리 회사를 영원히 지킬 의무는 없는 것이다. 그저 함께하는 동안 서로에게 최선을 다하고, 헤어질 때 가장 아름다운 방식으로 헤어지면 그뿐이다. 그렇게 적당한 시간에 적당한 방식으로 자신의 꿈을 찾아간 직원들을 미워해서도 원망해서도 안 된다. 새로운 곳에서 새로운 일을 만나 잘 적응하며 새로운 기회를 통해 성장하기를 진심으로 기도한다.

#EP-15(fin) : 아직 못다 한 이야기

이 글을 처음 쓰기 시작했을 당시만 해도 회사는 한참 성장기였고, 나는 독자들에게 이렇게 새로운 시각, 새로운 방식으로 회사를 운영한다면 성공의 가능성을 높일 수 있다는 메시지를 주고 싶었다. 실제로 과거의 구태의연한 방식을 벗어나 나만의 철학과 가치를 세우고, 그에 맞는 운영 방식으로 남들보다 훨씬 빠르게 성장하고 자리를 잡을 수 있었다. 당장에는 내가 조금 손해를 보는 것 같지만 장기적인 관점으로 보면 더 큰 이익을 얻을 수 있다는 하나의 모델이 되고 싶었다. 그리고 바로 얼마 전까지는 그 실험은 매우 성공적이었던 것으로 보였고 많은 후배 창업자들에게 노하우를 전수해 주기도 했었다.

하지만 그런 나의 노력들은 한순간에 모래성처럼 사라져 버렸다. 그 많던 직원들이 경영지원팀 1명을 제외하고 모두 나를 떠나갔다. 내가 많은 후배 창업자들과 독자들에게 전하고자 했던 메시지가 힘을 잃는 상황이 되어 버렸다. 한 며칠을 정신 못 차리고 헤매다 다시 마음을 다잡고 글을 쓰려고 했더니 핸들을 잃어버린 자동차처럼 글의 방향을 잡을 수가 없었다. 다른 이들의 말처럼 나는 결국 혼자만의 이상으로 쌓아 올린 모래성을 시멘트보다 단단하다고 믿고 있었던 것인가. 허무하고 허탈한 마음에 또 한 번 속이 쓰려 왔고, 지나간 시간들이 주마등처럼 머리를 스쳐 갔다.

회사를 시작한 지 정확히 7년 반 동안 중소기업이 경험할 수 있는 모든 코스를 다 속성으로 마스터해 버렸다. 2년의 고난기, 2년의 폭풍 성장기,

1년의 코로나 침체기, 다시 2년의 회복기, 그리고 마지막 혼자가 되기까지 남들에 비하면 엄청 짧은 기간 동안 극단적인 롤러코스터를 경험하고 나니 머리가 어질어질한 지경이다. 무지하면 용감해진다고, 아무 것도 손에 쥔 것 없이 무작정 시작한 회사가 그래도 회사다운 회사가 되기까지 몇 번의 눈물과 몇 번의 환호가 교차했던가.

그 결정적인 몇 번의 순간마다 매번 영웅들과 빌런(사실 알고 보면 어둠의 히어로)들이 등장해서 나를 여러 가지로 도와주었다. 나 혼자서는 절대로 할 수 없었던 일들이 그들로 인해 완성될 수 있었다. 사람이 성공하는 데 반드시 필요한 3가지 요소는 노력, 행운, 그리고 조력자라는 이야기가 있는데, 3가지 중 한 가지라도 빠질 경우 모든 가능성은 '0'으로 수렴하게 된다고 한다.

나의 주변에는 항상 많은 조력자들이 있었고, 아주 적절한 타이밍에 꼭 엄청난 행운이 따라 주었다. 그러한 행운과 조력자라는 요소도 내가 평소 열심히 노력하며 살지 않았다면 나를 비켜 갔을 가능성이 매우 높다. 특정한 대가와 보상을 바라지 않고 그저 최선을 다해 인간관계를 해 왔을 뿐인데 그 행동들이 나비효과가 되어 나에게 엄청난 보상으로 돌아온 경우가 한두 번이 아니었다.

내가 누군가에게 많은 도움을 받으며 성장했듯, 나도 누군가에게 또 조력자가 되어 많은 것을 나누고 살기 위해 부단히도 노력했다. 그 결과가 항상 좋았던 것은 아니었지만, 내가 옳다고 믿는 것은 조금 손해를 보더라도 물질적, 정신적 지원을 아끼지 않았다. 숱한 배신과 실망을 경험하면서도 그 지나친 오지랖을 멈출 수가 없었다.

그 수많은 오지랖에도 불구하고 나는 '빛이 나는 솔로'라는 타이틀을 얻게 되었다. 왜 그냥 '솔로'가 아니라 '빛이 나는 솔로'인가 하면 많은 직원들이 내 옆을 떠난 건 사실이지만, 결코 그들을 잃은 것이 아니기 때문이다. 회사를 떠나간 직원들 대부분과 나는 여전히 좋은 관계를 유지하고 있고, 때로는 고마운 마음에 나에게 값비싼 식사를 대접해 주러 온 직원도 여럿 있었다. 잠시나마 나의 상황을 비관한 적이 있었지만, 그렇게 그들은 자신의 꿈을 찾아 떠난 것일 뿐 내가 무언가를 잘못해서 나를 떠난 것이 아니라는 사실을 알게 된 것만으로도 충분히 위안이 되었다.

내가 늘 주장해 왔던 것처럼 우리는 영원할 수 없는 관계이다. 언제든 여기보다 더 좋은 조건의 기회가 주어진다면 쿨하게 보내 주겠다고 공언해 왔고, 우리가 먼저 더 좋은 조건의 회사가 되기 위해서 노력해 왔다. 결국 각자의 기대에 미치지 못한다면 회사를 떠나는 것이 당연한 건데, 하필 비슷한 시기에 여러 직원이 연이어 회사를 떠나는 일이 벌어지자 단단했던 나의 멘탈이 심하게 흔들리고 말았다. 그래도 떠나가면서도 서로를 위해 축복해 주고 응원해 주는 착한 직원들 덕에 나는 금세 평정심을 되찾을 수 있었다.

우리는 언제 또 어떤 모습으로 다시 만날지도 모른다. 그리고 또 내 주변에는 여전히 많은 수의 조력자들이 내 다음 행보를 기대하고 있다. 여기서 좌절하고 쓰러지기엔 내가 가야 할 길이 여전히 많고 나를 지켜보고 응원해 주는 사람이 너무 많다. 정신을 차리고 보니, 나는 혼자가 되었지만 해야 할 일들과 하고 싶은 일들이 계속해서 머리에서 끊임없이 떠올랐다. 좌절할 성격도 아니지만 좌절할 시간이 없었다. 오히려 혼자이기에 가능한 아이디어들이 무궁무진하게 넘쳤다. 앞으로 펼쳐질 새로운 날들이 너무 기대가 되었다.

나의 첫 회사인 'CONEXT'의 1라운드는 이렇게 비극인지 희극인지 알 수 없는 상태로 끝이 나 버렸다. 모든 중소기업 창업자들이 꿈꾸는 드라마틱한 엑시트는 아니지만, 평소 걱정에 대한 대비를 꾸준히 해 온 덕에 갑작스러운 강제 은퇴(?) 상황이 되었어도 나는 크게 흔들리지 않을 수 있었다. 이미 벌어진 결과를 가지고 이러쿵저러쿵 투덜대기보다는 또 앞으로 어떤 새로운 도전을 할지 계획하는 것이 지금의 나에게는 훨씬 더 의미 있고 설레는 일이다. 그게 지금까지 내가 살아온 방식이다.

"Connect to the NEXT"

나는 지금까지 살아온 것처럼 앞으로도 항상 '연결'을 통해 '미래'로 나아갈 것이다. 어떠한 목적 의식 없이 그냥 밥 먹듯, 숨 쉬듯 '연결'하다 보면 또 즐겁고 새로운 일들로 나의 삶이 가득 채워질 것이라 믿어 의심치 않는다.